換得好賢妻 3

完

暖和 著

風文創 451

目錄

第五十六章

剛進申時，做出來的糕點全部賣完，季歌把空攤稍稍收拾一番，推到了寄放處，又清理妥當，才回小販道，守在了餘家攤位前。

「總算雨過天晴了。」餘氏笑得甚是欣慰。「我看吶，以後這生意得越來越好了。」

季歌想起近日的種種，原本日子平靜安詳，沒想到，禍從天降，竟鬧得滿城風雨。「餘嬸您有沒有想過改一下生意？」餘家這油炸吃食攤利潤不高，口感比較普通，生意一般。

「改什麼？」餘氏笑著看向自家的攤子。「我啊，就這麼點手藝，還是當初沒了法子，硬逼出來的呢。」

「肉卷怎麼樣？咱們經常吃的，您也說特別好吃。」季歌思索了下。

餘氏聽著，愣住了。「這是妳想的法子，我拿著做買賣沒個樣，不成不成。」

「餘嬸這話說的，咱們跟一家人似的，不用分得這麼清楚，再說，這肉卷也不是多獨特，也有類似的吃法呢。我看，就這麼決定了吧，這買賣比油炸吃食要輕省些。」季歌一錘定音。

「可、可……」餘氏遲疑著。「成本是不是高了些？」肉卷呢，全是用銅錢堆出來的美味，好吃歸好吃，利潤不得更低。

季歌笑得一臉篤定。「咱們自己吃的，跟擺攤做生意的肯定是兩碼事。餘嬸您相信我，做肉卷啊，肯定比做油炸吃食要賺錢，咱們這幾天就回去琢磨琢磨，看看什麼樣的肉卷才是最好做買賣的，把成本、利潤、花費的時間等各方面都規劃好，都想周全了，咱們才著手張羅這事，保准不會白白花錢。」

「那好，就聽妳的。」餘氏見大郎媳婦說得這麼妥當，也有些心動了。「等賣完攤子裡的吃食，咱們就回家。」她一次不會炸太多，賣完了再炸，看這時間，現成的油炸吃食估摸著到申時半能賣掉。

「行。」季歌起了身。「我去買些食材回來，明兒個得多做些糕點呢。」

餘氏聽著點點頭。「去吧，我這一時半刻的還賣不掉，妳當心點，別往人潮裡擠。」

「欸，我知道了。」季歌拿好錢走出小販道。

才申時末呢，見姊姊和餘嬸就歸家了，阿桃和三朵高興得在院前直跳，撒著歡地鬧騰著。家裡的坎兒，總算是挨過去了！

「看這兩孩子高興的，這幾天也悶壞她們了吧。」餘氏低頭對著季歌嘀咕著，眼裡堆滿了笑意，像極了農家的豐收喜悅。

季歌眉角眼梢都帶了笑。「別說她們，我也很高興呢。今兒個正好二朵和秀秀會回家，咱們晚上整頓火鍋吧，做個菌子鍋底，都歡喜歡喜。」

「我看行！妳是不是心裡早有這想頭了，我說呢，怎麼買了這麼多菌子回來，犯饞了吧。」餘氏調侃著。

三朵聽到火鍋的字眼，拉著阿桃就湊了過去。「吃火鍋啊，我也喜歡，大嫂我可以洗菜。」

「我還能切菜呢。」阿桃笑嘻嘻地說。

季歌看著兩孩子。「時間不緊，咱們慢慢來，反正食材都擱廚房裡，妳們看看能做些什麼。」

有事做就是好！三朵和阿桃開開心心地進了廚房，兩孩子腦袋挨著腦袋，嘰哩呱啦地說著話，甚是好玩。

酉時過一刻，三郎就揹著藤箱回來了，他剛回來沒多久，二朵和秀秀手牽著手也回來了。一家子熱熱鬧鬧地忙著，沒多久火鍋就張羅好了，圍坐在桌旁有說有笑地邊吃邊聊。

撥雲見日，鬧心的事已成過去，日子重新輕鬆快活起來，只覺得一天天過得飛快，眨眼間便從早上到了傍晚，快得都有些來不及反應。大抵是對比太鮮明，就有了微微的恍惚感。

十月初九，餘家的油炸吃食攤正式改為鮮香肉卷攤。同一天的下午，花大娘紅光滿面地來到了攤位前，激動地說他們捎信回來了！邊說著邊掏出信件，正在做著生意的餘氏耳尖聽到了這話，差點就按捺不住要扔了手裡的活跑過來搶信件；還好，她還是有些理智，麻利地做好一個肉卷，收了錢、找了零，才急急忙忙地奔過來，嘴裡直嚷嚷。「信在哪兒啊？信在哪兒啊？」

「別著急，信在這兒呢，丟不了。」花大娘笑得一團和氣。

季歌搬出個凳子。「餘嬸您先坐下來。」

餘氏咧著嘴笑，帶了幾分憨氣。「我都覺得這顆心要蹦出胸膛來了，還是頭一回和阿瑋分開這麼久呢。」

「一樣的，當初啊，我兒子出山尋活幹，我整宿都睡不踏實。」憶起舊時歲月，花大娘笑得更和氣了，眼裡流露出如暖陽般的慈愛。「後來……後來也就習慣了。」語氣裡摻了些許寂寞。

季歌聽著心頭微顫。「大娘，花大哥說再跑兩趟就收手，要回縣城做買賣呢，您該著手張羅大哥的婚事了吧。」

「哎喲！說起這事啊，我就頭疼。」花大娘小聲抱怨了句，見餘氏眼巴巴的神情，笑著道：「先不說這事，往後擱一擱。這信啊，妳們暫時還不能看，得回家才能看。」說著，她把手裡的兩封信遞給了身旁的兩人。

餘氏飛快接過信，緊緊捏著，一頭霧水地問：「為啥啊？」尾音拖得老長。

「回家妳就知道了。」花大娘笑得一臉神秘。

「大娘這麼說，定是有原因的。」季歌把信妥當地收著，提醒道：「餘嬸您先把信收妥當，這會兒都未時末了，最多再一個時辰就能收攤回家，再忍忍。」

花大娘好奇地問：「妳那肉卷生意如何？」

兩人琢磨了近三天，總算確定要做什麼樣的肉卷來賣，當天就邀了花家夫妻和花瑩過來吃飯，嚐嚐這味道如何，幾個人再商量一下細節問題。如此搗鼓了兩天，等準備妥當，正好初十是個吉利日子，滿懷期待、滿心忐忑地迎來了鮮香肉卷的開張。

「托了大夥兒的福，虧得大郎媳婦在旁邊細心指點，今兒個生意不錯，比油炸吃食要好些。」說起這事，餘氏就笑得合不攏嘴，遮不住的春風得意。「大郎媳婦跟我說起這事時，我心裡特沒底，還怕成本太高、生意不好等等，好在有她在旁邊力挺我，又費心費神地幫我張羅一併瑣碎。」

這話季歌聽得都有些不好意思了，眼睛看著花氏說道：「大娘，您看餘嬸，這話她一天要說三遍，這是不把我當自己人了。」

「哪裡，我就是心裡高興，忍不住就說出來了。」餘氏急急反駁。

花大娘樂呵呵地笑啊笑。「生意好就行，我跟妳說，大郎媳婦針線不大行，回頭妳給她做兩件肚兜，準能把她樂得找不著北。」

「對！我就沒想到這上面來。」餘氏一拍腦袋，特興奮地說：「明兒個中午我去逛逛，瞅瞅布料。」

「說起這針線活，」季歌倒也沒臉紅。「我是不是該給孩子準備小衣裳了？」

「喲！」花大娘愣了愣。「看我這頭腦，在家裡做針線時，我就想著該跟妳說一聲，轉眼就給忘了。妳的針線活不好，剛出生的孩子皮膚嫩著呢，針腳得密實平整，我已經在著手給妳張羅了。餘妹子的針線不錯，妳跟著她學學，做點穿在外面的小衣裳，鞋子也可以做，尿布、圍兜、帽子等等，貼身的衣裳我做就好，左右我也清閒。」

餘氏一聽忙道：「這活可不輕，咱倆一塊兒擔著吧。」大郎媳婦啥都好，就是針線手藝天分不足，怎麼學都差了火候。

「還是請個繡娘幫著做吧。」這事多傷眼睛，季歌捨不得餘嬸和大娘受累，情願多出點錢。

按說，大郎媳婦針線不好，劉家這邊沒父母，娘家人該仔細張羅著。花氏想著季母的性子，心裡嘆氣，倘若季家那邊再搭把手，這事也就不難了，等孩子過了周歲，穿衣就能省事點。「請什麼繡娘？別跟個敗家子似的；再說，孩子的小衣裳得由自個兒做。」

「為什麼？」季歌不大懂這些。

餘氏聽著哭笑不得。「這事還能揪個原因不成？自然是沒原因的，妳看哪戶人家不是這樣做的，就算是那有錢的大戶人家，家裡丫鬟、婆子一堆，也會給孩子做小衣裳。」

「喔。」觀念，社會風氣。季歌覺得自己犯傻了，憨憨地笑了笑，羞赧地道：「我做飯還行，說到拿針的活兒，這手啊就不大聽使喚。」

花氏覺得挺可惜，看著多靈氣的一個姑娘。「五根手指還有長短呢，妳就別糾結這事，妳的針線活也不算太差，還是能拿得出手，給孩子做些套在外面的小衣裳還是可以的。」

「慢慢來，才兩個多月呢。」餘氏說著寬心的話。

三人圍著這話題有一搭、沒一搭地說著，有生意了就停下話題，等忙完了生意，坐回小凳子時，也不會揪著原來的話題，想到什麼就說什麼，東一句、西一句扯著些家長裡短、瑣碎日常，等到攤子上的糕點慢慢變少時，花大娘才反應過來，喲，都進酉時了，忙起了身。「我得回家張羅晚飯，妳花伯還在家裡呢。」

「大娘，這糕點都是下午做的，您拿些蛋糕回去，明兒個做早飯。」季歌把最後一份沒有果脯的蛋糕麻利地包好。

老伴還挺喜歡這蛋糕，花氏也就沒有客氣。「行，我先走了。」

「餘嬸您的肉卷還剩多少？」季歌詢問道。

餘嬸擀麵的手藝很好，不管是餛飩皮、餃子皮，還是包肉卷的麵皮，都相當地薄厚適中，火候掌握得也好，麵餅烙得格外香。另一個小關鍵，便是費了不少精力反覆實驗做出來的鮮香醬，口感鮮美厚實，滋味濃郁，有些微辣，往那烙好的麵餅刷上薄薄一層醬，不捲配菜，就這麼啃著，好吃得都能吞下舌頭，濃濃的麥香充斥在鼻間，縈繞著鮮美的醬香，嚼勁足，越嚼越香越好吃。

因著是頭一天，兩人商量著謹慎點，只準備了三十份肉卷的食材，因此除了鮮香肉卷八文錢一個，還有原味卷餅，三文錢一個。餘氏今兒個大清早起來烙了六十個麵餅，光一個上午就賣掉了三十八個原味卷餅，相反肉卷只賣了十七個，下午她又大膽地烙了二十個麵餅。

「鮮香肉卷還有兩份沒有賣掉，麵餅還剩三個，也快賣完了，妳呢？」餘氏喜滋滋地想，就算收攤時沒有賣完也沒關係，就剩兩份，回頭給阿桃和三朵吃，今兒個掙了不少錢呢，這利潤比油炸吃食要高一成。

季歌聽著也很高興。「我啊，就剩一個果脯蛋糕，這才頭一天呢，往後生意會更好。」

餘氏聽著直笑，眼睛都瞇成一條縫。

太陽下山後，氣溫明顯就降低不少，還起了晚風，帶著股涼意。季歌這邊的糕點全部賣完，她認真仔細地收拾著攤子。「餘嬸，我先把攤子推到寄放處。」

「欸，行。」這麼會兒工夫，她就賣掉一個肉卷，本來買主想要兩個原味卷餅，見只剩一個，可能是覺得不夠，猶豫了下又買了個肉卷。

「劉姊，餘嬸，準備收攤呢？」

季歌抬頭一看。「阿河、阿水。」就是那兩個乞丐，個高些的叫阿河，個矮的叫阿水，前天也有過來一趟。「我這糕點都賣完了。」

「嘿嘿嘿。」阿河笑了兩聲。「我倆啊，是過來幫劉姊收攤的，妳的糕點不能白吃啊。」

「對對對，那蛋糕可真好吃。」阿水咂了咂嘴。

餘氏在旁邊聽著，說道：「你劉姊今兒個沒糕點給你們吃，我這兒啊，正好還有兩個麵餅，一份肉卷食材，索性給你們做兩個肉卷得了。」和這兩個少年也打過兩回交道，她自認看人還行，覺得這兩個少年不錯，家裡男人都出了遠門，既然阿河、阿水願意接近她們，她想想也不錯，不說別的，旁人一見有這兩個孩子隔三差五地過來幫把手，也會高看一眼。

阿河、阿水還是很懂事的，像他們這樣混在社會底層，最知人情冷暖。過來小販道前，還特意到城外洗了澡，換了身體面的衣裳，這身衣裳還是用季歌給的錢置辦的，連鞋襪都一併買好，平日裡藏得嚴嚴實實，等出來走動時才穿，連頭髮都用了條破帶子束起來，把乾淨的臉露出來，別說，這兩個少年就是膚色差了些，底子還是不錯的，長得端正清秀。

「餘嬸那我倆就不客氣了，先幫著劉姊把攤子推到寄放處。」阿水麻利地應著。

等他們回來時，餘氏的鮮香肉卷已經做好了，用油紙袋裝著，攤子都收拾得妥妥當當。阿河和阿水不急著吃肉卷，穩穩當當地推著小攤車，餘氏和季歌走在後面。

「劉家媳婦妳家親戚嗎？」有攤主好奇地問，都出現兩回了。

阿河笑著道：「是啊，一個村的，前幾天鬧得滿城風雨，我們才知道劉大哥他們也搬來縣城了，我爹娘讓我倆沒事過來看看，幫把手，等劉大哥他們回來了，還能討些好處呢。」

「喔，原來是這麼回事，你們兩家關係還真好啊。」另一個攤主插了一嘴。

「我們兩家離得近，前兩年我爹出山來縣城打拚，劉大哥也在外面幹活，我們兩家就是這麼相互幫襯過來的，關係自然是好，都說遠親比不得近鄰嘛。」阿河睜著眼睛說瞎話，說得跟真的似的，表情和神態都很到位。

一路出了小販道，見再也沒有人詢問，想必都聽得清清楚楚，沒八卦可言也就不關注了。

進了貓兒胡同，周邊沒什麼人了，季歌才小聲地嘀咕著。「你倆想得倒是周全啊。」

「劉姊我們說過的，雖是乞丐，可做事心裡都是有譜的，不會胡來、亂來。」阿河說得挺認真。因為他們感覺得到，這兩位婦人很不錯，待他們兄弟都挺和善真誠。

到了家門口，季歌忽地道：「進去坐坐吧，一併吃個晚飯。」

正在敲門的餘氏手上動作一頓，看了眼季歌，然後，笑著對阿河、阿水說：「大郎媳婦說得是，吃個晚飯吧，你話說得那麼好，不留你們吃飯，也不妥當。」

「這、這、這……請我們吃晚飯啊？」阿水瞪圓了眼睛，有些不大相信似的。幸福來得太快，整個都懵了。

阿河腦子要靈活些，稍一想就琢磨清楚了，這頓飯還真得吃。「劉姊、餘嬸，妳們若不嫌棄，就拿我們當姪子看，往後有個啥事，我們倆絕不推託！」

「姊姊，餘嬸。」打開大門的阿桃剛好聽到了阿河的話，偷偷地瞄了他們兩眼，又飛快地把視線落在季歌的身上，一臉茫然。這兩位是？

三朵把大門推開了點，鑽了出來，喜滋滋地喊。「餘嬸，大嫂，妳們回來啦。」說完，歪著腦袋看著兩個陌生的少年，眨巴眨巴眼睛。「他們是誰啊？」

「阿桃、三朵，妳們好啊，我是阿河，他叫阿水。」阿河笑著打招呼。

「先進來吧，進來再說。」季歌一手牽一個，帶著阿桃和三朵進了屋。

餘氏把大門全部打開。「得慢點，慢慢來，這門不是特別大，勉強才能把攤車推進來。」

「餘嬸這事對我們來說輕巧得很，您站開些。」阿水很篤定地說著。

一會兒後，兩人真把攤子輕輕鬆鬆地推了進來。餘氏順手把大門關緊了，對他倆說：「走，到堂屋坐坐。」

「估摸著一會兒三郎就能歸家，吃飯的時候，我再把事具體說清楚。」季歌對著阿桃和三朵解釋。

阿桃點著頭。「飯已經煮上，蔬菜都擇洗好了。」

「我的火。」三朵管著火塘看火勢，可別把飯給煮過頭了，這事她做得輕車熟路的呢。

季歌哭笑不得地看著三朵顛顛地衝出了堂屋，對著走過來的三人道：「阿河、阿水先坐著，我去張羅晚飯，一會兒三郎就該回來了。」

「好，劉姊忙著就好，不用管我們。」阿水大剌剌地說著。

餘氏到底是有些顧及，沒有進廚房搭把手，有阿桃和三朵在呢，索性坐在堂屋裡和兩個少年說些客套話，側面打聽他們的具體底細。

第五十七章

晚飯即將做好時，三郎才揹著藤箱回家。他已經開始跟著師父學武術，是和元小夫子同一個師父，這麼一來，原本的師生關係，就變成師兄弟關係了。三郎覺得這樣不大妥當，雖說不出個具體來，就是覺得不大好，本來想要拒絕，可元小夫子說這樣挺好，就這麼稱呼了。

嚴格說來元小夫子並不是正式的夫子，年歲還輕著呢，只能給幼童開蒙罷了；待三郎再大些，基礎學紮實了，就能正式拜到元夫子名下，往後他若真有了出息，也會直接說是學於元夫子門下。想來，元夫子對三郎是極喜歡的，不然，也不會同意他和兒子拜同一個師父學武術。

季歌知道這事後，很費了些心思做出幾樣糕點，又買了兩疋上等的布料，親自去了趟葫蘆巷，坐了小半個時辰才出來。心裡琢磨著，等往後有了錢，得送點比較好的硯臺或墨錠，不是給元夫子，而是送給元小夫子，他和三郎這關係，怎麼著也得表示一二才成，也是感謝元家對三郎的照顧，她想著這樣做會自然點。

吃飯的時候，季歌把阿河和阿水的事稍稍地提了提，旁的沒有多說，只是把那阿河編的藉口說出來，讓家裡的三個孩子心裡有個底，餘氏也在旁邊搭話，阿河和阿水兩個的態度也很熱情。

飯後，稍歇了會兒，阿桃和三朵去收拾廚房，季歌拎了桶熱水進澡堂，阿河和阿水想著該離開了，卻見餘氏端著半盆麥子，阿河忙走了過去。「餘嬸您要磨麵粉？我來吧，推磨也是個累活，我力氣大，三兩下就搞定。」說著，直接拿過餘氏手裡的盆。「就堂屋過去那裡對吧？」

「嗯，就是那雜物間。」餘氏點著頭。她明天想多烙點麵餅，肉卷再減減，先做二十份食料，看上午生意如何。

很快，阿河和阿水就把麵粉磨好了，磨得很是細膩。餘氏喜上眉梢，見天色將將暗，善意地提醒道：「一會兒回去路上當心些。」

「經常走夜路，餘嬸放心吧。」阿水笑嘻嘻地說著。

路過堂屋時，裡頭點了盞油燈，見三郎正在聚精會神地寫字，阿河和阿水頓時就邁不動腿了，呆呆地看著，他倆視力好，就算光線不明亮，也能隱約看見，那字寫得可真好看。這孩子才七歲，在學堂讀了大半年，一手字就能寫得有模有樣，將來必定頗有成就。

餘氏瞅見了兩人眼裡的讚賞，生出一股與有榮焉。「三郎啊，不僅會寫，還會讀呢，讀得特別好，還會教人識字，以前是教大郎他們，現在是教阿桃和三朵。」

「他還教人識字？」阿河心裡蠢蠢欲動。

「對啊，等他練好字，阿桃和三朵把家務活也拾掇妥當，三個孩子就會湊一塊兒。」餘氏樂呵呵地說著，在劉家住得久了，就越來越喜歡這個家，特別地有氣氛，時時刻刻充滿著溫馨和歡笑。

阿河把視線落在餘氏身上，囁嚅著，略顯艱難地道：「餘孀您看，這會兒時辰還早，我們就再待會兒吧。」說著，一雙眼睛閃閃發亮地看著餘氏，有著期盼。

「這個……」餘氏有些拿不定主意。

就在這時，三郎的聲音響起了。「餘孀讓他們進來吧。」

對於三郎餘氏頗顯無力，這孩子年紀小小，也太早熟了點，她是一點都摸不透。「你們進去吧。」

阿河和阿水兩人歡歡喜喜地進了堂屋，站在桌邊看著紙上的字，這麼近距離地看著，那種震撼感就越明顯了。

「你們想識字？」三郎擱了筆，問了句。

「你、你願意教我們？」阿河很是意外激動。

三郎點點頭。「對，先教你們一句話。我寫著，你們看。」說著，他提筆寫出一行字——「滴水之恩湧泉相報」。

「看懂了嗎？」他才不相信大嫂的那些說詞，騙騙三朵和阿桃還行，想騙他？是不可能的！想來應是別的原因，不然這兩人不會無緣無故地稱自個兒是姪子，他能想到的，估摸著是大嫂曾幫襯過這兩人，眼下家裡的情況，有兩個身強力壯的少年走動，情況會好上一些，這個他懂。

「看不懂。」阿河搖著頭一臉迷茫。

阿水也跟著搖頭，其實他對識字不大感興趣，看得眼睛都是暈的，可阿河想識字，他只好跟著。

三郎擱了毛筆。「我教你們，滴、水、之、恩、湧、泉、相、報。」他唸一個字便停頓一下，阿河很機靈，立即跟著唸。

待這句話唸完後，阿河目瞪口呆地看著跟前的幼童，其滋味真是難以形容。這小屁孩竟然在告誡他？哎喲，這小屁孩可真有意思啊。

「懂意思？」三郎抬頭繃著小臉，嚴肅地問。

阿河憋著笑意，點著頭。「懂！這話聽別人說過，我知道是什麼意思。」

「嗯，懂就好。」三郎矜持地點了點頭。「今兒個有些晚，你們先回家，識字的事，現在還不行，得再看看。」他倒是想把元小夫子的樣子模仿個十成十，可惜，連個表面都裝得不大像。

季歌在門外看了會兒，忍不住噗哧一下笑出了聲。「行了，阿河、阿水你們先回家，三郎說得對，今兒個有點晚了。」

「那行。劉姊，我們先走了。」阿河覺得也是，這才幾天，難免急切了點。不著急，慢慢來，反正他們兄弟倆是很誠心誠意的。

送著這兄弟倆出了院子，季歌關上大門，走到三郎的身邊，輕彈了一下他的額頭。「你個人小鬼大的，心眼可真不少。」

「家裡就我一個男人，自然要穩妥些！」三郎說得理直氣壯。

季歌笑得越發厲害，捏了捏三郎小小的胳膊。「這就是男人了？」

「會長大的！我正在努力練！」三郎小臉繃得緊緊，一雙烏溜溜的大眼睛，亮得特別奪目。

「大嫂相信你，相信三郎，遲早有一天會變成一個頂天立地的好男兒。」季歌沒有再逗這小傢伙，可別過火傷了他的自尊。

三郎抿著嘴點頭。

阿桃和三朵回堂屋後，三郎教著她倆識字，季歌和餘氏則做著針線活，屋內點了兩盞油燈，很是溫暖敞亮。此時時辰尚早，夜才剛剛開始，有聲音飄進貓兒胡同散進各院落裡，三郎唸字的聲音、問話的聲音、阿桃和三朵偶爾的回應聲，摻雜在一塊兒，聽在耳朵裡，有種別樣的寧靜。

「對了，咱們把看信的事給落了。」自回家後就沒停歇過，這會兒清閒了，才想起這事來，餘氏忙擱了手裡的活，急急忙忙地去掏藏在袖子裡的信，摸索了會兒，才深深地吐出一口氣，拿著信直拍胸口。「還好沒有丟，差點就嚇死我了。」

三個孩子聽到信這個字眼，齊唰唰的把目光落到了季歌的身上，那眼睛火熱的，好像看到了金山、銀山似的。

「都過來吧，讓三郎給咱們唸信。」季歌也掏出藏在袖子裡的信件。

三郎努力地克制著想要上揚的嘴角，擱了筆，慢條斯理地走了過去。在他現在的認知裡，所謂的沈穩，就是不慌不忙，不會輕易洩漏情緒。

「三郎你快點，好慢。」三朵急得不行，一把拉住三郎往大嫂身旁扯。

餘氏也暗暗嘀咕著，三郎這孩子越來越老氣橫秋了。

「先唸阿瑋的信。」見餘嬸那急切的模樣，季歌很能理解她的心情。

「那，先唸我的吧。」餘氏對著季歌笑笑，小心翼翼地掏出信，再小心翼翼地打開，然後，就見一張薄薄的紙飄然落往地面。

季歌定睛一看。銀票！趕緊伸手接住，同時想起在小販道時大娘說的話，她恍然大悟。「難怪大娘不讓咱們在小販道裡拆信，原來裡面藏了銀票啊。」

「啊，真是銀票啊。」餘氏才反應過來，湊過去看了眼。「是二十兩呢，怎麼就寄錢回來了？」

「餘嬸您把銀票拿好。」季歌這會兒也有些急了，對著三郎說：「三郎你快唸唸阿瑋這封信，看信裡寫了什麼，怎麼這麼快就寄錢回來了，我記得，他們中途還要買貨的啊。」說完，就麻利地拆開了大郎寫給她的信，信裡也掉了張銀票出來，卻是五十兩銀子！「他們怎麼把錢都寄回來了？自己不要用嗎？本金呢，夠不夠？」

兩封家信，明顯是托了讀書人所寫，字跡端正工整，語句也經過修改。

餘瑋的信裡大致意思是，九月底商隊停在了煙江，從松柏縣帶去的貨物賣完後，利潤翻了一倍有餘，扣去商隊收取的一成利，也還餘下整整一倍利潤的錢財，他把這掙來的純利換成銀票夾在信件裡捎回家。又說，手裡囤了批煙江特產貨物，等到了西北，又能賣個好價錢，還說看中了些稀罕的小玩意兒，到時一併帶回來，送給餘氏和秀秀。

接著又說了一路的所見所聞，尤其是坐船，整整半個月都在船上，他剛開始有些暈船，幸好有長山哥在，找了個偏方一用，第二天又生龍活虎了。最後結尾時，說自己很好，吃得好、睡得好，就是黑了些，二郎說他長高長壯了，也不知道是真還是假，等回來再讓娘瞅瞅，讓她莫牽掛憂心，在家顧好自己。雖語句經過略微的修改，也能從字裡行間感覺到餘瑋那股興奮激動，完全可以想像出他有多麼的意氣風發。

餘氏聽完信後，眼淚忽地就嘩啦啦地往下流，嘴角卻上揚著，眼裡也帶了笑意，只是那笑意被眼淚模糊了，眉宇間的神情，透著高興、愉悅、欣慰，又摻雜著惆悵落寞。她這寶貝兒子，總算是長大成人了，他爹泉下有知，也該瞑目，戰戰兢兢這麼些年，總算沒有辜負老伴，可惜他走得早，是看不見這些事了。

「餘嬸喜極而泣了，最難得的便是這歡喜的眼淚。」季歌眉開眼笑地說著，掏出一方帕子。「餘嬸您快擦擦，這歡喜的淚啊，落一會兒也就夠了，久了可不成。」

餘氏接過帕子，樂呵呵地直點頭，擦乾臉上的淚痕，看著季歌道：「大郎媳婦啊，我決定了，明兒個回村一趟，把這封信帶給老餘看看，再跟他絮叨些瑣碎話。」

「也好。後天能回來吧？倘若有人問起鮮香肉卷攤的事，我也好回答。」她倆沒生意的時候，常會湊一塊兒話家常，久而久之，不少顧客就知道，她倆關係好得緊，也是住一個院落的。

「能回，後天下午就能擺攤。」餘氏應道，又催促著。「快讓三郎唸唸妳手裡的信。」聽到了兒子的信，她一顆心已經踏實，將心比心，大郎媳婦還沒有聽劉家的信呢，面上看著不顯，心裡不知急成什麼樣。

其實季歌已經粗粗地看了一遍手裡的信，她把信交給了三郎，摸了摸阿桃和三朵的頭頂，隨著信件交到三郎的手裡，這兩個孩子的視線也移到了三郎的身上。

劉家的信，開頭就是詢問家裡如何，自他們走後，日子過得安穩否？生意那麼好，沒了他們幫襯，是不是特別累？阿桃和三朵有沒有搭把手？還是少做些糕點吧，錢財不要緊，得把身體顧妥當了。十月深秋，天氣寒涼，要多多注意保暖，窗紙換上了沒？被褥換厚了沒？幾個孩子乖不乖？……

餘氏聽著這一溜的問號，納悶地嘀咕。「又沒法回信，問得這麼詳細具體也不管用啊。」

第二段說的是一路上的所見所聞，簡潔地寫了幾樁妙聞趣事，又說了自身的狀況，吃喝穿戴包括身心健康，都說得比較細緻。第三段粗略地說了說買賣的事，重點叮囑，雖寄了五十兩回家，可他們手裡的錢很寬裕，這五十兩是讓家裡能改善生活，吃好點、穿暖些，別擔心攢錢的事，這事交給他們兄弟倆就成，家裡安安心心地花錢、舒坦地過。

最後結尾時，是寫給三郎的，家裡全是婦孺，他年歲雖小，卻讀了聖賢書，理當在兄長離家時，擔起撐家的重任，倘若真發生什麼事，應第一時間反應過來，盡快想到妥當的解決法子；平日裡該學著更穩妥些，莫讓四方鄰居小瞧了劉家，受莫名的冤枉氣等，然後又細心地關懷了幾句，問了學業上的事，讓他好好讀書，得聽大嫂的話，勞逸結合、一步一腳印地讀書。

說完三郎，又略略地提了幾句三朵和阿桃以及二朵，還向餘嬸問了好，說了些家裡的婦孺多虧有她照應著等此類感激話，末了，讓家人別牽掛擔憂，他們過得很好，等到了下個落腳點，也會寄信回家。

三郎唸完信件後，目光怔怔，久久沒回神。

季歌笑著從三郎的手裡拿過信件，仔細地摺好。「三郎，發什麼呆呢？信看完了，該習字溫書了。」說著，看向三朵和阿桃，目光溫潤柔和。「妳們兩個別識字了，把針線笸籮拿出來打絡子。」

「大嫂，大哥、二哥什麼時候能回來？」三朵眨著漂亮的杏仁眼慢吞吞地問著，眼裡帶著想念。前些天家裡發生了事，雖說她不是很懂，卻察覺到氣氛不對，儘管事情解決了，家裡也恢復了溫馨，心裡到底是殘留些害怕和恐慌，會下意識地想念心底依賴著的哥哥們，可惜他們出遠門了，都好久了還沒回來。

阿桃也眼巴巴地看著季歌，默默地數著。八月二十日出發，今兒個是十月初十，即將滿兩個月，十一月初十，十二月初十，眼看不久就要過年了，信裡說，等到下個落腳點，就會寄信回家，第一封信用了近兩個月，第二封信不知道是不是也要這麼久，那往回趕……過年的時候能著家嗎？這麼一琢磨，她的心忽地跳得特別快，挾著些慌亂。不能說，姊姊還懷著孩子呢，興許是她想多了。

「過年的時候就會回來了。」季歌笑著摸摸三朵的額頭，左手捏著信，低頭看著自己的肚子，伸著右手輕輕緩緩地撫了撫。等大郎回家時，她的肚子該有些顯了，到時大郎見著了，不知道要興奮成什麼模樣，光想想他那憨傻的樣子，她眼裡就堆滿了幸福的笑，心裡跟喝了蜜似的甜著。

阿桃看著三朵。「我去端針線笸籮，把妳的一併端過來。」

「我要隨妳一道去。」三朵這年歲正是想要有伴的時候，二姊去了錦繡閣，阿桃過來後，讓她歡喜得不行，兩人成天地處著，不管幹什麼都是一起的，久了也就成習慣了。

餘氏把信細細地摺好後，重新裝回了信封裡，回頭擱衣箱子裡，沒事就拿出來看看，不識字也沒啥，剛剛三郎唸的，她都記心裡了，等明天回村，也要唸給老餘聽聽，等秀秀回家住時，也拿出來給她看看。

季歌目送著三朵和阿桃手牽著手出了堂屋，餘光瞄見身旁的三郎，仍怔怔地立著，心裡忽感不妙。「三郎。」這是被觸著哪根神經了？「三郎？」

「大嫂。」三郎自思緒裡回過神來，抬頭目光平靜如水，那烏溜溜的眼眸，不知是光線問題，還是其他原因，顯得格外幽深。

「發什麼呆？」季歌微微蹙眉，伸手拉起三郎的手。「有點涼。」說著，摸了摸他的衣袖，還算厚實。「我去給你泡杯茶暖暖手。」這幾天天氣好，也就沒有生炭火。

三郎搖著頭，抽回了手。「不用，大嫂我練會兒字，整個人就熱乎了。」

「欸。」季歌應著，撥了撥燈芯，屋裡又敞亮了幾分。「練會兒字，就歇歇手，再溫會兒書，泡個腳，回屋睡覺。」這孩子嘴裡應得好好，回頭冷不丁的又心事重重，說多了，也怕煩著他，還不如平時多多看顧著。

「知道了大嫂。」對上大嫂柔和的眸子，三郎又說道：「我寫三篇字，再看會兒書，就去泡腳。」

懂就好。季歌笑得欣慰。「行。」三郎就是太早熟了，小小年紀責任心就格外地重，或許可以找個時間跟元小夫子說說，讓他在傳道授業時，不著痕跡地從學習上開導他。元小夫子在三郎的心裡，有著深刻的意義，或許能發揮出不小的作用呢。

三朵和阿桃拿著針線笸籮回堂屋時，季歌和餘氏已經在忙著繡活，阿桃看著她倆手上的繡活，抿了抿嘴。「姊，妳在做小鞋子？」

「對。兩個多月了，該著手給孩子準備衣裳鞋襪。」季歌笑著應。明天中午……不對，餘嬸明天要回村，後天也不行，十三日的中午可以去逛逛街，買些上等的棉料子回來，要不要跟大娘說一聲，拉著她一併逛逛？瑩姊也是，索性四個人一起逛？還沒一塊兒逛過街呢。她越想越覺得可行。「餘嬸，十三日的中午，咱們邀大娘和瑩姊去逛鋪子，挑選些合適的布料回來。」

「這個好。」餘氏聽著立即就點頭了，很開心地拉著季歌說起周歲內小嬰兒穿著方面的注意事項。

兩人邊說著話，邊不緊不慢地做著繡活，三朵和阿桃豎著耳朵，尤其是阿桃，聽得格外地認真，還時不時地插嘴問個一、兩句。待更聲響起時，這才收了聲，拾掇好物品，道了晚安，各回各屋睡覺。

第五十八章

第二日清晨吃過早飯後，餘氏回小楊胡同收拾了番，便匆匆忙忙地租了牛車回村。阿桃和三朵留在家裡，三郎揹著藤箱去學堂，季歌拎著裝有糕點的木盒，悠悠閒閒地到了寄放處，推著攤車往小販道走。剛開始有生意時還不顯，等手頭沒事了，閒坐著就有些想念餘嬸了，有些習慣可真要人命。

就算生意好，季歌每日的糕點也只做五、六百文的分量，也是因為顧及餘嬸，免得早早地買完，餘嬸也跟著收攤回家，這樣不好。今兒個餘嬸不在，她就偷懶了，只做了五百文的分量。才剛進申時，糕點就賣完了，她把攤子收拾好，推到了寄放處，又仔細地清洗了番，去菜市買了做晚飯的菜，拎著菜路過零嘴鋪子時，還買了純蜜柿子和糖霜梅乾，前者口感糯甜香軟，後者酸甜爽口。

「大嫂，妳回來了。」開門的是三朵，仰著小臉笑得特別燦爛。

季歌進了屋，見三朵麻利地關了大門，眼裡浮現笑意，把兩樣零嘴遞了過去。「拿著，和阿桃吃。」

「等大嫂一塊兒吃。」三朵甜滋滋地笑，抱著兩個油紙包樂顛顛地進了東廂屋裡，邊跑邊喊。「阿桃，大嫂買柿子餅和梅乾了。」光聞著這香香的味，她就知道是什麼。

阿桃收了針，笑著起身。「這個得用手拿著吃，咱們去淨個手，正好和姊姊一起吃。」

「好。」三朵把兩個油紙包擱到了桌上。

她們仨在屋裡美滋滋地吃著可口的零嘴說著話時，那邊，阿河和阿水窩在城門口的主街道，頭髮披散、臉塗得烏漆抹黑，穿著破破爛爛的乞丐裝，前面擱著一只缺了口的髒碗，裡面零星地放著幾個銅板，赤著腳窩在街道旁，有氣無力的模樣甚是可憐，實則是讓太陽曬著可真舒服，懶洋洋的，好睏。

正昏昏欲睡時，忽地聽見自前方路過幾人，他們正在說話，說起一個名字時，阿河和阿水立即就精神了，抬頭看著不遠處的幾人，麻利地把碗裡的銅錢收起，拿著破碗兩人對視一眼，不動聲色地跟了過去，等靠近些了，便豎起耳朵使勁地聽他們的說話內容。

「雖說時辰不算晚，卻也有些緊，不如咱們先找間實惠些的客棧，安頓好的同時，也能問問店家貓兒胡同怎麼走。再者，咱們這有五人呢，想來大郎他們租的院落也住不下。」

「平安說得也對，咱們先找間客棧。」

「咱們找著客棧也別安頓了，先問了貓兒胡同的具體位置再說，萬一大郎他們真有個甚事，不得耽擱時間了？」

「楊大哥這話也在理，那就這麼辦吧。」

阿河和阿水聽到這裡算是明白了，這幾個啊是好人，是來找劉姊他們的；不過，單這樣還不行，得先阻止他們，阿河心裡有了主意，大步走了過去。「你們是不是要找貓兒胡同的劉家劉大哥他們一家子？」

「你、你知道在哪兒？」其中一個問道。

阿河點著頭。「知道。劉姊於我們有恩。這樣吧，我先去貓兒胡同跟劉姊說一聲，把你們的樣貌形容給劉姊聽，得了她的首肯，我再領你們過去；至於客棧的事，我讓阿水給你們領路，這一帶我們都熟。」

「這樣妥、這樣妥，你小子夠機靈，行，就這麼辦，快去吧。」

另一個飛快地接了句。「直接跟大郎說，我們是從清岩洞過來的，福伯、順伯還有我平安，還有楊大伯和有根叔，你一說，他就知道了。」

「欸，好，我都記著了，你們稍等會兒。」到了這會兒，阿河已經可以確定，這幾人是好的，他飛快地消失在人群裡，往貓兒胡同跑。

阿水大剌剌地道：「你們隨我來，我領你們去找客棧。」心裡很是高興，劉姊的鄉親就是不一樣，見到他們是乞丐都沒有嫌棄，還挺和善的。

清岩洞的村民，都記著劉家的恩情呢，也是村長和里正時不時地掛嘴上念叨著，平時每月月初劉家兄弟會回清岩洞一趟，可這十月啊，眼看就要進月中了，怎麼還沒人過來？不僅村長和里正心有不安，連那些和劉家交好的人家也略微擔心。

恰好初九的時候，村裡組織對蘑菇的培育栽種，終於有了歷史性的進展，搗鼓了這麼幾個月，總算是沒有白費功夫和心血，消息宣佈的那刻，全村上下都跟著沸騰起來！這就證明，這條路子是真的可以掙錢！劉家媳婦說的都是真的！有了這麼個好消息，村長和里正覺得，應該通知劉家，讓他們也高興高興，順道過去看看，劉家在縣城可還安好，希望別是他們想多了。

於是，村長和里正找來和劉家交好的人家，如此這般的商量一番，就定了五人前往縣城。他們初十動身來縣城，待十一日村裡也有一隊人出山進鎮辦年貨，真有個啥事，把消息從縣城遞到鎮裡要方便些，到時鎮裡辦年貨的隊就能直接來縣城，沒事的話就太好了，該做甚就做甚。

按說這個時辰，阿河應該去小販道找季歌，可他考慮到自己的穿著打扮，冒冒失失地上前，有那麼多攤主看著，若讓那眼尖的瞧出點什麼來，不知道得掀起什麼風波；不如先去貓兒胡同，再暗地裡護著阿桃去小販道，讓她把事情跟劉姊說一說，討個主意過來。那邊有阿水在，帶他們去客棧安頓下來也需要一會兒的時間。

阿河沒有想到的是，今兒個季歌收攤比較早，這會兒正在家裡呢，如此倒是省了事，阿河快言快語地把事說了說。

「是熟人，全是清岩洞的熟人，你們倆領著他們過來吃晚飯，我去買菜。」知道清岩洞來人了，季歌很是開心。

阿河聽她這麼說心裡就有底了，應了話便麻利地出了劉家院子。

還好時辰不算晚，可以好好地張羅一桌飯菜，季歌索性帶了阿桃和三朵去了趟菜市，買了好幾樣菜，回來後麻利地著手生火燉蘿蔔骨頭湯，火塘也燒起了火來淘米煮飯。

阿河沒有急著回客棧，先拿了好衣裳，去城外的河邊洗了個澡，打扮得有模有樣後，才去客棧找人。阿水蹲在客棧的不遠處，見兄弟穿著不一樣了，沒有上前說話，而是起身匆匆離開。客棧裡福伯他們已經安頓好了，正在客房裡等著阿河，五人有一搭、沒一搭的說著閒話打發時間。

阿河找到福伯五人，在屋裡把近來發生的事一五一十的告訴了他們。因心裡早有猜測，福伯五人倒也沒多驚訝，聽了阿河的話只覺胸膛湧了股怒火，著實惱怒得不行，倘若早點得知消息，不管有多山高路遠，他們也會連夜趕過來出把力的。琢磨著回去後得和村長說說，有事沒事多來縣城蹓躂蹓躂，得讓街坊鄰居們知曉，他們清岩洞可是個相當團結的村子。

進了貓兒胡同後，福伯他們特意整了點動靜出來扯著嗓門說話，有好奇心重的鄰居打開大門瞅了眼，福伯他們便和氣地笑著，挺自來熟地說了句。「正吃著晚飯吧？我們啊都是從山裡趕過來的，給搬來縣城謀生的鄉親送些糧食，最近他們家男人不在，沒法進山搬運。」

「喔。」那街坊聽著，笑道：「是劉家吧？」又看了眼阿河和阿水。「你們這是什麼村？感情還真不錯。」把事做到這分上的少見呢。

「深山溝裡的小村落呢，出入不大方便，就巴掌大的村子，處得久了情分就深了。」季歌站在門口，笑著喊人。「福伯、順伯、楊大伯、有根叔、平安、阿河、阿水，快進屋。」說完，她又衝著那鄰居友善地笑了笑。

那鄰居也衝著她回了個友善的笑，心道往後可以和劉家多多來往，是個厚道人家呢，否則哪能這麼得人心。

一頓飯吃得很是熱鬧，福伯他們把培育蘑菇有所進展這事，很是仔細地告訴了季歌，又說，待還有什麼新的進展，他們必定會再過來縣城。飯後，天色將將暗，福伯他們也沒有久留，稍坐了會兒，就起身走了，季歌領著三個孩子站在門口送他們，等著他們走遠了才返回屋裡。

十月十二日餘氏回來了，中午休息時，兩人特意去了大康胡同和天青巷邀了瑩姊和花大娘明天中午逛街。十三日傍晚秀秀和二朵回家住，晚間見到季歌和餘氏的繡活時，兩人一問才知道，原來要開始做嬰孩的小衣裳了，她倆特別地興奮激動，都說要給寶寶做小衣裳；別看二朵才學了大半年，可她天分比季歌高多了，這繡活啊，還真有那兩分韻味呢。

「妳倆有時間嗎？」餘氏納悶地問。

二朵連連點頭。「有。慢慢來唄，一天繡一點。我給妞妞的小棉襖快做好了，大嫂，等季家二哥領著嫂嫂過來時，煩勞他們把棉襖帶給妞妞吧。」

「他們應該會在月底過來，妳把小棉襖做好後，就拿到家裡來，我會跟二哥、二嫂說的。」季歌笑著點頭。

秀秀歡喜地道：「杏姊我給寶寶做頂虎頭帽吧，這個我最拿手了。」

「好啊，布料中午都買回來了，我去拿來，妳選選看喜歡哪個色。」和餘家處得好，季歌還真沒客氣。「等做好了，妳們點菜，我張羅一頓豐富的給妳們嚐嚐。」

「太好了！」二朵笑得特別燦爛。「大嫂我最喜歡妳了。」

這一晚因討論這個話題，絮絮叨叨的，倒是越說越盡興，連更聲響了都不知道，後知後覺回過神來時，才發覺都快戌時末了，忙稍稍地收拾了番，道了晚安，各回各屋睡覺。

花大娘和花瑩得知秀秀和二朵也要做寶寶的小衣裳和小鞋襪，心裡很高興；阿桃和三朵也嚷嚷著要幫把手，她倆的繡活尚是稚嫩，阿桃倒是可以做小鞋子。但這也沒有打擊三朵的興致，說她想做什麼就做什麼，季歌特意讓她選了點布料，三朵捧著布料笑得眉眼彎彎，不知在想什麼，小臉閃閃發光。

幫手這麼多，如此一來，嬰孩周歲間要穿的衣裳、鞋襪、帽子、尿布等，就不著急了，慢功出細活；再說，這做繡活啊，可不能趕，得慢慢來，免得傷了眼睛，左右還有七個月呢。

煩心事通通都沒有了，生意也是一天好過一天，人逢喜事精神爽，劉家院落裡氛圍相當地好，吃得好、睡得好、容光煥發，一眼就知道日子過得很是滋潤。

十月十六日的傍晚，季歌和餘氏推著小攤子正進貓兒胡同呢，遠遠的就聽見有人喊她。

「大郎媳婦，大郎媳婦，我們來看妳了！」

側頭一看，對上幾雙歡喜的視線，眼眶瞬間就泛紅了。正是福伯和順伯兩人領著他們的媳婦和有根嬸、平安媳婦，前面是阿河在領路，推著個板車，板車上裝著耐燒的柴木和好幾個麻布袋，他們手裡還拎著籃子。

待走近了些，季歌略有些哽咽地喊人，招呼著說：「都不知道你們要過來，怎麼還推著板車呢，客棧找好了沒？平安媳婦我記得妳家的娃都能走路了吧。」說話有些語無論次，情緒翻騰得厲害，都不用想便知道，定是福伯他們回去後，福大娘她們得知縣城這邊的情況，特意湊一塊兒過來看她的。

「劉姊放心吧，阿水去負責這事了。」阿河在旁邊接了句。

平安媳婦在清岩洞時，就好喜歡和大郎媳婦話家常，她這麼一走啊，還真是寂寞呢，這會兒見著了，很是興奮。「這板車上的，都是給你們的。有麥子、糙米還有各種雜糧等等，這些柴木啊，都是頂好的主幹，特耐燒，聽說縣城連柴和水都要買，是不是這樣的啊？那也太慘了，還有木炭呢，剛出的窯，好著呢，還有板栗、雞蛋、菜乾等等，好多好多都數不清了。」

「對啊，大郎媳婦啊，妳甭去買菜了，我們啊，把菜都帶來了，瞧瞧還有隻雞呢，殺好了拿過來的，記得妳愛吃那火焙魚，雖說我手藝沒妳好，嚐嚐味也是好的。這縣城看著是好看，可真繁華，就是太燒錢了，而且熱熱鬧鬧，可真吵，還是咱清岩洞好。」有根嬸也在旁嘰哩呱啦地說著。

福大娘和順大娘時不時地接兩句，倒是福伯和順伯老老實實地推著板車，阿河則幫著餘嬸推攤車。

三個女人一臺戲，六個女人湊一塊兒，又是性情極好的，氣場都特別合，說起話來就樂哈哈的，別提有多熱鬧了。這時候，正是收攤回家的時辰，貓兒胡同來來往往的人還挺多，見著就好奇地問了句，季歌笑著回答他們，從清岩洞過來的幾個都是說話的好手，就算不認識，也能搭著侃兩句家常來。

這一晚過去後，周邊都知道這劉家啊，人緣真心的好啊！都搬出村了，知道劉家在縣城出事後，村裡來了一撥又一撥的人，巴巴地送著一車又一車的糧食和東西，亮瞎狗眼了，瞧著又是腥、又是葷，又是糧食、又是柴炭，粗粗一數值不少銀子啊！簡直就沒法相信，可事實擺在眼前，容不得人不相信。
有些人家見劉家人緣如此好，就起了結交的心思。想來，這劉家人的品性也是極好的，雖說出了那檔事，名聲有損，細細想來卻是被嚴家的貪心給拖累。沒多久，冷冷清清的劉家門前，莫名其妙地就變得門庭若市了。當然這都是後話了。
從清岩洞過來的鄉親們，在劉家吃過晚飯後，就回客棧住著。第二日，季歌特意停了攤，讓餘嬸跟想買糕點的顧客說聲抱歉。她領著三朵和阿桃帶著鄉親們去了天青巷，花伯和花大娘見著福伯他們，高興得都不知道要說什麼好了，在花家吃過午飯，下午一夥人浩浩蕩蕩地逛街。
福大娘他們帶來了這麼多東西，這回禮自是得好好琢磨，買了布疋、紅棗、桂圓等乾果，還搭了些糕點，都是寓意比較好的吃食。十八日的早晨，送他們到了城門口，才把回禮拿出來，推託了好一會兒，他們才接下回禮，瞅了瞅時辰，沒多耽擱，坐著牛車緩緩離開。
往回走的路上，花大娘喃喃地道：「其實啊，我還是喜歡待在清岩洞，日子過得要舒坦多了，雖說吃穿上粗了些，可心裡自在，哪像這縣城，看著熱熱鬧鬧、和和氣氣，都是表面的，背裡不知道是什麼模樣呢。」
聽著大娘這話，季歌心裡忽地好惆悵，瞬間，特別地想念清岩洞的日子。在縣城的生活看著是好，卻累得慌，是精神上的疲累。
下午飄起了瑟瑟秋雨，氣溫忽地降低好幾度。
餘氏趁著沒生意，湊到了劉家糕點攤，拎了個凳子坐著。「想什麼呢？」搓著手又說：

「說冷就冷了，好在咱倆穿得還算厚實，不管能不能賣完，咱們今天早些收攤吧。」臨近傍晚寒氣就更重了。

「福伯他們還在路上呢，下著雨，也不知天黑前能不能趕回家。」季歌微微蹙眉。「這雨落得不是時候啊，就是稍晚些也好。」想起每回下雨，有鄉親沒著家時，村裡會組織人進山接應，多少放心了些。

「這雨細著呢，趕路回家，燒碗薑湯喝下，再洗個熱水澡，出不了什麼事，莊稼漢底子厚實，這點寒不算什麼。」餘氏笑著寬她的心。「倒是妳二哥，今兒個娶媳婦，天公就有點不作美了。」

經這麼一提醒，季歌才想起今天二哥成親呢，她沈默了下，小聲地說：「餘嬸我琢磨著，清岩洞那邊若真把蘑菇培育成功，我想讓他們把這技術教給我爹娘，好歹也是條出路，能掙幾個錢。」

「這妳可得想明白了。」餘氏看著她，神色透著嚴肅。「畢竟是清岩洞琢磨出來的法子，雖說裡頭有妳的功勞，妳想要孝敬妳爹娘可以，但妳得想想，一朵還好本是劉家人，可季家還有三個兒媳，這技術多稀罕，萬一被兒媳帶回了娘家，也想讓娘家沾沾光，一傳十、十傳百，這樣一來，妳就成清岩洞的罪人了。」

頓了頓，餘氏又繼續說：「妳別覺得我想太多，一般的姑娘家，都會向著娘家，娘家是靠山，當然大部分也會拎得清，不會婆娘不分，知道要把握好分寸。就拿妳自己說，眼下家裡寬鬆些了，瞅著娘家就有點心軟想拉一把，這樣的心態很正常，別人也會有這樣的心態。

所以，這事妳要做，還得細細想透，想妥當了才能做。

「清岩洞裡的鄉親們品性不錯，把劉家的恩情記在心裡，對劉家很是看重，千里迢迢地過來送糧支援妳。我不說妳也明白，他們憑啥熱呼呼的和左右鄰居說話、打招呼，還不是為著劉家著想，就怕山長水遠真出了什麼事，遠親比不得近鄰；再者，也是告訴別人，劉家在縣城看著單薄，身後還是有大撥人在呢，妳可別一個疏忽壞了這難得的情分。」說著餘氏嘆了口氣。「就像柳家，好好的情分，說沒就沒了，多可惜。」

餘氏說的這些，季歌都粗粗地想過，此時聽著她說出來，心裡頭暖暖的。「這些啊，我都想過了，會先詢問村長和里正的意見，得了他們的同意，才會和爹娘說起這事；然後，告訴他們，這技術只能捏在他倆手裡，誰也不能說，等老了，也不能說出來，就當是借一下清岩洞的財路，給家裡攢些家底，讓日子好過些。

「我知我娘的性子，她很是拎得清，就因這樣，我才想到這法子。到時清岩洞都富起來了，娘家卻還緊巴巴地過著，我心裡也不好受。還有，往後家裡日子越過越好，大郎他們幾兄妹看著一朵在季家過得寒酸，肯定會想著拉一把，如果只單獨拉一朵，季家又沒有分家，我又是季家的出嫁女，這樣一來，季家必定會亂起來。」季歌記著季母說的話，覺得她說得挺對。

餘氏聽著連連點頭。「妳想得周全，這換親比一般的姻親要複雜些，兩面都要顧好，稍有不妥，就容易生嫌隙。」說完，嘆了口氣。「倘若不是窮，誰家願意換親？」

「後面還有三弟和四弟沒有成親呢，等著他們到了成親的年歲，我大哥和二哥生的孩子都能喊爹，到處亂跑亂跳了。您也常說，有了自個兒的小家，都會先緊著自個兒，掙的錢要上交，定會生小心思；若我爹娘有掙錢的門路，這就不一樣了，日子應能過得安寧不少。」

季歌越想越覺得這是一箭數雕的好事，就是不知道清岩洞那邊能不能同意。

餘氏很認同。「這話說得在理，就這麼辦吧，到時候定要商量好了再行事，免得出岔子，可不是鬧著玩的。」

「嗯。」季歌笑著應。暗暗感嘆著，能遇著餘嬸，也是她的福氣。餘嬸經的事多，看得透，和她處著特省心也很輕鬆自在。

俗話說，人生難得一知己，她這算是尋著一個知己了呢。

第五十九章

綿綿細雨斷斷續續地飄了兩天，進十月下旬後，這天才放晴，太陽也就中午出來露露臉，氣溫依舊很低，寒風有一陣、沒一陣的颳著，空氣裡透著沁骨的涼意。

吃飯的時候，季歌三句不離定要好好注意保暖，別一個沒留神就染了風寒。三個孩子聽她念叨多了，倒也不覺得煩躁，只會樂呵呵地笑啊笑，很是開心，把話都聽耳朵裡了，穿得厚厚實實，連鞋子都是納了厚厚的鞋底，很是舒服暖和。

見著阿河和阿水來幫著收攤時，季歌也沒忍住，碎碎唸地道：「你倆怎麼穿這麼少？這衣裳薄了些，得換個厚實點的，是不是手裡缺錢？缺多少？我補些給你們，快去把這衣裳換厚實點。」好像懷了孕後，她這性子就越來越大媽了。

「劉姊我們手裡有錢，上回妳給的銀子還留了不少，我們兩個向來是這麼穿的，都成習慣了，看著是薄了點，可一點都不冷，皮厚實著。」阿河笑嘻嘻地應。

阿水也道：「不冷，穿厚了熱得慌，不舒服。」

「年輕人火氣旺。」餘氏笑著應話。

四人一路有說有笑的進了貓兒胡同，這回阿河和阿水沒有留下來吃飯，說是今兒個晚上有吃飯的地方，人都沒有進院落，就匆匆忙忙地走了。

「這兩個孩子品性都好，怎麼就成乞丐了？」相處這麼久，餘氏還是不知道，他倆是從小被遺棄的，還是中途成的乞丐。

季歌倒是沒琢磨這事。「誰知道呢，大概是命吧。等大郎他們回來了，介紹他們認識認識，往後有事沒事也關照一二，跑商掙的錢夠了，要開個店鋪啥的，總得要招夥計吧？若真有這個需要，就讓這兩個孩子過來幫把手，吃穿不愁了，再攢點銀子，過個幾年咱們幫著張羅張羅，給尋個好媳婦。」

「妳想得比我想得還要遠。」餘氏忍不住笑出了聲。「妳自懷了孩子後，瞅瞅這說話，比我還要顯老氣。」

季歌聽著抿著嘴笑，沒有接話，腹誹著想，她兩世加起來活的年歲，還真比餘嬸要大一點點呢。

十月二十二日，季母領著新婚夫婦來了縣城，還帶著妞妞。他們到的時候，是快要吃午飯的時辰，正好都在家，沒讓季歌出門，餘氏拿了錢急急地去買了滷肉和燒雞添菜，又在周邊的飯館喊了條魚，外加一小盆飯，交了押金，回頭再把碗送回飯館。好在就算是他們自個兒吃，伙食也不差，有個骨頭湯，兩樣炒菜，這麼一湊六道菜，也算豐盛。

招弟姓劉，長得眉清目秀，是健康的小麥膚色，性子溫和又不失爽朗，初次見面印象還是很不錯的。妞妞有一歲多了，看著瘦了些，臉蛋有些粗糙，一雙眼睛又圓又亮，特別的愛笑，季歌喊她時，她就笑，笑得很是燦爛。季母在旁邊提醒她，說這是舅娘，她聽著奶聲奶氣地直喊娘娘，聽得季歌心都軟了。

季歌特意給妞妞蒸了顆雞蛋，又挑了軟糯的吃食餵她，小傢伙吃飯很老實，吧唧吧唧吃得特別歡喜、特別認真，完全沒有三心二意。飯後，三朵和阿桃帶著妞妞玩，妞妞可歡喜了，院落裡盡是她的笑聲，嘻嘻哈哈的，三朵和阿桃受了她的影響，也笑得格外開懷，坐在堂屋說話的大人們聽著她們的笑聲，眉角眼梢都有了笑意。

「聽娘說，妳懷了孩子，這是我自個兒繡的一雙虎頭鞋和一頂虎頭帽，匆忙了些，手藝上有些粗糙。」招弟把鞋子和帽子遞了過去，眼裡帶著盈盈笑意。

季歌接過鞋子，露出驚喜。「二嫂怪謙虛的，這手藝還叫糙啊，那我的手藝就更拿不出手了，看這針腳多密實，摸著舒服極了。」

「阿杏喜歡就好，倒也沒白費我的功夫了。」招弟笑著應。

季母在旁邊接了句。「這些日子過得怎麼樣？」

「挺好的，清岩洞來人了，還有同個村的兩個姪子也在這縣城，時常過來幫把手。」季歌把鞋帽擱進了針線笸籮裡，想著一會兒再收進箱子裡。

季母一下就聽出了話音。「那就好。大郎那邊來信沒？有沒有說什麼時候回來？」

「聽娘說起，妹夫是跟著人在外面做生意？這可了不得呢。」招弟誇了句。

季歌笑笑道：「來信了，十月中旬來的信，說一切都好，具體什麼時候回來，還得等下個月的信，估摸是年底吧。也不算是跟著人做生意，是幫著打下手，順便自己帶點貨做做小買賣。」

「那事沒妳想的那麼簡單，別說本錢拿不出來，一個沒注意連命都沒了。」季母沒留情面地刺了句。

招弟笑得一臉尷尬，紅著臉垂了頭，吶吶地說：「我就是有點好奇。」

「娘，問問能有啥。」季有糧嘻皮笑臉地接了句，對著季歌道：「大妹妳說是吧，滿足一下好奇心唄，都是在地裡刨食過日子，只聽說過誰家做生意，自家人裡還是頭一份呢。」

季歌看著這新婚夫婦，抿著嘴笑，溫溫和和地說：「二嫂別介意，娘說話就是這樣，卻是沒有說錯的，這事不僅要本金，還得交給商隊一成的純利，然後，遇上了山賊、水匪得頭一個衝上去，想躲起來也成，得交一百兩保命錢；也不是誰都能進，要身強力壯的年輕漢子，不服管教的，半路隨時會被丟出商隊。也是縣城日子太艱難，燒柴、用水都得要錢，沒了辦法，才冒這風險的。」

「這一趟就是好幾個月呢，命不好的，就命喪他鄉，都不能落葉歸根。」季母冷不丁地又冒了句。

季歌想，這才多久，婆媳倆就撞上了？當初看著不是說相當中意嗎？

「我知道娘是好的，刀子嘴、豆腐心。」招弟抬頭笑著說話，很快就收了笑臉，略有些惆悵地說：「這過日子啊，都是不容易，我底下弟弟多，年歲也近，一個接一個的，我爹娘也是愁白了頭呢。」

餘氏聽著聽著，算是聽出點味來了。「誰家日子不都是慢慢熬過來的，扛過了就好了。」

「都說的甚呢，就妳家那點破事，把苦水還倒這裡來了？」季母特不痛快。

招弟衝著季歌歉意地笑。「不好意思啊阿杏，我這人啊，就這毛病，嘴裡沒個把門的，娘也總念叨我，我也知道這樣不對，可一時半刻的有些改不過來。」

「……」季歌不知道接什麼好，她算是看出來了，這新進門的二嫂不是個簡單的，壓根兒就沒把娘那張嘴當回事，還能穩穩當當地反擊，難怪娘火氣這麼大。想了想，她回道：「是有些交淺言深了，在我這兒還好，倒也沒啥，在外人面前這樣就不大妥當了。」

讓季歌沒有想到的是，這招弟立即順著竿往上爬了。「我也是這麼想的，咱們都是一家人，我說兩嘴也沒甚，就沒太注意了。」

「……」原來說好的溫和是指這種溫和嗎？季歌也是無言以對。

季母騰地一下起了身，拉長著一張臉。「時辰也不早了，就別耽擱了，還得趕在天黑前回家呢。」

「也對，大嫂正懷著孩子呢，三弟、四弟又調皮，這時節晝短夜長，阿杏我們就先回了，沒得在半道天就黑了，我和妳二哥還好，火氣旺盛著，娘這年歲，若著了風寒就不妥了。」招弟起了身，輕聲細語地說著。

「……」季歌再次無言以對。二嫂說話時這口氣咋感覺有點不對勁呢？是不是她想多了？

二朵做給妞妞的衣裳，還有滋潤肌膚的香脂共三盒，昨天剛買的，家裡的香脂快用完了，趁著日頭好出門逛了會兒囤了三盒在家，以及一個四格攢盒，裡面放著兩樣乾果和兩樣糕點，因為季母他們走得急，沒時間置辦回禮，季歌只能抓著家裡現有的拿。來的時候，是季母抱著妞妞，回的時候，她直接讓二兒媳抱著妞妞，自個兒則拎著回禮。

見著妞妞的笑臉，季歌有些捨不得，拉著妞妞的手，對著季母說：「娘，這三盒香脂您和大嫂、二嫂每人一盒，香味不濃、清清淡淡，很潤膚的，妞妞也能用，不會刺激皮膚。」

「知道了。」季母沒好氣地回了句。「妳懷著孩子當心些，這雨天路滑，眨眼就要天寒地凍了。」

「還是阿杏想得仔細周到，我還從來沒有用過香脂呢，托阿杏的福了，這個冬天皮膚能改善改善。」招弟在旁說著順耳的好話。

季母就聽不得這二兒媳說話。「走了走了，妳也進院子吧，等得了空，我讓有倉領著一朵和妞妞過來。」

「欸，好。」目送著季母四人走遠了，季歌才關門回了堂屋。

餘氏嘀咕了句。「妳這二嫂不是個省油的燈。」

「娘有些壓不住她呢。」季歌喃喃地道，如此這般，又有些憂心一朵，心想，等他們過來時，得提醒一二。

堂屋裡還堆著季家提來的禮品，除了招弟做的虎頭帽和虎頭鞋，還有滿滿的一籃子雞蛋，隔了塊布墊了層細細的糠屑。季母說雞蛋用來做糕點也好，自個兒補身子都行，現在天冷，倒是能稍稍放久些，都是極新鮮的雞蛋，糠屑也別浪費了，拌了做雞食，來年春上她再送幾隻小母雞過來。

「撿罈子裡裝著吧，估摸有四十來個呢。」餘氏暗暗地想，幸好大嫂子看得明白，沒有辜負大郎媳婦的心意。上次回家時，不說別的，單是給兩老買的喜慶衣裳就花了好幾百文。

要依著她的想法來，這禮拿得卻是輕了些，不過有總比沒有好，能看出來大嫂子對大郎媳婦比以前要重視了些。

季歌拎著頗有些重量的籃子。「罈子裡放不下了，福大娘他們也拿了不少過來，先擱廚房裡吧，幾天就能用光。」自打大郎他們走後，連糕點的成本都增了近一成，雞蛋和麵粉都是在商行買的，要比清岩洞貴多了。前些天福大娘他們過來，每人拎了三十顆雞蛋，山路難走，一不小心就會磕著碰著，也難為他們了。有了他們送來的糧食，下個月的純利就能高一成。

「也行。」餘氏幫著她把雞蛋抬進廚房，看著裝雞蛋的罈子，提醒著說：「大郎媳婦啊，我覺得那事妳還是得細細想妥了。妳看，清岩洞的鄉親知道妳懷了孩子，也知道妳出了事，不僅推著一車子吃物過來，手裡還拎著滿滿一籃子，連雞都是大清早地清理好帶過來的，還有那魚也是，連柴、炭都為妳備好了。」

說著，她猶豫了下，瞅了瞅大郎媳婦的神色，見她聽得認真，便繼續說：「說句不大好聽的，大嫂子還沒福嬸他們周全體貼呢。再說妳新進門的二嫂，看她說話字裡行間，就不是個省油的燈，誰家新進門的兒媳，椅子都沒坐熱，就知道針對婆婆了，還當著妳這出嫁姑子的面，聽著像是好話，一琢磨才能明白意思，我就不喜歡她這樣的，稍沒留神就被忽悠了。」

「二嫂那張嘴比我娘的嘴可厲害多了，卻要顯溫和些，我娘說話太直了，跟吐刺似的，好在她腦子清醒，沒有被二嫂點著火，這真掐起來了，八成還得我娘吃虧。」季歌想著招弟那說話的口吻，搖著頭道：「罷了，這是她們婆媳間的事，我也不好多說什麼。」

餘氏贊同地點頭。「對，別插手。」說完，一拍腦袋。「錯了，我要說的不是這事。」

「我知道，您想說清岩洞蘑菇培育這事，您認為把這財路借給季家不大妥是吧？」季歌緩緩地說著，面露思索。

「就是這事。妳這二嫂太精明了，她心裡惦記著娘家兄弟，不得削尖了腦袋往裡鑽，想把這技術學到手，她又那麼會說話，真出了事，妳怎麼向清岩洞那邊交代？」餘氏說得嚴肅，擰緊了眉頭。「要不，這事擱著吧，哪天劉家兄弟真想拉一朵一把，到時再商量個穩妥的法子來。」

季歌抿著嘴，神情有些隱晦不明，半天沒有說話。

「妳在遲疑什麼？」餘氏納悶地問了句。「裡面還有什麼隱情不成？」

「也不是。」季歌支支吾吾，嘆了口氣。「餘嬸我就跟您直說吧，主要是，我不想劉家太過插手一朵的事，就怕距離近了，太過熱乎，一朵又有些拎不清，該怎麼辦？前面已經鬧過一回，我是不想再鬧第二回，太傷情分了。我就想著，透過爹娘的手，拉了一朵也拉了季家，算是一舉兩得，不遠不近這樣剛剛好；再說，光拉了一朵撇開季家也不成啊，這樣說不過去。」

餘氏一聽頓時就愣住了，半天才反應過來。「我把這事給忘了。」她小聲地嘀咕著。

「這換親可真麻煩。」又道：「妳想得也沒錯，一朵如今悔改了，劉家兄妹心裡定是高興欣慰的，待他們跑商歸來，有了本金要在縣城置業，手裡寬鬆了，就算一朵不說，也會想著拉她一把。父母早逝的兄弟姊妹，感情好的，那情分深著呢，割都割不斷。

「不過，」餘氏說著，滿臉不解地看著季歌。「大郎媳婦啊，妳是不是真想多了？這事合該是大郎他們琢磨啊，等他們提起這事了，妳再和大郎把妳的想法說一說，可以讓他們出面，扶持著季家尋個掙錢的門路，事情不就妥當了，妳一個人在這兒瞎琢磨什麼？」

季歌整個人呈呆若木雞狀，良久才眨了眨眼睛，哭笑不得地道：「我鑽死胡同了，還好有餘嬸在。」

「妳啊，就是太顧念劉家兄妹，就怕他們會對妳生什麼想法。」餘氏說著，伸手拉住季歌的手，眼裡流露出心疼。「這人吶，哪能方方面面都顧全，這是不可能的，到頭來反而會委屈了自個兒，妳只要顧著大郎就行，旁人的想法，管那麼多幹什麼？做到問心無愧就好。」

季歌垂著眼，囁嚅著嘴唇，終是沒有說出話來。她現在是十六歲，可她原來的年紀都三十有五了，剛穿過來，就到劉家，看著屋子裡瘦巴巴、呆頭呆腦的孩子，二朵才七歲，三郎和三朵才四歲，一路走來，從貧窮到衣食無憂，她在這幾個孩子身上傾注的感情，是很難形容的，有著同甘共苦的經歷在，意義到底要深厚些。

到了這會兒她才意識到，見過太多人從親密無間到冷淡疏遠，她是不想將來的某一天，自己和這幾個孩子也落到這分上來，太傷人了，在她自己都沒有發覺的時候，思維行事就有些偏了。忽地恍然明白，在一朵犯錯的事件上，反應那麼強烈，也不單單是為著阿桃吧？可能還有些更深的，她沒發覺的情緒被突然激發，洶洶而來、洶洶而去。

「大郎媳婦我跟妳說，他們總會長大，長大後會成親嫁人，會有自己的家，有更親密的親人，妳得想開些。」不知怎地餘氏心裡有些泛酸，大郎媳婦在季家的事，她也聽到過幾句，在那環境下長大，卻有了截然不同的性子，是太渴望溫暖了嗎？她沒得到便希望自己做到。「還有啊，妳有了孩子，人心是偏的，往後妳的重心定會放在孩子身上。」

季歌抬頭對著餘氏笑。「餘嬸好在有您及時提點我，我知道了，我會擺正位置的。」她是大嫂，儘管長嫂如母，說到底她也只是個大嫂。

「妳是個聰明的，就是有時候容易鑽死胡同。」餘氏笑著打趣。「我啊，想得開，就是有些粗心了，沒妳周全細緻，平日在生活裡還得謝謝妳提點我呢。」

季歌聽著眉角眼梢都帶著濃濃的笑意。「餘嬸，往後要買宅子的話，咱們買一塊兒吧，莫要分開了。」多難得，才能遇著一個性情合拍、思維接近的好閨蜜。

「那是必須的。」餘氏心裡早就有這打算，眼下聽大郎媳婦說出來，笑得就有些合不攏嘴了。

話說透、說開了，心情也就明媚了。恰巧時辰剛剛好，季歌和餘氏帶著做好的吃食，和三朵、阿桃打了聲招呼，慢悠悠地去了東市小販道擺攤。

第六十章

寶寶滿了三個月後，季歌這嘴啊，一天到晚就停不下來了，酸甜苦辣都沾些，花大娘和瑩姊時不時地過來看看，幾人湊一塊兒，多半是在調侃她，猜不到這懷的是男還是女，口味變得也太快了些。花瑩也會把亮亮帶過來，三朵和阿桃就帶著亮亮玩，三個孩子玩得特別高興，樂哈哈地直笑，一屋子婦孺熱鬧得都可以掀掉屋頂了。

柳安和阿河、阿水偶爾也會過來，過來的時候會帶些別處的小吃食，給劉家的幾位嚐個新鮮，這三個估摸著是年歲相近，倒是處得挺好。通常都會留他們吃午飯，午飯過後，還會歇一歇，聽著阿河和阿水講外面的妙聞趣事，有時也會複述一段說書先生說的戲文，很是好玩吸引人，如今三朵和阿桃最喜歡的就是這兩人過來了，能有各種故事聽。

日子就這麼平順地過著，平靜中透著愜意，有點兒像養老的生活，很是舒心。

冬至這天，飄起了小雪，颳著凜冽的寒風，季歌和餘氏商量了下，決定今兒個不擺攤了。四人窩在堂屋裡做針線活，架了個炭盆，用的是清岩洞帶來的炭，這種炭很好用，不會煙熏火燎的，再把窗戶稍稍地開了條細縫，讓空氣流通。桌子上擺著四格的攢盒，有糕點、乾果果脯還有些薑絲，零零碎碎的足有七樣。

「不知這個月的信什麼時候能到呢，如果是初十，就剩沒幾天了。」今兒個是初六，自進了十一月，餘氏就開始念叨這事。

季歌捏了根薑絲細細地嚼著，感受著甜甜的辣意在舌尖炸開，連眼睛都微微瞇起來，一臉的享受，聽著餘氏的念叨，過了會兒，才回道：「估摸是月中吧，左右也沒幾天了。等咱們接到他們的信，他們應該也在回來的路上了。」

估摸是十月裡收到了信件的原因，餘氏也就嘴上唸唸，心裡還算踏實。「大郎媳婦我瞅著這天，妳肚子都三個多月，一天天地大起來，還是別出門擺攤了。」

「那您呢？」寶寶滿三個月後，季歌就不大想動彈，也跟這氣溫有關，天寒地凍的，她不想遭那罪，就想懶洋洋地窩在家裡，烤著炭盆，嚼嚼零嘴，話話家常，做做針線活，和寶寶說說話，悠悠閒閒地過著。

「我？」餘氏應了聲，頓了會兒，笑著道：「兒子會掙錢了，我這把老骨頭也該歇歇了。」大郎媳婦待在家裡，就算有阿桃和三朵在，冬日裡地濕路滑，她也不大放心；再者，她一個人擺攤也沒勁，冷冷清清的，不如一塊兒窩家裡，莊稼漢還分農忙和農閒呢，她們擺攤做小販的，也不能年頭年尾都忙活是吧，歇歇也好，手裡錢財夠用就沒啥可急的。

三朵抬頭看著大嫂和餘嬸。「妳們不出門擺攤了？」一雙眼睛閃閃發亮。

「對啊，不出門了，窩在家裡。」季歌伸手揉揉三朵的頭頂，又對著阿桃柔聲道：「別繡了，停著歇會兒。」

阿桃頭也沒抬，甜甜地應。「欸，就差一會兒工夫，繡完就妥帖了。」

「阿桃吃果脯。」三朵自己吃了塊，又拿了塊遞到阿桃的嘴邊，笑嘻嘻地道：「妳的是酸的，我的是甜的。」

「姊姊說，甜的吃多了牙齒裡長蟲子。」阿桃嘴裡逗著三朵，手上繡活不停。

三朵拍了拍手。「不怕，我就吃了幾個，一點也不多。」

「妳明年打算讓阿桃進錦繡閣？」聽著兩個孩子說話，餘氏問了句，又笑著說：「大半年的光景，小孩子家家，長得挺快，都脫胎換骨了。」

季歌還沒有出聲，阿桃就說話了。「我不去。」

「怎麼了？」季歌臉上的笑僵住了，一頭霧水地看著阿桃。「好端端的怎麼就不去了？」早就詢問好的，明年開春送她去錦繡閣。

「不想去了。」阿桃抿了抿嘴。

「啊！」餘氏也傻眼了。「阿桃啊，這錦繡閣可是個好去處，往後出息大著呢，妳姊姊為了妳來年能選上，平日裡吃的喝的有多注意，換著法子做吃食，就想讓妳長高點，身板圓潤些，怎麼又不想去了？」做的努力不得都打了水漂兒？

「等我滿了十歲再去。」阿桃將手裡的繡活細心地收了針。

季歌看著那做好的尿布，忽地就明白了，眼眶有些泛紅。「阿桃，妳老實跟我說，是不是為著我才不去的？」

阿桃沈默了會兒，才點了點頭，飛快地說：「姊姊，我十歲再去也好，五年後出來才十五歲。」她是見過大嫂帶妞妞的，一個人根本忙不過來，她得留在家裡幫襯著姊姊，不能讓她太勞累了。

「哎喲，這孩子。」餘氏一時間也不知道說什麼，大郎媳婦可真沒白疼這孩子。

季歌心裡頭熱呼呼的，笑著道：「沒事，妳姊夫說了，會雇個婆子，張羅日常瑣碎，店裡有他看顧著，我就帶帶孩子。」

「我十歲再進錦繡閣。」阿桃似乎打定了主意，不說別的，就只重複這句。

三朵沒怎麼明白，卻聽懂了阿桃的話，笑嘻嘻地說：「我也不進錦繡閣。」親暱地挽著阿桃的手，笑得好燦爛。

「咱們就窩在家裡玩耍。」阿桃喜笑顏開地接著話。

季歌略顯無奈地看向餘氏，餘氏瞅著那嘻鬧成一團的兩個孩子，小聲地安撫。「這才十一月呢，也還早著，到時再說吧。」

「嗯，只能這樣了。」季歌蔫蔫地應著。

冬至過後，太陽好像出了遠門，整天的見不著它。天灰濛濛的，沒有飄雪，也沒有下雨，寒風細細碎碎地吹颳，無孔不入。

十一月十三日，花大娘和瑩姊過來串門子，帶來了劉家兄弟和餘瑋捎回來的信件，沒有帶亮亮過來，外面實在太冷了，怕他受不住，小孩子得穩妥地照顧些。

「三郎還得兩個時辰才能歸家呢。」知道兒子又捎信回來，餘氏特別高興，泡了兩杯熱騰騰的茶進屋。「來來來，喝茶，喝茶，這茶香著呢。」

花瑩挑著攢盒裡的吃食。「阿杏也識字啊。」說著，她擰了擰眉頭，抱怨著道：「沒想到，這回都不能趕回家過年，也不知道那商隊的管事是怎麼想的，掙錢哪能比團圓重要？」

「什、什麼！」餘氏乍聽這消息，有些承受不住，嗓子都尖了兩個音。

「餘家妹子莫慌，莫慌。」花氏知道壞事了，白了眼自家閨女，真是個粗神經。「先讓大郎媳婦把信給唸了，妳先聽聽信裡是怎麼說的。」

花瑩縮了縮肩膀，她這快言快語的毛病總改不了，可真愁。

季歌忙拆了餘瑋的信，一目十行地看著，嘴裡邊說：「餘嬸，您聽，我給您唸唸阿瑋寫的信啊。」

要唸兒子寫的信了，餘氏激動的情緒才略略平靜了些，催促著。「快唸快唸，看看到底是怎麼回事，過年怎麼能不回來呢？」整個人急得不行，眉頭都擰成一團了。

餘瑋的信跟上回的信差不多，結尾的時候，才稍稍說明，這回的商隊得去更遠的地方，過年就不回松柏縣了，最快也得來年三、四月份才歸家。運氣好，跑完這一趟就能掙大筆銀子，靠著這筆銀子就能在縣城踏踏實實地過日子，買宅子、買店鋪，不用愁柴米油鹽。信件裡依舊夾了張銀票，依舊是二十兩銀子。

「這是咋回事啊？」餘氏捏著薄薄的銀票，失神地呢喃，顯然接受不了。

季歌輕聲細語地道：「餘嬸我看看大郎信裡怎麼寫的。」應該會寫得詳細些。

劉家的信裡，寫得確實更詳細，說道在西北遇見一支相熟的商隊，兩家商隊的管事不知道討論了些什麼，後來決定不返程了，要去更遠的地方做趟大買賣。他們都不大樂意，卻也沒法子，壓根兒就不能自己作主。

信裡細細叮囑著，都立冬了，天氣寒冷，讓季歌千萬別出門擺攤，上回信裡夾了五十兩，這回信裡也夾了五十兩，總共有一百兩銀子，就算好吃好喝地花著，也足夠一家子嚼用了。除了這事，還詢問了家裡的日常瑣碎，又說了說在商隊裡的生活，以及路上的妙聞趣事，跟上回的信沒什麼差別，最後一遍又一遍地要他們顧好自己。

透過薄薄的紙張，季歌彷彿可以看見大郎對家裡的牽掛和擔憂，怕是恨不得飛回來瞅上一、兩眼。家裡還好，能接到他倆的信，可他們在外面行走，卻只能懸著顆心，日不安、夜不眠。信裡說是在商隊裡過得很好，只怕都是些場面話，報喜不報憂。默默地把信件摺好，待三郎和二朵回家了，他倆還得看看。

都到了沒法改變的地步，總得想些好的，跑一趟時間久是久了點，挨挨也就過去了，這樣明年就不用面對分離，可以安心地張羅宅子、店鋪的事，好好地把家整頓起來。這院落只是暫時的居住地，不屬於自己，也就沒怎麼拾掇，季歌琢磨著等往後，她定要把宅子拾掇得和她想像的一樣，充滿著家的溫馨，像陽光一般的溫暖。

「比西北更遠的地方是哪裡啊？」餘氏一臉的問號。

季歌想了想。「聽說西北是個邊荒地，比西北更遠的地方，難道是人跡罕至的深山老林？聽說那地方出好藥材，千金難求的。」其實她想的是，西北是個邊境區，再過去就是別的國家了吧？也不知是怎麼個情形，還是別告訴餘嬸的好，至少這藉口，她多少還能有些想像，真說了實情，不知道要慌成什麼樣了。

「人參啊！」餘氏瞪圓了眼睛驚訝地說著。「深山老林裡都出人參和靈芝這樣的天價藥材呢。」

花大娘也在旁邊搭話。「可不就是，賣得可貴了，難怪他們說，這跑一趟比以前跑兩趟掙的錢還要多，真來了運氣挖出支百年老參，不得發財了。」

花瑩雖懂得不多，好歹丈夫回家後，也會跟她說說商隊的事，知道點皮毛，雖然她也不大知道比西北更遠的地方到底是個什麼地方，可明顯不是深山老林好嗎！她正要開口呢，就被老娘暗暗地揪住了胳膊。好吧，不說了，她吃果脯總行吧。

「足足兩個商隊呢，就算遇著了野獸，都是青年壯漢，也出不了什麼事，那野獸遠遠見著了，說不定還會轉身就跑。」季歌眉開眼笑地嘀咕。

餘氏聽著連連點頭。「這倒是真的。像那狗，妳若怕牠，牠還就一個勁地朝著妳凶，妳若放狠點，牠就蔫了。」

「可不就是這麼個理，我跟妳們講個笑話……」花大娘說起以前村裡出過一個笑話，嘰哩呱啦地道。

這話題就這麼不著痕跡地轉到了家長裡短，說說笑笑地一下午眨眼就過去了，因冬日裡晝短夜長，到了傍晚，那風刺得人臉生疼。花大娘和花瑩也就沒有久留，看著時辰差不多了，起身離開了貓兒胡同。

進了十一月中旬，天氣難得放晴，陽光溫熱，透著股舒服的暖意。臨近午時，餘氏帶著兩個小的正要進廚房張羅午飯，季歌見陽光好，便在院子裡來來回回走動。自滿了三個月後，不僅吃得多，人也懶散了，還比較嗜睡，肚子的變化特別明顯，一日大過一日。餘氏樂呵呵地說，這是好事，證明孩子長得快。

慢悠悠地走了十幾圈，有些微微發熱，季歌拿出帕子擦了擦額頭的細汗，想著進廚房看看，卻在這時，聽見門外響起聲音。

「餘嬸，劉姊。」

阿河他們過來了。季歌想著，轉身打開了大門，眼裡露出柔和的笑。「小安，阿河、阿水你們過來了。」頓了頓，看著阿河手裡拎的魚。「在河裡抓的？」

「對。上午釣到的，正好拿過來蹭飯，沒有來遲吧？」阿河嘻皮笑臉地問。

走在最後的柳安關緊了大門，對上季歌的視線，抿著嘴笑了笑。「劉姊。」

餘氏在廚房裡聽見動靜，走到門口笑著打趣。「來遲了。我們飯都煮上了，怎地不早點過來？」

「釣著魚了才能過來啊。」阿水大聲應著。

季歌忍俊不禁。「敢情你們一個上午就釣了兩條魚啊？」

「阿河哥、阿水哥、小安哥，你們過來啦。」三朵的聲音特別興奮，有故事可聽嘍！

阿河變戲法似的，從身後掏出兩串烤麻雀。「喊得這麼甜，來，這是獎勵給妳倆的，快吃，都有些涼了。」

「阿桃，有烤麻雀吃了，阿桃！」三朵喜笑顏開地接過兩串烤麻雀，蹬蹬蹬地跑進了廚房。

季歌隨口念叨了句。「錢該攢在手裡，別總是買東買西。」自個兒都過得艱難，有一頓、沒一頓的，隔三差五地過來，卻不會空著手，零零碎碎總會帶點禮物。

「大郎媳婦說得對，你倆年歲也不小了，該攢著些將來好討媳婦。」餘氏探出腦袋接了句。

阿水一聽這話就樂了。「餘嬸，我們是乞丐，哪個姑娘願意當乞丐婆啊？」

「淨說胡話！」餘氏虎著臉罵了句。「多好的小夥子，出息點。」

阿水揚著聲問：「家裡的麵粉快沒了吧？我磨點麥子去，玉米要不要磨點兒？」

柳安沒有進堂屋，直接去了雜物間的石磨旁等著。

「都磨點吧，一會兒烙餅給你們吃。」飯不夠，烙餅也是好的，餘氏知道這三個孩子比起吃飯更愛吃烙餅，她烙厚一些，再剁點蘑菇肉醬。

阿水和柳安在雜物間裡磨著麵粉，阿河就在屋前屋後檢查著門窗。「屋頂要不要拾掇一下？有沒有覺得漏風漏雨的？」

「都好，就是堂屋那門，你瞅瞅看哪裡出問題了，有點兒嘎吱聲，聽著不大索利。」餘氏嘀咕了句。

「欸，我看看去。」阿河從院後走到了堂屋前。

季歌泡了三杯熱騰騰的茶放在桌子上，等著他們三個忙完，茶也就不燙嘴了。很快，廚房裡飄起了濃濃的香味，阿水和柳安各端著一個盆子進了廚房，熟門熟路地把麵粉和玉米粉倒進了罈子裡。

「桌上有茶。」季歌指了指木桌。

阿水端起茶杯喝了兩口水。「劉姊，我們上午去葫蘆巷了，三郎讀書可認真了，元小夫子問什麼他都能回答出來。」頓了頓，又說：「我們偷偷地看了會兒，沒打擾到裡面的人。」

「三郎教的那幾個字，你學會了沒？」季歌笑著問，調侃地道：「回頭三郎問你，你答不出來，別又被打手心。」

一聽這話阿水就打了個哆嗦，嗅了兩下。「好香啊！光聞著香就好餓。」

「那門整好了。」阿河走進廚房，打了盆水，淨了手。

餘氏眉開眼笑地道：「那成，擺碗筷吃飯吧。給你們烙了一疊餅，還做了碗蘑菇肉醬，可得使勁地吃，多著呢。」

「說戲文。」三朵笑得眉眼彎彎，漂亮的杏仁眼亮亮地看著阿河。

阿河喝了口水，把三杯茶移到了矮櫃上，搬著桌子擱到屋中間。「行，講戲文。這幾天又聽了樁好玩的。」

今兒個飯桌格外的熱鬧歡喜，阿河說的是城北的富家公子在青樓裡出的一樁醜事，對當事人來說是醜事，對他們平民百姓來說，卻是件樂事，這些天街頭巷尾都在討論這事。

飯後，阿河他們三人沒留多久就準備走了。

三朵聽故事聽得正起勁呢，有點兒不捨，眼巴巴地盯著阿河。

「下回有好玩的事再講給妳聽，還給妳帶冰糖葫蘆。」阿河眼裡堆著柔柔的笑，親切得如同一個鄰家大哥哥般，周身的痞氣收斂得乾乾淨淨，很是溫和。

三朵眼睛頓時就亮了。「烤地瓜，阿桃喜歡吃。」

「都帶。」阿河麻利地應了，伸手摸了摸三朵的頭頂。「進去吧，我記得過兩天妳們要到林氏繡坊交絡子吧，到時候帶妳們去玩。」

「好好好。」三朵高興得直接蹦起來，拉著阿桃的手，一個勁地笑著，比懸掛天空的太陽還要明媚好看。

阿河的情緒被感染了，帶著一臉的笑，和阿水、柳安離開了貓兒胡同。

「大嫂、餘嬸，阿河哥說帶我們逛街。」三朵顛顛地跑進了堂屋，阿桃關好大門緊跟在後面。

餘氏和季歌正在說事呢，聽著三朵的話，兩人對視一眼。季歌問：「什麼時候啊？」

「後天。」三朵應著，開開心心地坐到了竹榻上。

「會跟妳說一聲的，阿河做事周全。」餘氏在旁邊說著，又道：「妳看，我剛剛的提議怎麼樣？」

季歌想了想。「還得問問阿河和阿水怎麼想的。」

她倆剛說的是，大郎他們得來年才能回來，天寒地凍的，小楊胡同的院落空著也是空著，不如讓阿河和阿水進去住著，度過這個寒冬。另一個原因則是，這屋子裡得住著人才成，隔一段時間不住人，少了人氣，再住進去就顯冷清了，總覺得哪兒都彆扭得緊。

「也是，等他們過來問問。」相處了一個多月，冷眼旁觀，餘氏覺得這兩個少年真的挺不錯的，一旦有了好感啊，就特別容易心軟，尤其自家兒子和這兩個少年也沒差多少年歲。

第六十一章

過了兩天，依舊是個晴朗的好天氣，阿河和阿水來了貓兒胡同，拎了隻野雞，也不知道是在山裡抓的還是買的，倒是挺難得。吃飯的時候，餘氏把自個兒的提議說了說，兩個少年沈默了一會兒，竟是紅了眼睛，沒有說話卻點了頭，臉上的神情，看得餘氏都有些心疼了，真是造孽啊，多好的兩個孩子。

阿河和阿水帶著阿桃、三朵到處逛著，又去了錦繡閣看望二朵和秀秀，把兩個小姑娘驚喜得都有些反應不過來了。又去了天青巷，花伯在隔壁下棋，花大娘在屋裡做繡活，見四個孩子過來了，高興得都合不攏嘴，坐了小半個時辰，他們才笑嘻嘻地離開。還去了鐵匠鋪找柳安，順道帶了點吃的，把小吃吃完了，這會兒時辰差不多，沒有急著回家，而是拐去葫蘆巷，等著三郎散學，五個人一路嘰嘰喳喳地返回貓兒胡同。

阿河和阿水住進小楊胡同後，有鄰居詫異地問怎麼回事。對外的說法是，把家裡的老人帶到了縣城來過年，有些住不下，正好小楊胡同的院子一直空著怪可惜，就讓這兩個小夥子住進去添添人氣，順道解決這個難題。

連續晴朗了好幾天，忽地又飄起了小雪，氣溫立即就降了下來，越發的寒冷，一直到進十二月，都沒有轉晴，灰濛濛的天，窩在屋子裡不怎麼動彈，吃吃喝喝睡睡的，總覺得時間過得快，有些恍恍惚惚，分不清今夕是何夕了。

「大郎媳婦妳說，這個月會有信嗎？上個月的信裡也沒見提。」餘氏碎碎唸著。

季歌不大確定，思索著道：「有的話，大娘會過來的。」說著，停了會兒。「餘嬸您說，花大哥都不能回家過年，咱們把大娘和大伯接過來住吧，還熱鬧些，離大康胡同也近，串門子方便不少。」進臘月了，就大娘和大伯兩個冷冷清清的，又要憂心出門在外的兒子，心裡肯定不好受，不知道有多煎熬呢。

「這個好，我覺得行，今兒個沒飄雪也沒下雨，咱們去天青巷一趟？都初六了，正好買些熬臘八粥的食材。」人越多越好越熱鬧，餘氏喜滋滋地想。

「好。」季歌二話不說就應了。

正當她們四個要出門時，大門外響起了一朵的喊門聲。

「大哥、大嫂。」季歌打開大門，略有些意外。「裡邊坐。」

一朵看著季歌的肚子。「咦，妳這肚子都跟我的一般大了，感覺怎麼樣？有沒有覺得難受，不會是懷了雙胞胎吧？」

「這幾天我正琢磨著這事呢，家裡不是有三郎和三朵嗎，我估摸著大郎媳婦八成懷了兩個。」餘氏樂呵呵地接話。

「感覺怎麼樣？頭胎就懷兩個，會有些累的，大郎來信了嗎，說什麼時候回來沒？」一朵急急地問。

餘氏關緊了大門，看著季有倉說：「這糧食擱雜物間的糧倉裡吧。」

「好。」季有倉扛著一袋糧往雜物間走。

這邊，季歌回著一朵的話。「倒是沒覺得累，能吃能喝能睡，妳呢？大郎那邊來信了，商隊的管事突然決定要去更遠的地方，不讓他們回來，得來年開春那會兒才能歸家。」

「怎麼這樣啊?!」一朵頓時就挑了眉。「妳這懷著孩子呢，大郎怎麼能不在身邊，現在月份還小沒什麼，往後月份大了，不知道得有多辛苦，尤其妳又懷了兩個。」

餘氏嘆著氣。「這也是沒法的事，誰知道會變成這樣，唉！」

「這可不行，這可不行。」一朵急得都在原地打轉了，擰緊著眉頭。「要不，阿杏，要不我別回家了，我在這邊待著，也好顧著妳。」

「妞妞怎麼辦？再說妳也懷著孩子呢。」季歌瞪圓了眼睛。

餘氏也不贊同。「就是！一朵妳別擔憂，別自個兒嚇自個兒，我還在這邊呢，還有啊，我們剛剛商量著，把花伯和花大娘接過來住。」

「真的？」有花大娘在身邊的話，一朵就放心了。

「嗯，正想著過去天青巷呢，你們就敲門了。」季歌邊說著話邊打開了攢盒。「大嫂妳看看喜歡啥，酸甜苦辣都有呢。」

一朵瞅一眼就明白了。「妳啥味都沾點啊？」

「對，一會兒想吃酸、一會兒想吃辣，沒個準。」季歌不好意思地笑。

「能吃就好，住在縣城也方便，想吃點什麼就買著。那糕點攤還擺著沒？妳挺著肚子就別擺了，再說，這天氣也不好。」一朵拿了兩個果脯吃著。

餘氏端茶進來時，季有倉也剛好從雜物間出來。

「來，喝茶。」餘氏笑著遞茶。

季歌答道：「沒擺了，進了十一月就沒擺了，一直在家裡窩著呢，好在有餘嬸在，屋裡屋外有她張羅著。」

「餘嬸真是麻煩您了。」一朵一臉的感激。

三個女人坐著話家常，季有倉一個大男人默默地窩在一角，三朵和阿桃則在一旁打絡子、做繡活。

說著說著，不知怎地說到了上回季母和季有糧夫婦過來縣城，季歌順口就問了句。「大嫂，二嫂和娘在家裡可還好？」

「還行吧。」一朵沈默了會兒才應。

季歌猶豫了下，還是沒忍住，比較委婉地說道：「二嫂和娘說話的時候，妳別在旁邊站著。」娘那脾氣，沒得把火氣撒一朵身上，換誰無緣無故地挨了罵，都會心生怨氣，日積月累的，也會間接地影響到劉家，剪不斷理還亂，跟團亂麻似的，怎麼都攪不清。

「我知。」一朵低低地應著，話說得清楚緩慢。「娘心裡也知，她和二弟妹處得不痛快，不會尋我麻煩，就是有些陰陽怪氣，家裡的氣氛不大好。阿杏放心吧，有了二弟妹，我日子過得還要輕省些呢，我不會摻和到她們之間去；二弟妹也找我說過兩回話，我都沒怎麼搭她的腔，她看出來了，也就少了那股熱情勁。」

季歌見一朵心裡是清楚的，有些欣慰。「那二哥對二嫂是怎麼回事？」

「還好。」一朵聽出來了，想了想，解釋得更詳細些。「二弟嘻嘻笑笑的，不大會摻和到娘和二弟妹中間，等躲不過去了，也會左右和稀泥。二弟腦子靈活著呢，看著不著調，心裡門兒清。」

聽到這裡，季歌鬆了口氣。「二朵做給妞妞的衣服，妳給她試大小沒？合不合身？二朵特意捲了邊的，萬一小了，可以放一放。」當天本來想給妞妞試一試，誰知道娘他們走得那麼急。

「合身，做得很合身，妞妞很喜歡。」一朵笑得樂不可支，打心眼裡高興著。「妳給的香脂也好用，妞妞的臉蛋嫩滑了不少。」又道：「娘把她那盒也給我了。」

咦，這倒讓季歌驚訝了。

「我當時也愣住了呢。」一朵笑著說。

餘氏插了句。「八成是有妳二弟妹在前對比著，覺出妳的好來了。」

這話說得，三個女人都哈哈地笑了起來。

這回的交流很是愉快，季有倉夫妻倆住了一晚，第二天吃過早飯後就離開了。

已是初七，時間有些趕，季歌和餘氏沒有多耽擱，趕緊去了天青巷，花大娘聽了她倆的提議，很是心動，當時就把在隔壁的花伯找了過來。當天在阿河和阿水的幫助下，花伯夫妻搬進了劉家院落。

常有話說，家有一老如有一寶，多了兩個老人，當真有著大區別。慈祥的老者，周身的氣息透著歲月沈澱出的柔和，像黃昏的燈光，暈染出濃濃的暖意，和陽光不一樣，它能沁進心底直達靈魂深處。原本院落裡的氛圍就很溫馨，如今卻是越發的寧靜安詳。

尤其屋外寒風吹颳，時有雪雨飄落，屋內炭火足，熱呼呼的，桌子上擺著攢盒、暖瓶、茶杯，竹榻上墊著厚厚的毯子，舒舒服服地靠躺在上邊，或做繡活或納鞋子，累了說說話、嚼嚼小吃，睏了也能窩著眯會兒。都道山中無歲月，眼下這日子過得，還真是有些不知歲月幾何，帶了點世外桃源的意味。

初八學堂就閉館了，等來年二月初再開館，堂屋還算大，白日裡三郎就在一角看書溫習練字，家裡的婦孺輕聲細語地話家常時，就當是對他的毅力考驗，兩耳不聞窗外事，一心唯讀聖賢書。阿河和阿水隔三差五的過來時，三郎就會去西廂的屋裡，教他們識字習文。別看三郎年紀小，繃起小臉面露嚴肅，還真有點模樣呢，也是阿河、阿水沒把他當孩子，而是當夫子待著，一心一意地跟著學。

季歌怕三郎整日浸在書本裡，會變成書呆子，就託阿河和阿水適時地帶著他出門逛逛，見見外面的世道也好，所見所聞皆有所思，這樣才能把書裡的知識融進心裡去。阿河和阿水是乞丐，飽受人情冷暖，對於季歌的想法很是贊同，並很認真地保證，會好好地帶著三郎在縣城裡走動。阿水有些大剌剌，阿河卻老道穩重，得了這承諾，季歌很放心。

於是等阿河和阿水過來劉家院落時，會先花一個時辰習字識文，然後再帶著三郎走街竄巷地逛著，有時候柳安也會過來，便會把三朵和阿桃也帶上，每當這時，花大娘就喊上花伯，讓花伯領著幾個孩子出門。在外面走動得多了，滿眼的繁華，遇著的各種事也多，回家後，三朵和阿桃會興奮地說出來，小小的院落，天天都洋溢著熱鬧喜慶。

二朵和秀秀回家住時，每每聽著三朵和阿桃講逛街遇著的事，好玩的、有趣的，當然也有不開心的，聽得這兩個孩子眼饞得不行；可惜，錦繡閣得過了小年夜才會休息，她倆再怎麼眼饞也沒法子，住一晚後，還是要蔫蔫地回錦繡閣去。因心思都在這上面，這幾趟回家時，沒顧上繡活，嘰哩呱啦地全用在說話上了，那股活潑勁，看得家裡的大人直樂呵，也就沒有提醒她們，年歲都不算大，放鬆一下也好。

自花伯和花大娘搬來貓兒胡同後，花瑩就成這邊的常客，時不時地要過來溜一圈，天冷不好帶亮亮出來，季歌她們幾個便三不五時地去大康胡同坐坐，逗亮亮玩。亮亮沒什麼玩伴，最喜歡的就是三朵了，三朵嬌嬌憨憨的，兩人差著年歲，也能玩到一塊兒去，那場面總能把大夥兒逗得哈哈笑。但前提得是好天氣，出不出太陽倒無所謂，主要是不能飄雪落雨，地濕路滑的季歌挺著肚子也不好走動。

走動得勤了，幾家關係也處得越來越好，花大娘和白大娘更是親密得如同姊妹，正巧花伯和白伯都愛看別人下棋，看得多了，就手癢癢，兩個新手湊一塊兒，沈浸在棋盤裡不亦樂乎，別提有多歡喜。親家做到這親密分上的，當真是少見，最開心的就數花瑩，幸福得都快冒泡了。

日子過得舒心，睡眠足，精神勁頭好，面色紅潤，等著過了年，寒意漸漸消退，牆角有小草冒出頭，太陽出來的天氣，風裡挾了微微暖意，便換下厚襖子。

二月初，三郎收拾藤箱要進學堂讀書，秀秀和二朵也要收收跑野的心，乖乖地到錦繡閣做事。別看只是三郎去學堂讀書，秀秀和二朵回錦繡閣，白日裡少了這三個，還真有點顯冷清，主要是秀秀和二朵這一對活寶不在。

今兒個日頭好，午飯過後，就把竹榻挪到了背風的角落裡，留在屋裡的幾人，拿了針線笸籮排排窩坐著曬太陽。

季歌的肚子已經有七個月了，從胎動來看，雙胞胎很健康。肚子有些大，就算過了年，她也不準備擺攤做買賣。餘氏倒是擺了兩天，又覺得一個人怪沒勁的，索性收了攤，一塊兒待在家裡照料著日常瑣碎。也是因著兒子能掙錢了，她就用不著辛苦地擺攤做營生。

「大郎媳婦打著盹呢。」慢悠悠做著繡活的花大娘，小聲提醒著，從身旁拿起早準備好的薄被子，輕手輕腳地蓋在季歌的身上。

餘氏眼角眉梢都透著笑意。「她啊，福氣著呢，懷了兩個，都沒怎麼受累，能吃能睡，怕是肚裡的孩子都知道爹不在家，就沒怎麼折騰娘了。」

「可不是，活了大半輩子，懷相這麼好的我就見過一個，那也才懷了一個呢，這肚裡可是有倆。」花大娘比了比手指，頓了頓，又細細念叨。「五月裡應該會生，好在沒進六月，到時月子可不好坐。」

「阿瑋他們也該回來了吧，也不見捎個信回來，不知山裡是個甚情況。」餘氏嘀咕了句，斂了臉上的笑。

花大娘輕聲細語地寬著她的心。「估摸是山裡不方便，下個月應該會回來吧。」說著，她也不確定了，聲音壓得低低。「怎麼著也要在五月前回來啊，這懷孩子時沒在，生孩子時可得在。」

這話題有些沈重，氛圍略顯幾分落寞，瞬間讓暖暖的陽光都失了顏色也失了溫度。

睡夢中的季歌突然哆嗦了下，把一旁的花大娘和餘氏給驚著了，別是把她們的話聽進耳朵裡落了心緒？想著有些慌了，忙湊過去看她，卻見她迷迷糊糊地睜開了眼，對著她倆笑，邊笑邊說：「也不知是哪個踹了我一腳，挺狠的，把我給踹醒了。」說話的時候，她低頭看著肚子，伸手撫了撫，周身湧動著母性特有的柔和。

「剛剛我和餘家妹子還說，這兩個都乖著呢，知道妳不容易，沒想到，這話才剛落就不老實了。」花大娘說著，作勢輕輕的拍了下季歌的肚子。「蔫壞，故意吵著你娘睡覺。」

平靜的肚子，又動了兩下，好像在回應著般。

季歌笑得更開心了，扶著牆站起身。「應該是想遛彎了，我剛靠著，就想一會兒在院子裡走幾圈，沒料到日頭太好，一個不小心就睡著了。」

就是颳風下雨飄雪的天，她也會在屋裡走幾圈，天好時就在前院或後院走幾圈，每天總會走幾段，說是這樣好生產些，她也覺得多走動走動要輕鬆點，老窩著反倒覺得身子骨沈得慌。

「寶寶睡醒了。」三朵擱了手裡的絡子笑嘻嘻地湊了過去，胖乎乎的手放在季歌的肚子上，歡樂地嘀咕著。

「寶寶我是你三姑姑，你記不記得我啊？你踢踢我，等你出來了，我就帶你玩，亮亮最喜歡跟我玩了，我會做布鴨子，給你們一人做一個，我還會蒸蛋呢……」

季歌在屋前繞著圈，三朵和阿桃就跟在身旁，阿桃不說話，只是抿著嘴笑，就三朵一個人在說，說得很是高興，一雙眼睛亮晶晶的。她什麼都說，甚至是三郎教她們什麼字，阿河又教了什麼戲文、什麼趣事等等，從吃的、穿的，到日常瑣碎，東一句、西一句，沒個章法，很是可愛。

出了薄汗，季歌就不繞圈了，坐回竹榻窩著。「大娘，尿布鞋襪和小衣裳都夠了吧？」過小年的時候，季母帶著一朵和有倉過來了趟，送了套小衣裳和鞋襪、尿布等，還拎了隻母雞以及一籃子雞蛋。知道她是懷了雙胞胎後，又細細地叮囑了一筐籮的注意事項，還拉著餘氏和花大娘說了不少話。

孩子的衣物，季歌認得是一朵的針線活，當時心情挺複雜的，她自個兒也懷著孩子呢。一朵的回答是，肚子裡的孩子可以穿妞妞的衣裳，鄉下孩子都是這麼過來的。她聽著卻有點不是滋味，走時拿了尺頭直接放在一朵的手裡，還回了些果脯乾果，順便把年禮也拿給了季母。八百文錢、一個尺頭、四斤肉、兩條魚、兩盒糕點。

又替大郎說了幾句話，大致是他出門在外，沒法上門拜年，她又懷著孩子不能回柳兒屯，望爹娘能體諒，兩老在家要顧好自己等，然後是拉著一朵和有倉也叨了幾句，左右就是些必須說的面子話。

「這幾天裡就能都做好了，我看時間還夠，孩子用的襁褓、被褥等，咱們也一併做了吧。」花大娘早就在琢磨這事了，正好說出來。

餘氏點著頭。「我看行。」

她是自個兒的孫子沒抱著，大郎媳婦和她處得好，肚子裡的孩子就跟小孫孫似的，滿心的期待，做這些針線活一點都不覺得累，反而很是甜蜜歡喜。

砰砰砰！砰砰砰！

急切的敲門聲響起，挾著一個陌生又熟悉的聲音，帶著哽咽。「大郎媳婦，餘家妹子。」

柳嬸！正要說話的季歌愣了愣。

第六十二章

「我去看看。」還是花大娘反應得快，放下手裡的活，快步打開了大門。「快進來，這是咋地了？」瞧著眼睛紅腫的，不知哭多久了。

「柳嬸。」季歌立在屋簷下，略顯幾分手足無措，不知要說什麼好。

餘氏立即去廚房，泡了杯溫開水過來。「柳姊先喝口水，我再去打盆溫水洗把臉怎麼樣？」

「謝、謝謝。」柳氏接過溫開水，喝了兩口，垂著頭低聲應著，雙手緊緊地握著茶杯，看得出她情緒不穩定，也很緊張。

見這情況，季歌就更不敢隨意說話，怕一個沒說好，反倒把人刺激了。

花大娘見餘氏端了臉盆過來，忙放倒了把椅子，餘氏便把臉盆擱到椅子上。花大娘擰了條半濕的布巾遞給柳氏，輕聲細語地道：「擦把臉，天塌了還有個高的頂著呢。」

「對，這世上啊，就沒有邁不過的坎。」餘氏也安撫著，幫柳氏拿著茶杯。「洗把臉吧，緩緩情緒。」

柳氏低著頭呆呆地坐了會兒，才伸手接過花大娘手裡的布巾，一把捂住臉，忽地嚎啕大哭起來，哭得特別地傷心，帶了股瑟瑟秋雨的淒涼感。

別說兩個小的傻住了，就連三個大人都僵硬地看著彼此，面露難色。

過了會兒，待哭聲漸漸小了，花大娘把手搭在柳氏的肩頭上，不輕不重地拍了兩下。「覺得心裡苦，哭出來緩解不了，可以跟我們說說，說出來興許就好過了，或許還能幫妳想想法子呢。」

到底是要生分些，說話間不免有些顧及。

「柳富貴這個畜生！手裡有了幾個錢，他竟然接二連三的在外面喝花酒！」柳氏這話聲音雖低，卻是一個字、一個字咬出來的，帶著股濃濃的恨意。

喝花酒！季歌倒吸了口涼氣，火鍋店才開了多久？還不及一年吧？「柳嬸，火鍋店現在不需要柳叔看顧嗎？」就算生意好，也應該是生意越好越忙啊，哪來的時間喝花酒？

話音剛落，情緒才稍有緩和的柳氏，又突然地哭了起來，這回的哭泣很是壓抑。

季歌懷著孩子，情緒波動會比較大，很容易受到影響，前面的嚎啕大哭還好，這會兒的壓抑哭泣，她聽著分外心酸，眼眶發熱，心裡特不是滋味。「柳嬸，您別哭了，您得把事說出來，您不說，我們不知道，就不能幫您想法子了。」

「就是這麼個理，妳莫哭了，大郎媳婦懷著孩子呢。」餘氏心裡有些不舒服。有錢掙的時候，生怕她們沾著了邊，這邊出了事，鬧得滿城風雨，也不見過來說說話；這會兒遇著了困難，倒是巴巴地趕過來，過來也就罷了，這總低著頭哭算什麼？把院子裡好好的氣氛都給破壞了。

柳氏用已經透涼的布巾捂著臉，甕聲甕氣地說起來。火鍋店現在是由大兒夫妻倆在管，原是柳氏管的帳，可大兒站在大兒媳那邊，大兒媳另立了個帳本，她手裡的帳本就廢了。大兒媳慣是個精明會說好話的，說什麼兩老辛苦一輩子，老了老子就該好好享受，店裡的事有他們夫妻倆在，儘管放心就好，該吃該喝，現在店裡生意好別太省著。

聽完前因，季歌有點納悶地道：「柳嬸怎麼知道他在外面喝花酒？」

「昨晚柳富貴一宿未歸，吃早飯那會兒，才悠悠閒閒地回來，我在他的耳朵旁看見一個痕跡才明白過來，原來他這些日子經常外出，有時還不著家，卻是吃花酒去了！」柳氏的呼吸粗重起來，情緒開始激動。「我沒忍住，鬧了一頓，在我的逼問下，柳富貴惱羞成怒地把什麼都說出來了。」

柳氏又開始哭了起來，邊哭邊罵。「這個殺千刀的畜生，剛剛有了點錢，淨學那些上不了檯面的做派，把我們這些年的風風雨雨都拋腦後了，一點臉面都不給我留，若不是小安在旁邊攔著，他就要給我搧巴掌了。我恨吶，我恨吶！這個畜牲，人面獸心的畜牲！他不是人啊！真不是個東西，我怎麼就遇著了這麼個男人？大半輩子的苦都餵了狗了！嗚嗚嗚嗚嗚……」

攤上了這麼樁事，旁人也不好有什麼實質性的安慰，只能說些寬心的話，要不然，還能怎地？

柳氏在劉家院落裡哭哭啼啼一個多時辰，將心裡積的怨啊恨啊、苦澀和心酸等，眾多負面情緒全都倒出來了。她走的時候，精神恢復了些，整個人也明顯輕鬆不少，可劉家院落卻像蒙了層灰似的。

「大郎媳婦，妳可得管緊家裡的錢財，這男人啊，有了錢就容易生別的心思。」餘氏很嚴肅地說了句，頓了會兒，一臉唾棄地接著說：「村子裡就有一戶人家，挖了個魚塘，一年多了幾兩銀子的收入，沒承想，這錢啊他沒有拿去貼補家用，反倒是攢了兩年整，等到第三年春上，學了周邊地主家的做派，買了個二十七歲的婦女當妾。」

「二十七歲的婦女？」季歌愣住了。

花大娘在旁邊隱晦地解釋。「有些人家啊，因為各種原因，會把家裡的婦人賣掉。」

「我的話妳聽進耳朵裡沒？淨問些不著調的。」餘氏哭笑不得，重點不是這個好嗎？

季歌笑盈盈地道：「餘嬸的話定是會聽進耳朵、放在心裡的。」

她想起在現代看到的一個故事，丈夫在外面找小三，妻子知道後，擱了把剪刀在枕頭下，睡前故意跟丈夫說起一樁事，便是有個男人在外面找小三，被家裡的老婆知道，怒火中燒的老婆，隨手拿了把剪刀，把男人的那啥給剪掉了。丈夫聽著這故事，還挺自然地調侃了幾句，結果，躺下後覺得枕頭下有東西，掀開枕頭一看，頓時魂都嚇沒了。

哪天劉大郎真生了旁的花花心思，她是不是也該學學這個故事？擱一把剪刀在枕頭下？季歌心裡腹誹，眼角眉梢都帶了笑意。

「笑什麼呢？這麼甜蜜，定是想著大郎了吧。」餘氏涼涼地說著，又道：「我看大郎就是個好的，絕對不會做這等沒皮沒臉的事。」

季歌思索著，可以拿這個當笑話，緩緩院子裡的氛圍，便把這故事有聲有色地講了出來，講完後，餘氏和花大娘都目瞪口呆了，半天才回過神來。

「這婦人好手段啊！」餘氏吶吶地道：「最毒婦人心，原來真有這麼回事。」

花大娘想得卻是深些，擰著眉頭說：「這事做得不妥當，當時是洩恨了，往後日子就難過了。」

「像柳哥那等性情，這招也不好使，說不定，還會起反效果呢。」餘氏不大喜歡這柳富貴，說話就有點帶鄙視。

想到柳家的事啊，季歌怔了會兒。「這事收不住了，肯定還會鬧起來。」

「沾了腥，剛在興頭上，哪是說收就收的。柳家的安分不了，柳家妹子心有不甘，看不透、想不通，折騰來、折騰去，最後啊，還得柳家妹子吃虧。希望這事莫要鬧得太過，柳家妹子也可憐，孫子都抱上了，臨了到老，還碰著這麼個糟心事。」花大娘嘆著氣。

餘氏小聲嘀咕。「換我，我也看不透。」說完，想到什麼似的，硬生生地轉了話題。「終是別人家的事，咱們也管不了，說點別的吧。大郎媳婦肚子裡還懷著兩個呢，這兩個小傢伙鬼靈精著，到了時辰沒走動走動，他們就知道在肚子裡鬧騰。」

「這會兒乖著呢。」季歌低頭看著大大的肚子，一臉的幸福。

圍繞著孩子的話題，院落的氣氛重新溫馨起來。

二月中旬，柳氏又過來了趟，除了哭還是哭，滿腔的情緒充斥著憤恨怨怒，那些心酸傷心悲痛，隨著柳富貴越發張揚無所顧忌的行為，悄然轉化成了滿滿的憤恨。

劉家院落裡的幾人都有些擔心她，她的狀態特別不好，幾乎是到了崩潰的邊緣，柳富貴再不自我收斂一下，拉她一把的話，柳氏遲早得爆發出來，會出現什麼樣的局面，還真是不好說。

擔心柳氏的同時，季歌也很擔心柳安。那孩子看著冷冷清清，實則是個心地純善的好孩子，這事不知道對他造成多大的傷害。

她讓阿河和阿水尋個空，把柳安喊過來吃午飯。過了年，阿河和阿水便沒有當乞丐了，在酒樓裡尋了個活。用他們的話來說，以前是一人吃飽全家不餓，沒啥可顧及的，能活一天算一天；現在卻不同了，他們也是有家的人了，得好好地把日子拾掇拾掇，不為著自己，也得為著家人著想，別給家人臉上抹了黑。

阿河和阿水已經想好了，就算劉大哥他們回來了，也沒關係，酒樓管吃管住呢，到時他們搬過去就好，休息的時候，就過來串串門子，領了工錢就帶著三朵和阿桃逛逛街，買些零嘴嚼著。喔，他們還要攢錢，等劉姊的孩子生了，得送點什麼才成，聽說剛生的小娃娃，要送長命鎖、小福鎖、平安扣、鐲子等，還得再打聽打聽，得個具體些的答案。

柳安過來吃飯的時候，飯桌上沒提，等吃過飯後，季歌淺淺地提了一嘴，見柳安答得挺正常，眉宇間也沒什麼情緒，心裡鬆了口氣。這孩子可能比柳姊看得要明白點，或者是對柳富貴沒什麼感情？不管哪樣，沒被影響就好。

臨近三月，都說三月暖陽，最是春景迷人時，季歌時常會曬著暖暖的太陽昏昏欲睡。

這日，她在睡夢裡，覺得有些不大舒服，暖暖的陽光怎麼變得這麼灼熱，她擰了擰眉頭，迷迷糊糊地睜開眼，對上一雙閃閃發亮的眸子，黑黑的瞳仁亮得很是驚人，清清楚楚地倒映出她的模樣，那一瞬間，毫不誇張地說，她真的、真的覺得心跳都停止了好嗎！一眼即是萬年什麼的，原來真的存在啊，就那麼短短的一眼，恍若過了好久般。

季歌眨了眨眼睛，笑意自眼底緩緩蔓延，宛如正在盛開的花朵，有種驚豔的美。「你回來了。」語調輕快歡喜，透著股親暱。

「回來了。」劉大郎的一腔情緒，皆化成了烏有，癡癡傻傻的模樣，滿心滿眼的全是媳婦，看著她，就如同擁有了整個世界，那滋味啊，真真是妙不可言。

瞧見丈夫眼裡的癡迷，季歌笑得更開心了，她伸手拉住大郎的手，擱在自己的肚子上，嘿嘿直笑。「咱們的孩子，滿七個月了。」

「孩子……」其實大郎早就看到媳婦鼓鼓的肚子，就是有點不敢相信，覺得特別不真實，眼下聽著媳婦說出口，瞬間就有了真實感。

他有孩子了！他要當爹了！

「媳婦我要當爹了，我有孩子了。」大郎喃喃低語，擱在媳婦肚子上的手，微微顫抖著，真跟作夢似的，樂呵呵地笑啊笑，一雙眼睛閃閃發光，特別地明亮。

肚子裡的孩子，似乎知道這是父親的手，原本安安靜靜的兩個，俱都踢腿動手，在母親的肚子裡好不熱鬧。

「哎喲！」孩子動得厲害，季歌就有些受不住，擰著秀氣的眉頭喊了疼。

劉大郎本來好高興，孩子在動呢，他真真實實地感覺到，孩子在動呢！整個人興奮地很是手足無措，目光灼灼似火，盯著媳婦的肚子，好像能透過它看到裡面的孩子般。就在這時，媳婦的一聲哎喲，雖輕，卻如當頭一棒，把沈浸在美妙情緒中的他給震醒了，頓時慌慌張張地不知如何是好。「媳婦。」喊了聲，又朝著肚子喊。「孩子莫鬧你們娘，莫鬧她。」

「這個傻的。」花大娘樂呵呵地走了過來，扶著季歌靠坐到竹榻上，給她墊了個大迎枕。「他們還小，你便是說，也聽不懂，一天裡總會鬧上這麼三、五回。」說著，又看向季歌。「要不要喝水？」曬著太陽小睡了會兒，舒服是舒服，難免會口乾舌燥。

「我來我來。」劉大郎伸手撓撓頭，顛顛地進了廚房，端了杯溫開水過來，笑得一臉燦爛。「媳婦，喝水。」又側著頭，看著花大娘問：「大娘，您多跟我說說唄，有啥要注意的。」

見他一臉認真，花大娘很是欣慰，順手就指點道：「曬曬太陽好歸好，可也不能曬太久，像這會兒，剛睡醒了，就該喝些水，然後進屋歇著，剛坐太陽底下，進屋裡時會覺得有些涼意，得披件薄襖子捂著。」

「我去拿薄襖子。」

季歌一把拉住起身的劉大郎，忍俊不禁地嗔道：「呆子，我這旁邊不就放了件薄襖子？」

「欸！」一聲呆子，劉大郎不僅沒有生氣，或覺不好意思，反倒是樂滋滋地笑啊笑，別提有多甜蜜了。「水也喝了，咱們進屋坐著。」拿了薄襖子，扶起媳婦，細心地替她披上。

看著這忙上忙下的男人，季歌暖到了心坎裡，只覺眼眶都有些微微泛熱，想說話，張了嘴方知喉嚨竟透了些許哽咽，到嘴邊的話又嚥回肚中，默默地緩和自己的情緒，別又把這傻子給驚著了。

「走，咱進屋。」劉大郎一手抱著大迎枕，拎著只空杯子，一手扶著媳婦往屋裡走。

季歌餘光瞄見花大娘拿著攢盒和薄毯子，納悶地問了句。「大娘，花大哥回來了，我讓大郎送您回天青巷吧。」

「不急不急，明兒中午商隊才會到縣城，我一早過去拾掇也成，這會兒不急。」花大娘笑得慈眉善目。這趟跑得遠，錢掙得也多，攢了這麼些本金，也該收手了，在縣城做點生意，她也好給兒子張羅婚事，老大不小的人了，別家的孩子都能跑能跳，唯獨他連媳婦都不知道在哪兒呢。

季歌咦了聲，抬頭看著身旁的男人。「商隊允許你們提前回來呢？」

「嗯。離得也不遠，沒什麼事，有花大哥和白大哥他倆在就行了。」進了屋，劉大郎把手裡的大迎枕擱竹榻上。「幸好家裡有兩張竹榻。」倘若只有一張，搬進搬出的多麻煩。「我們買了不少吃的用的，還有各色小玩意兒回來，等明兒個拿回家，給妳看個新鮮，喜歡的咱們就留下，不喜歡的再賣出去。」

季歌懶洋洋地靠著迎枕。「信裡你說在商隊吃得好、睡得好，我看著，你倒是瘦了不少。」說著，瞪圓了眼睛，一臉指責地看著他。「你騙我！」

「哪有。」劉大郎立即反駁，當即就捲起袖子，用了些力道，把胳膊伸媳婦面前。「妳看，都是肌肉，硬實著呢。」

季歌戳了兩下，嘿嘿地笑起來，摸了兩把過手癮。「等孩子大些，你就可以輕輕鬆鬆地給他們舉高高了。」

「必須的！」舉高高這遊戲劉大郎知道，想著將來有一天，要給自己的孩子舉高高，那瞬間，心裡柔軟得都能掐出水來，一臉濃情密意地瞅著媳婦，挨近了些，喜滋滋地小聲嘀咕。「我也能把媳婦抱起來。」停了會兒，滿心期待歡喜地問：「要不要試試？」

「問我要不要試試？」季歌捏了捏他的鼻子，湊得近近的，鼻子碰著鼻子。「是你想要試試吧！」說完，親了口他的臉頰。「就允了你吧！抱得不舒坦了，要受罰的。」

就算是在外面走了一圈，開拓了眼界，面對媳婦的調情，劉大郎分分鐘被秒成渣，火熱地把媳婦抱在懷裡，在屋裡轉著圈地來回跑，聲音中氣十足。「媳婦，穩當嗎？」

「哪學來的公主抱啊？」季歌被抱得特別舒服，窩靠在丈夫的懷裡，鼻間充斥著獨屬於他的氣息，覺得甚是安心踏實，空落落的胸膛啊，總算是滿當了。

劉大郎停下腳步，一頭霧水地看著媳婦。「什麼？公主抱？」又連連搖頭，很是無辜地說：「媳婦我可沒有抱過公主，我就抱過妳一個。」

「切，你還想抱公主呢。」季歌拍了一下他的胸膛。「這輩子是甭想了，你已經是我的了！」

劉大郎心裡歡喜得不行，樂呵呵地笑啊笑。「是妳的，妳也是我的。」他怎麼就這麼稀罕他媳婦呢？真是太稀罕了，恨不得把她擱兜裡放著，到哪兒都揣著捧著。

「我的還是我的，你的卻是我的。」季歌無理取鬧地糾正。

「對對對，我的是媳婦的，媳婦的還是媳婦的，媳婦是我的。」

出了趟遠門就是不一樣，連嘴皮子都練出來了。季歌噗哧一下哈哈大笑起來，真真真是好高興、好快樂，笑了好一會兒，然後，把頭埋在了劉大郎的懷裡。「你可回來了，我天天都在想你。」

「我也想妳，吃飯的時候想，睡覺的時候想，走路的時候想，看到了新奇的好玩意兒也想，好吃的、好玩的也想，幹點啥都會想起妳，一顆心啊就跟有百千隻螞蟻在爬似的，真是形容不出來的難受。」劉大郎抱著媳婦也不想放地上了，就這麼站著抱緊她，說著自己的思念。

「我總會作夢，夢見忽然回到貓兒胡同，妳就站在大門口，兩側掛著燈籠，昏黃的燭光映著妳的笑容，可真好看啊！妳衝著我笑，一直笑，眼睛裡也是柔柔亮亮的閃著光，我匆匆地衝過來，想要抱著妳，結果，一下就醒了，周邊是此起彼伏的呼吸聲，窗外月光很美，柔柔的光，可真像妳臉上的笑，妳不知道，我有好多回犯著癡，跑了好一段距離才醒過來，想回家，想見妳。」

劉大郎也不怕媳婦笑話，在他心裡啊，整個世間都比不得媳婦重要，何況一點臉面。

「我想妳，想得都哭了。」他聲音低低的，像是在呢喃，顯得特別沈，特別地凝實厚重，聽在耳裡分外的深情。

季歌整個人，忽地如火山爆發，克制住的情緒一下子就傾瀉而出，眼淚止不住嘩啦啦地流著，沒有難受，滿滿的全是幸福。明明很開心，怎麼就想哭了呢？人可真是奇怪啊。

「媳婦妳莫哭。」劉大郎只是想告訴媳婦，他多麼地在乎她，沒想到，一下把媳婦說哭了，他整個人都懵了。

「呆子，這哪是哭，分明是笑。」季歌仰著一臉的淚水，嘴角卻上揚，笑得十分燦爛。

「哪裡哭了，這是笑。」

……媳婦可真奇怪。原來大娘說的，懷了孩子會變得有點不同，是這麼回事嗎？劉大郎略有些失神地想著，嘴裡卻哄著媳婦。「我說錯了，是笑，是笑，媳婦笑得可真好看。」

「別以為我沒看出來，你在想著旁的事。」季歌不滿地戳著他，氣呼呼的。

劉大郎歡喜死媳婦這模樣了，只覺得心頭熱呼呼的，都找不著北了，腦袋有些微微犯暈。「大娘跟我說，妳懷了孩子，情緒波動有些大，會有點不同。」

「嗯，你要有心理準備，剩下的兩個多月，我會盡可能地折騰你。」季歌拿出帕子抹了抹臉。

「好啊。」劉大郎飛快地應了，語調歡樂得如同接了個多好的差事。

季歌看著他滿臉的笑，黑亮亮的眼睛，非常純粹，忽地有些說不出的心疼，正了正神色，不再逗他。「說你呆你還真呆。」

「這是在媳婦跟前，在外面我很精明的。」劉大郎笑著答。

季歌明知故問。「那為啥在我跟前就不精明了？」

劉大郎只是笑，那種笑容，是一個男人對心愛女人的包容和寵溺，不傻也不憨，很是英俊迷人。他自是知道媳婦就愛這調調，才會特意扮憨裝呆逗她開心，當然很多時候，也是真實的情緒，每每媳婦調侃他時，他心裡頭就熱呼呼的，腦袋有些犯暈，頂不了事。

「心都要跳出來了。」季歌捂著撲通撲通亂跳的心，眉目含情，臉蛋紅撲撲的。「唉，你還是別在我跟前精明了，你一精明啊，我就容易犯傻。」

餘氏不知從哪兒冒了出來，一臉的喜氣洋洋。「依我看吶，你們都是傻的，有舒服的竹榻不坐，偏要傻乎乎地站著，還把人抱在懷裡站著，顯擺一身力氣呢。」

「哈哈哈哈哈。」季歌笑得很是爽朗。「秀恩愛啊。」

「不得了了，要長針眼了。」餘氏說了句羞羞臉就跑開了。

經這麼一鬧，冒著粉紅色泡泡的氛圍散得乾乾淨淨，小倆口坐回了竹榻上，絮絮叨叨的說起了家常來。

第六十三章

臨近傍晚，二郎和阿瑋帶著阿桃、三朵、三郎回家，身後跟著阿河和阿水兩人。他們仨緊趕慢趕，連午飯都沒有吃，心急火燎總算在午時末趕至家中，恰巧季歌剛剛入睡，睡得很是香甜。家中人見著他們仨回來，雖很是高興激動，卻按捺住了情緒，刻意放輕了動靜，怕打擾到睡夢中的季歌。

好生拾掇後，因聽花大娘和餘氏粗略地提了提家中瑣碎，二郎和阿瑋決定帶三朵和阿桃出門逛逛，看看哪裡有好的宅子、鋪子，順便去瞧瞧阿河和阿水這兩兄弟；也是想挪出空間來給大郎夫妻倆，分離半年之久，合該好生親近親近，有旁人在場多少會有些顧及。

這日正是二朵和秀秀回家住的日子，大郎三人也歸了家，加上花伯老倆口，又有阿河兄弟倆，一桌人坐得甚為圓滿，場面前所未有的熱鬧喜慶，一頓飯足足吃了整整一時辰。

家務瑣碎拾掇妥當，大夥兒都窩在堂屋裡，人著實太多，便搭了兩個炭盆，桌面上整齊地擺放著各種零嘴吃食，一旁的矮櫃擱著暖瓶，每人跟前都擺著一杯熱騰騰的清茶，說說笑笑的，屋裡氛圍很是美好。

「阿瑋啊，今兒個你們看房看得如何了？」說話間，餘氏想起這事，忍不住問了句，眉宇間很是期盼欣慰。

中午那會兒，也聽大郎他們仨稍稍提了一嘴，兩家都要置辦宅子，關係這般好，倒不如乘機湊一塊兒，買兩個相鄰的宅子住著，日子也好來往些。當時，她聽著這話啊，高興得恨不得立即把大郎媳婦喊起來，跟她說說這事，真是好得不能再好了！她倆也曾暗中想過這事呢，沒承想，阿瑋他們也是這麼想的，倒是巧了。

餘瑋有點兒頭疼。「就在周邊轉了圈，沒瞅著滿意的宅子，還從來沒有想過，有一天手裡不缺錢了，倒還買不著好的宅子了。」

「前面是鋪面，後頭是宅院，這樣的宅子不好尋，尤其還得兩間相鄰的，須得慢慢來。」二郎慢條斯理地說著，才一個下午的時間，他倒是穩得住，一點也不心焦。

季歌能想像出這裡頭的難度有多大，便說道：「或許可以，只尋兩間相鄰的住宅，店鋪可以再慢慢尋，莫離太遠就行。」

「妳不是想要院落帶店鋪的宅子嗎？」劉大郎隨口問了句，又說：「倘若可以分開來，這難度就小多了；只是，宅子和店鋪不能離太遠，只能隔個幾步路，免得進出不大方便。」

餘氏連連點頭，喜笑顏開地道：「這個在理。咱們家的宅子相鄰著，店鋪也相鄰著，這樣做生意才有味呢，沒人的時候，就可以串門子說說話，話話家常打發時間。」

「餘嬸這麼說，還不如兩家人買一個大點的店鋪，一分為二，如此這般，串門子時也方便點。」二郎笑著接了句。

二朵笑嘻嘻地道：「這主意好，多好啊，左邊賣糕點，右邊賣鮮香肉卷，中間還能擺兩個桌子呢，想坐在店裡吃也成，沒人的時候，就自個兒坐著說說話、歇歇腳。」越說越覺得好，拉了一把身旁的秀秀。「妳聽，是不是特別好，是不是特別妙？」

「嗯，很好，我也覺得很好。」秀秀抿著嘴笑，笑得眉眼彎彎。

阿河在旁說道：「這樣的話，買賣就不好做大了。」他是覺得，劉姊手藝好，會的糕點多，可以好好地發展，肯定能掙錢。

「媳婦，妳怎麼想？」大郎覺得怎麼樣都好，全看媳婦想怎麼辦，只要她高興就好。反正，他心裡已經有了掙錢的好主意，篤定自己有能力可以撐起這個家。

花大娘樂呵呵地提醒著。「眼看五月裡大郎媳婦就要生娃了，還是兩個娃娃呢，哪來的空閒時間張羅店鋪的事情？這可是個費心費神的累活兒。」

「對啊！」餘氏一拍大腿。「把這事給忘了，先前擺糕點攤，也是家裡困難，為了營生，現在手裡有了些錢財，自然就不用這麼辛苦了。」又道：「大郎媳婦懷了兩個娃，一個人肯定忙不過來，我也是要幫把手的人，也沒甚時間想著買賣的事情呢。」說這話的時候，她笑得很是歡喜。

花嬸子要琢磨著自家兒子的婚事，等婚事琢磨好，說不定轉眼兒媳就懷上了，到時花嬸子的心思全在自個兒家裡，也就沒什麼閒工夫來照看大郎媳婦娘仨。她就不同了，阿瑋這年歲還成，也不著急成親這事，且先緩緩也是好的；再者她心裡有個念想，這會兒時機不好，待日後尋了合適的機會再私下與大郎媳婦說說。

她左右無事，又是個有經驗的，在帶養兩個娃娃的時候搭把手，好讓大郎媳婦能輕鬆些。重要的是，她與大郎媳婦交情好，早就在心裡把兩個娃娃當成乾孫孫看待了，做著小衣裳的時候，心坎都是軟乎乎的。

「那就不尋店鋪了？」餘瑋納悶地問了句，頓了會兒，又說：「不做買賣也好，就在家裡享福，掙錢的事交給我們就行了。」說著拍了拍胸膛，很是意氣風發。

對於糕點攤這事，季歌有點兒捨不得，她還是想繼續開這店鋪，畢竟是她的心血呢，可想想肚子裡的兩個孩子，這一心還真不能兩用呢。「那就先看宅子吧，店鋪的事暫時不管他。」往後有機會了，再來細細思索這事吧。

「你們準備買哪個地段的宅子？」花大娘忽地問了句。

劉大郎仔細回道：「之前想著店鋪的事，就想尋了東市周邊地段的宅子，眼下店鋪的事可以先擱著的話，倒可以往天青巷那邊看看。」他這麼說也是有原由的，花伯老倆口對劉家照料頗多，已經不是三言兩語能說清楚的，媳婦也常說，要把他們當長輩孝敬著，他是把這話聽進心裡了，想著離得近些，來往就方便多了。

「呀！天青巷那邊的宅子啊？」花大娘聽到中意的答案，笑得有些合不攏嘴，竟不知道要怎麼言語了，一雙眼睛亮得特別精神。

餘氏沒想到這事，聽大郎這麼一說，一下就笑了起來。「好啊，都湊一塊兒了，往後要串個門就容易了，就算隔三差五地抱著小娃娃出門，也是可以的。」

「天青巷那邊我挺熟悉的，還有好幾個老哥兒們呢，可以托他們打聽打聽。」就連話不多的花伯都忍不住說話了，心情很是愉悅啊。花家子嗣艱難，只有一兒一女，有了劉、餘兩家相好，在這縣城裡，也算是扎根落腳了，但凡有個什麼事，三家人齊心協力，俱都不算事。

阿水開口說道：「松柏縣的基本情況，我和阿河都特別清楚，找宅子、買房屋這事，我們也能幫一把，還有些便宜可得呢。」

「有些道道啊我倆比你們要清楚些。」阿河挺認真地說，又道：「我和阿水在這縣城摸爬打滾有十來年了。」

季歌聽著心裡一緊。「十來年？那就是剛懂事就……」話戛然而止，也就是四、五歲的時候，就被拋棄了嗎？還是出了什麼意外才淪為乞丐？

「明天商隊就回來了，先把商隊裡的事結了，再把手裡囤的貨物也處理妥當，事情都理清了，再來好好討論宅子的事。」見氣氛瞬間凝滯，二郎打破了沈寂，不著痕跡地轉移話題。「阿河和阿水得了空，可以先打聽宅子方面的消息，有好消息也別錯過了。」

阿河點著頭。「行，我和阿水會注意這事的。」

「這趟回來後，就不出遠門了吧？」餘氏眼巴巴地問了句。

餘瑋看著母親的眼神，只覺得心裡難受，不敢注視她的眼睛，垂了頭，小聲地道：「還是要出趟遠門的。」

「回來的路上，我們仨商量了下，想開一間雜貨鋪子，裡頭不賣別的，就賣從北邊換回來的貨物。」大郎知這事不算好消息，說的時候，特意把聲音放柔和了些。

「這是準備長期跟著商隊出遠門了？」季歌腦子轉得快，一下就想到了關鍵，瞪圓了眼睛看著大郎。

二郎接了話。「對。我們商量好了，大哥留在縣城顧著店鋪的生意，來年就留阿瑋看顧店鋪的生意，換著來。」他嘛，就一日一日、一年一年地來回跑著，反正是個了無牽掛的，留不留家無所謂。

「可是這太危險了！」餘氏反應有些強烈。

「娘，我們跟著商隊走了一圈，才知這裡頭沒有表面看到的那麼危險，我們是經歷過的，心裡有了底，才作出這個決定，您放心吧，出不了什麼事。」餘瑋笑著安撫。

阿河的視線在屋裡轉了圈，突然道：「不如，我和阿水一併跟著出遠門吧，人多也可靠點。」

「啊！」餘氏還沒從兒子的話裡醒過神來，冷不丁地聽了阿河的話，一時間腦子就卡住了，略顯幾分呆愣。

季歌到底是眼界不同些，還是比較平靜的。「關於商隊，你們先跟我們仔細說說唄，我們聽清楚，心裡有底了，自然就放心了。」

眼看夜深，絮絮叨叨的也說得差不多了，大夥兒紛紛止了話，道了晚安，三三兩兩各回各屋睡覺。

大郎三人回來得匆忙，也沒個準備，好在氣候尚寒，多人擠一床倒也暖和，這一晚也就湊合著睡，待明兒個商隊回到縣城，花伯夫妻倆大清早的就要回天青巷拾掇。東廂下屋放了兩張床，三朵和阿桃睡一張床，二朵和秀秀睡一張床，如今餘嬸回小楊胡同住，那邊也有房間，兩個小姑娘想住哪院都行。二郎和三郎一個屋，西廂的下屋便挪出來給阿河和阿水住著，如此便妥當了。

季歌挺著個大肚子，睡覺時有些麻煩，大郎扶著她躺進被窩，幫她調整睡姿，輕聲細語地問她。「舒服嗎？要不要再挪挪？」接著，又碎碎唸地說：「大娘跟我說，妳懷的是雙胎，現在月份大了，日子就有些難熬，尤其是夜裡睡覺。」想起什麼，他急急地叮囑。「媳婦啊，夜裡要翻身時，千萬要喊醒我，哪兒不痛快了也要叫我，我給妳揉揉按按。」當時若知道媳婦懷了孩子，他定不會出遠門。

「這樣躺著挺舒服，懶得再挪動，你快躺進來，被窩裡涼涼的。」季歌眉角眼梢都有著笑意，心情很是愉悅，伸手拍著床催促。

劉大郎脫了衣裳，笑著說：「我火氣旺，身上熱呼著。」剛躺進被窩，便往媳婦身旁靠，把她貼自己懷裡。「一路回來，吃得好、睡得好，一點都不累，精神著呢，莫要顧及我剛回家。」他是知曉的，媳婦向來最是心疼他，以前在清岩洞住著時，她便半夜三更地起床給他張羅早飯，樁樁件件最是體貼仔細不過。

「我才不顧及你呢。」季歌白了他一眼。「說好的，剩下的日子可使勁地折騰你。」

「欸！我都受著，都受著。」劉大郎歡喜地應，又添了句。「便是往後的每日都可使勁地折騰我，就怕妳不折騰。」他娶了個世上最好的媳婦，世間最好的女人，讓他給娶到手了。以前是他沒能力，現在他有能力了，定要讓媳婦好好享受一番。

說來啊，柳家發生的事，因為柳氏過來兩回，帶來的負面情緒甚大，季歌聽在耳裡，正懷著孩子呢，有點兒神經兮兮；加上大郎出遠門，也不知何時能回家，或多或少的受了些影響，雖明白這事不會發生在自己身上，但架不住有時會胡思亂想，心裡難免就有點不對勁。

好在大郎歸家後，說話言行間待她很是周全，看得出極為用心，讓她甚感妥帖踏實，壓在心頭的烏雲暫時散得乾淨，整個身心都透了股舒坦勁。

「柳家出事了。」這會兒季歌卻是能坦然地提起這話題。「有些話不好跟柳嬸說，要我看來，柳家到這地步，她的大兒媳功不可沒。」說著，就把那五兩銀子的事，簡單地概述了遍。「柳大兩口子沒來縣城時，柳叔夫妻倆過得挺好，他倆一來，日子就不安寧了。」

晚上嘮嗑柳家的事時，也曾提過兩嘴，劉大郎聽媳婦又提起這事，眉間神色淡淡。「柳叔是個心大的，又禁不得半點撩撥，就算沒有他那大兒媳，時日久了，也得出么蛾子。」說著，停了下。「卻是鬧不到這地步。」

「娶妻當娶賢吶。」想起這詞，季歌順口說了出來，思緒如脫韁的野馬，一下就竄到了天邊。「也不知二郎和三郎會娶個什麼樣的姑娘。」別娶個攪和精擱家裡，好端端的生活掀出一股風浪來。

劉大郎略略錯愕，緊接著擰了擰眉峰，片刻，出聲道：「咱們家與別家不同，父母俱不在，等他們成了親，也不好住一塊兒，各過各的，也就沒什麼事了。」

「也對。」季歌點了點頭，忽地笑道：「遠的香、近的臭，老話早就說明白了。」不在一起過，沒有利益糾紛，自然就和和氣氣。

「不睏啊？」見媳婦精神挺好，劉大郎柔聲詢問，話裡含著笑意。

季歌眨了眨眼睛，搖著頭，兩隻眼睛亮晶晶地看著丈夫，沒羞沒臊地說：「許是你回來了，心裡頭高興，就不睏了。」

這話大郎聽著很是高興，想想來年他得跟著商隊出遠門，把妻兒獨留家裡，便有些惆悵。「也就剛開始幾年，得跟著商隊出遠門，等摸清門路，套好交情，局面穩定了，說不定就不用出遠門了。」

「你們都是怎麼想的？」季歌乘機問了句。在堂屋裡，只說了商隊的情況，並沒有說他們的打算。

大郎倒也沒有隱瞞。「多具體的想法也沒有，就是把眼前看得透澈些，那些比較遠的，只有個模糊的想法。二弟說，頭幾年自己跟著商隊跑，占的利潤多能多掙點錢，再者多和商隊打交道，套好交情，店鋪的名聲出來後，就能直接托商隊帶貨回縣城，多出些錢即可。」

「這法子可行，就是實施起來，有點難度吧。」季歌覺得二郎這腦子可真靈活，是個經商的料。

「對。」劉大郎點著頭。「方方面面都要仔細，容不得出半點差錯，尤其是貨源這部分，貨源不好，還得親自跟商隊過去處理，一番折騰說不定還得賠本呢。所以說，前面幾年得跟著商隊，把門路摸清了，貨源要找好的，賣主也得靠譜，商隊這邊也是，不是一日、兩日就能成事，想要穩定就得慢慢磨。」

季歌看著大郎，美滋滋地想，當時認同他的決定，還真是對極了，這才出門幾個月，回來就大不同了。

「媳婦。」劉大郎受不住媳婦的目光，將她往懷裡攬了攬。「也就這初初的幾年要艱難些，過了這坎，日子就輕鬆了。」

「我知的。」季歌認真答著。「你心裡想什麼，就去做什麼，記得跟我說說就好，聽懂了，我心裡就踏實了。」今時不同往日，大郎見了世面，強大的內心有了相應的能力，不再是當初清岩洞裡的那個大郎，她也該適當地調整自己的位置；這個家不需要她來撐，有福可享，她也犯不著去遭那罪，讓大郎頂著一片天，她帶著孩子悠悠閒閒地過著，多好。

劉大郎按捺住激動的心情，在媳婦的額頭親了口，緊緊地抱著她，默默地等著沸騰的情緒平靜。說是懷著孩子，動作輕柔些，也能同房，可他捨不得媳婦受罪，懷著兩個孩子呢，還是緩緩好，莫傷著了妻兒，他一個漢子若連這點克制力都沒有，算什麼男人。

第六十四章

次日清晨，吃過早飯，花伯老倆口就坐不住了，收拾好衣物，由大郎三人送著回天青巷，順道再去周邊看看宅子、店鋪。想著瑩姊不知商隊今日歸來，今兒個天氣暖和，季歌帶著兩個孩子和餘氏，四人去了趟大康胡同。一坐便是一個上午，白大娘和瑩姊一個勁地留午飯，只是想著家裡的三人，季歌她們還是回了貓兒胡同。

下午大郎他們沒有去天青巷，在城門外徘徊著，等待商隊歸來。未時過半，長長的商隊浩浩蕩蕩地進了縣城，三人隨著商隊進了落腳地，忙碌一下午，總算把貨全部整理好，與商隊裡的人吃了頓熱鬧飯，領了自家的貨回家，著家時，天色透黑，恰是更聲響起時。

足足三車貨，還餘了一籮擔，除大郎三人外，阿河兩兄弟也來幫忙，許是著家時天色已深，動靜小，倒也沒驚動周邊的鄰居。留在家裡的婦孺，下午特意把堂屋和雜物間理了理，整出了大大的空間。待板車進了院落，紛紛上前小心翼翼地搬貨，連三朵和阿桃都參與了，季歌站在一旁只有眼饞的分。

等貨都搬進屋裡，整理妥當，餘瑋端著一盞油燈，興致勃勃地挨個介紹，同時還說了說當地的風俗特色以及趣聞妙事。瞅著好看又精緻的琉璃飾品，極富特色、古樸生動的木雕，顏色鮮明豔麗的小玩意兒，酸甜苦辣俱有的各類乾貨吃食，芬芳四溢的數十種香料，以及少數布料和衣裳等等，看得眾人眼花繚亂，腦子裡一片空白，都不知道要說什麼好。

「這得多少錢吶？」半晌，餘氏咂咂嘴，拍著胸口問道。

餘瑋伸出兩根手指頭，神態頗是得意洋洋。

「二十兩？」餘氏一口接了話，表情鬆了口氣。

「娘啊！」餘瑋哭笑不得。「您當全是破爛呢，才二十兩就想撿全了。」

二郎在旁邊笑著道：「這一屋子貨，花了我們仨近二百兩銀子，除了捎回來的錢，後來掙的都搭裡頭了。」

見餘氏臉忽地煞白，大郎忙說：「餘嬸啊，這一屋子貨，運氣好的話，能翻一倍有餘呢。」

「對啊，少說也能掙個四百兩。」餘瑋嘿嘿直笑。「近百兩銀子就到手了。娘，您自個兒算算，這趟雖說久了點，粗略一算，扣除成本，就得了一百兩純利。」

「呀！」聽兒子這麼一算，餘氏煞白的臉色，立即又紅光滿面，笑得合不攏嘴。「這生意要得。」

季歌想起一件事，問道：「這些貨是擱店裡自個兒賣嗎？」

「嗯，都是耐放的，擱久些沒問題。」大郎應道。當時買這些貨時，他們心裡就有了想頭，商量一番，特意選了這些貨。

餘氏聽這話，樂呵呵地問：「宅子和店鋪看得怎麼樣了？」

「一時半刻的真沒頭緒。」二郎搖搖頭。

「不著急，慢慢來，這是要住一輩子的，得好好找，方方面面都要妥當才成呢。」對這事，餘氏很是看重。

大郎很贊同這話。「是這麼個理。」

「咱們這院落是交了一年租的，得跟房主提前說說這事，讓她有個心理準備。」季歌提醒著。

「明日我去跟房主說說這事。」媳婦不提，大郎還真忘了。

季歌站累了，慢悠悠地走到竹榻上靠坐著。「還有啊，後天就進三月，你們回來了，正好是月初，合該回清岩洞一趟，帶些新奇的小玩意兒過去，順便買些糧食回來，還有柳兒屯那邊也是。」

「這些我都記著，會張羅好的。」家裡大大小小的瑣碎事，大郎也都問清楚了，心裡敞亮得緊，就是媳婦這會兒不說，明兒個夜裡，睡覺時他也會和媳婦說。

轉眼進了三月，宅子和店鋪的事依舊沒有著落，初二天氣尚好，陽光明媚，一早大郎、二郎和阿瑋吃過早飯，帶著拾掇好的禮品出了家門，想了想，決定先進清岩洞，出來時再去柳兒屯，拿著大包、小包去丈母娘家，萬一被誤會了怎麼辦，有些禮品可是專門給清岩洞的幾戶人家準備的。

初三的傍晚，大郎他們帶著一車糧食歸家，夜裡躺在床上，和媳婦嘮嗑時，他忽地說了句。「妳二嫂一張嘴還真索利。」

「遇著事了？」季歌聽他語氣怪彆扭的，納悶地問了句。

大郎把玩著媳婦軟軟的手，見她這模樣，眼裡有了笑意。「沒什麼事，跟她說話得打起精神，一個沒注意就會被她拐出話來。」頓了頓，總結了句。「挺會鑽營。」

「我娘還好吧？」季歌想，這二嫂估摸著是變著法子打探跑貨的事吧。

「瞧著比以前要精神點。」大郎說著，又道：「媳婦妳懷了孩子，還真養了些肉，生孩子後可別又清瘦了。」

季歌沒好氣地回了句。「到時肉多了，你又嫌我胖。」

「哪裡！」大郎連忙回著。「再胖個一倍，我也是能抱穩的，媳婦放心大膽地吃吧。」

「才出一趟遠門，這嘴就油腔滑調起來。」季歌伸手戳了戳他的嘴角。

大郎握住她的手，親了口，沒臉沒皮地道：「就對妳一個人油腔滑調。」接著飛快地添了句。「全是跟媳婦學的。」

「討打啊你！」說是這麼說，季歌臉上的笑卻是相當燦爛。

兩人笑笑鬧鬧地又說了會兒話，才相擁著沈沈睡去。

屋外淅淅瀝瀝地飄著綿綿細雨，暖和的好氣候，忽地又轉寒。季歌挺著八個月的肚子，只能在屋裡轉著圈，天冷，穿得厚實，才走幾步就有些氣喘。

「媳婦妳慢點繞，別累著了。」自回來後，大郎一般都會待在家裡陪著媳婦。尋鋪面和宅院的事，就落在二郎和阿瑋他倆身上，阿河和阿水會幫忙，天青巷花伯一家子及這邊大康胡同的白伯一家，也俱都留意著這方面的消息。

季歌扶著腰慢悠悠地邊走邊嘀咕。「已經夠慢了，繞幾圈了？腿肚子有點打顫。」

「四圈，這是第五圈。」屋子就這麼點大，要大郎來走，也就是轉眼的工夫，媳婦挺著大肚子硬是繞了快一炷香的時間，唉，懷個孩子可真不容易。

季歌低頭看著自己的大肚子，伸手摸了摸。「繞完這半圈就歇了啊，乖乖的，別鬧騰了。」

「他們都乖著呢。」大郎見走完了，就過來扶著媳婦往竹榻裡窩。「我給妳捏捏腿。」

「沒事，累歸累，走動兩下，渾身都熱呼了，挺舒坦的。」竹榻佈置得很是舒服，往上一窩，季歌就有些犯睏了。

大郎瞅著她的模樣，笑著拿起一旁的毯子。「瞇會兒吧，明天該放晴了，咱倆到外面逛逛曬曬太陽。」

「昨兒個阿河說，宅子的事有眉目了，不知是怎麼個情況。」季歌惦記這事，迷迷糊糊地就咕噥了出來。

雖說媳婦似睡未醒，大郎還是應了句。「看時辰，估摸著一會兒就能回來。」

「等搬到新宅子裡，得好好拾掇咱們的家。」念頭閃過，季歌又精神了些，笑得眉眼彎彎，甚是好看。

「嗯，妳想怎麼拾掇就怎麼拾掇。」頓了頓，大郎又說：「還要雇個老實本分的婆子，手藝得好，餘嬸說坐月子最最重要。雇的婆子，先讓她露兩手，合妳口味了就留下來。」

季歌聽著這話，心裡甜滋滋的，伸手握住了大郎粗糙乾燥的大手。

「睡著吧，我在這兒守著妳。」大郎脫了鞋，窩到媳婦身旁，他火氣旺，跟個火爐子似的。

「嗯。」季歌點著頭，很快就睡著了。

斷斷續續地飄了好幾天春雨，快要進三月下旬時，總算是放晴了，氣溫猛地竄了上來，隱隱挾了些燥意。

經過大半個月的努力，店鋪一事有了著落，位置還算不錯，在頗為繁華的地段，就一個門面，不是特別寬敞，價格偏高，一口價一百六十兩，願意就買，不願意就算了。季歌隨著大郎帶著阿桃和三朵，去看了眼那店鋪，老實說，這價格還是挺公道的。

幾番思索，劉、餘兩家決定買下這個店鋪，大郎出六十兩，二郎出五十兩，阿瑋出五十兩，店鋪的裝修佈置等瑣碎費用也按這個比例來，往後做生意也好、分紅也罷，都是四、三、三分成，設三個帳本，一律明細皆要記帳，季歌提供了一個一目了然的好法子，倒是省了不少事。

想要在四月初開張，這個三月就有些活要張羅，好在大郎三人對這方面也是在行，關於店裡的佈置，季歌也出了幾個主意，均是讓人眼前一亮，興致勃勃地著手準備著。家裡又剩下幾個婦孺，挪了竹榻擱窗戶下，忙些細細碎碎的針線活，嚼嚼零嘴說說閒話打發時間。

「依我看四月底就會生了。」瞅著大郎媳婦的肚子，餘氏樂呵呵地說著，接生婆早就尋好了，尋的是名聲好，靠譜又經驗老道的婆子。

季歌眼角眉梢都含著柔柔的笑，恰似那春風吹拂柳葉。「許是知道要出來了，這幾日老實了不少，都沒怎麼鬧騰。」

「一瞧就知道是兩個好孩子，乖著呢。」在餘氏的心裡，兩個乾孫孫已經是心肝了。

一旁的阿桃突然說了句。「姊姊，大嫂該生了吧？」

「對呢。」季歌愣愣地應著，喃喃道：「也不知生的是男是女，應該這幾天會有信過來。」

「到時我隨姊夫一併回柳兒屯吧。」姊姊懷著孩子不方便回去，阿桃想，她回去一趟也算妥當，把做好的小衣裳和鞋帽等帶回去。

餘氏覺得挺好。「我看行，讓阿桃替妳走一趟。」

「好，今兒個晚上我跟妳姊夫說說這事。」季歌心裡很是欣慰，伸手揉了揉阿桃的頭頂。

三朵抬頭脆生生地道：「我也去。」阿桃去了，她也要去。

季歌眉開眼笑地欸了聲。「三朵也去，合該去看看一朵姊，看看妞妞和孩子。」

這夜，睡覺前，季歌特意把這事說給大郎聽，大郎聽著心裡贊同，二話不說便應了，兩人又細細地聊了會兒，到時送什麼禮，商量出個章程，便相擁著沈沈睡去。

次日午時末，將將吃過午飯，才把廚房收拾妥當，敲門聲響起，伴隨著季有倉的喊話聲。

季歌和餘氏對視一眼，兩人相視一笑。這是啊，才說到人人便來了。

「大哥，可是大嫂生了？」見季有倉進了院子，季歌就笑著問了句，問完才注意到，他神色不大好，心裡頓時一緊，臉上的笑斂了兩分。

季有倉應道：「生了。昨兒傍晚生的，是個二妞。」

「趕過來也挺累的，屋裡坐著，歇歇腳，沒吃午飯吧？我給你做幾個鮮香肉卷如何？」餘氏忙熱絡氣氛。

「煩勞餘嬸了。」季有倉點了頭。

季歌反應過來。「大哥先進來坐，大嫂可好？」

「還行，生得快，沒怎麼受罪。」進了屋，坐好後，季有倉有一句便回一句，卻是沒多餘的話。

「娘那邊……」遲疑了下，季歌還是問了出來。如今家裡還有個二嫂在呢，誰知道會是怎麼個情況，娘又是個重男輕女的，心心念念地想著大胖孫子，結果一連得了兩姑娘。

短短的三個字，刺激到季有倉，自進門到了這會兒，他才抬頭看向大妹，眼裡堆滿了苦澀，僅看了一眼，他便伸手捂著臉，衝著地面彎了腰，甕甕的聲音，很是沈重。「大妹啊，這回妳可得幫幫一朵。」

「怎麼了？」季歌心跳都快了半拍，可別是出事了。

沈默了會兒，季有倉才道：「娘的性子妳也知，一朵連生兩個閨女，娘那邊是徹底地冷了。」

「娘做什麼了？」季歌也覺得這事有點棘手，娘倘若沒拎清，做了過分的事，這攤子可就不好收拾。

季有倉搖了搖頭。「倒也沒做甚，就是娘甚都不做，我一粗漢子哪裡顧得過來？二弟妹也沒搭把手，都得讓一朵自個兒來，吃的方面，都跟家裡一樣。」生大妞時，媳婦坐月子可不是這樣的，好歹還能吃顆雞蛋，這回是什麼都沒有，若沒有他在，就得撿剩的來吃了。

「大嫂沒坐月子？」季歌瞪圓了眼睛問，月子裡落了病，可是個大麻煩。

「也不是。」季有倉嘴笨，不知道要怎麼說才好。「沒讓一朵拾掇家務，可家裡的兩個閨女都得讓她自個兒忙活著。」

「……」季歌不知道說什麼好了。要說過分吧，仔細琢磨，放在窮苦人家也算不得多過分，要說不過分吧，確實有點冷漠。

季有倉眼巴巴地看著大妹，這麼個大男人，眼眶都泛了紅。

季歌安慰道：「昨晚我還和大郎說到，待大嫂生了孩子，就讓他帶著阿桃和三朵回柳兒屯一趟。大哥你在這邊住一宿，明兒一早一併回去吧。」

「不了，我得先回去，多少能幫把手。」季有倉鬆了口氣。

足足吃了五個鮮香肉卷，季有倉稍坐了會兒，便匆匆忙忙地離開貓兒胡同，出縣城時，他特意拐道，去了相熟的街，買了一斤紅豆酥、一斤紅糖、一斤棗乾，他懂的不多，只知道這些都是補血的，想著媳婦生娃流了那麼多血，得好好補補。

送著季有倉出大門，餘氏回了堂屋，忍不住念叨了句。「照我說啊，男娃、女娃都是好的，好好帶養著，都是一樣的。」季嬸子就是看不透，這般行事，大郎媳婦夾在中間就為難了，好在這母女情不深。

季歌沒有接這話，瞅著一個點，怔怔地發呆，也不知在想些啥。

原是想著等大郎他們歸來，把這事跟他說說，趁著天色尚早，把禮備好了，明兒一早吃了飯好出發；沒承想，下午的時候，大門噼哩啪啦地被拍打得很是厲害。

「劉姊，餘嬸。」柳安的聲音帶著濃濃的嘶啞，透著哽咽，話語都有些模糊不清。

餘氏三步併成兩步打開大門。「孩子啊，怎麼了這是？怎麼了？」連連問著，一顆心提到了嗓子眼。

季歌也追了出來，阿桃和三朵緊跟在後面。「小安，出什麼事了？」

「呀，這哪來的血啊，怎麼回事？孩子啊，你快說啊，傷哪裡了？怎地這麼多血？」餘氏聞著這濃濃的血腥味，驚得臉色煞白。

「這是怎麼了？」等靠近了，季歌聞著濃濃的血腥味，壓住胃裡的翻騰感急急地問。

「娘、娘的血，流了好多血，在醫館裡，劉姊、餘嬸救救我娘！」神智有些恍惚的柳安，忽地跪到地上，一個勁地磕頭。

餘氏心疼得不行，蹲著身，把他抱在懷裡。「小安啊，別這樣，莫慌莫急，有嬸子在呢，在哪個醫館吶，你說，我這就拿錢跟你去。」

「錢！阿桃，取錢去！」季歌掏出一串鑰匙，催促著。「取錢去，快。」這是鬧到出人命的地步了啊，該死的！

餘氏拿了足夠的錢跟著柳安慌慌忙忙地趕往普濟堂。

季歌回了堂屋，拿了個酸梅含著，壓住胃裡的翻騰，對著阿桃吩咐。「去酒樓裡找阿河，讓他去趟店裡把大郎他們喊到普濟堂去。」酒樓就在貓兒胡同周邊，讓阿桃去跑腿，她要放心些，新置辦的鋪面離得有點遠，在倉橋直街，和天青巷只隔了一個胡同。

阿桃不放心姊姊，頓時有些猶豫，抿著嘴沒有說話，這時三朵忽道：「我去。」說得特認真，雙手握緊成拳頭，特懂事地道：「大嫂讓阿桃留在家裡顧著妳，我去酒樓裡找阿河他們。」

季歌本來不大願意，可看著三朵明亮的雙眼，想了想便笑著應了。「好，就三朵去吧，路上當心些。」

「嗯！」三朵重重地點了點頭，走時對著阿桃露出一個燦爛的笑，然後蹬蹬地跑出了院子。

這會兒酒樓沒什麼生意，阿河把手裡的事忙完後，和掌櫃的說了聲，到外面走動走動。才踏出酒樓，就見往這邊小跑過來的三朵，他頓時驚著了，三步併成兩步跑了過去。「三朵妳怎麼一個人出來了？是不是家裡有什麼事？」劉姊一般可不會讓幾個小的單獨出院子。

三朵喘著粗氣，一時沒接上話，阿河覺得她的樣子有點可憐，當時也沒多想，就彎腰把人抱在了懷裡，輕輕地拍著她的後背。「別急別急，喘順了氣再說話。」

「小安哥流了好多血，餘嬸拿錢跟著他去了普濟堂，大嫂讓我來找你，然後讓你去趟店裡把大哥他們喊到普濟堂去。」過了會兒三朵麻利地把話說了。

雖沒頭沒尾的，但阿河聽著卻能估摸出大概來，笑著道：「三朵和我一起去倉橋直街，回頭我再送妳回貓兒胡同。」說著也沒放下她，輕輕鬆鬆地抱著她進酒樓和掌櫃的請了假，跟阿水也說了聲，讓他一會兒打探一下柳家到底出什麼事情了。

第六十五章

臨近傍晚，大郎他們歸家。

「情況怎麼樣？」季歌急切地問了句。

大郎沈聲應著。「還在昏迷中，留了餘嬸在普濟堂照料。」婦人畢竟要仔細周全點。頓了頓又說：「一會兒咱們送些晚飯過去，挺過今晚，就出不了事。」

季歌擰緊了秀眉，憂心忡忡地道：「好端端的怎麼就出這樣的事情了？」想了想又問：「是不是跟柳富貴有關？」

「對。」大郎眸色深深地答著，眉宇間露出幾番思索。

季歌聽了心裡一驚。「怎麼個情況？」

事情是阿水打探的，他站出來說道：「也不知這裡頭有幾分真假，打聽來的話是這麼說的。柳叔看上一個女子，是窯子裡頭的，想替她贖身娶回家當妾，得要一百兩銀子；別說柳嬸不同意，連柳大夫妻倆都不同意，那柳家大兒媳更是炸了禍，說話忒難聽，完全沒有把柳叔當成公公看待。

「正是這般，把柳叔給惹惱了，然後，惱極的柳叔就說了一句話，爆出個驚天的大醜聞。原來，柳叔之所以沈迷於那地方，最開始還是被自家大兒媳幾句話給點撥的。柳嬸聽到這話，整個人就崩潰了，跟瘋了似的，也不管柳叔，直接衝到她大兒媳跟前，兩個女人就在店裡撕打起來。」

「這……」季歌聽著目瞪口呆，這、這可是封建的古代，竟然也能發生這麼荒謬的事情？這柳家大兒媳可真狠吶，為了錢財連公公都算計，只怕她千想萬想都沒有想到，最後會搬了石頭砸自己的腳。「到了這地步，柳家父子是怎麼處理這事的？」說著嘀咕道：「這樣歹毒的女人留著是個禍害啊！」

「柳叔來了趟普濟堂，被小安趕走了。」大郎答了句。

季歌聽著很解氣。「該！」又問：「那柳嬸的大兒子呢？」

「沒見露面。」這回是二郎接的話。

餘瑋橫眉怒目地接了句。「要我說，就該把柳家父子都狠狠地揍一頓才好！至於柳家的大兒媳，這禍害還留著幹什麼？休了她柳家就清淨了。」他是去過普濟堂的，見到昏迷中的柳嬸，當丈夫的竟然任由兒媳打媳婦，當兒子的也眼睜睜地看著媳婦打母親，這父子還真是沒腦了！要說出去不得被唾沫星子淹死，算個什麼玩意兒！「往後我媳婦敢打我娘，我頭一個衝出來，揍死她丫的，給老子滾，要這媳婦有屁用?!」

「要不要再鬧大些？也算是替柳嬸出口惡氣。」阿河忍不住問了句。柳家和劉、餘兩家生的嫌隙，他也初有聽聞，另一方面劉姊和餘嬸對柳安又很是照顧，想來對柳嬸也是存了好感，生厭惡的應是對柳家其餘三人，正好可以乘機火上澆油，好好地宣傳這件事，夠他們仨喝一壺了，到時火鍋店也甭想開了，贖美嬌娘當小妾？呸！作夢去吧。

大郎嘆了口氣。「鬧大了也不妥，往後柳嬸的日子就沒法過了。」

「這有什麼？」季歌毫不猶豫地接話。「爭吵撕打時，就在店裡邊，周圍的人家都知曉了此事，明兒個一早起來，定會鬧得滿城風雨。」說著，目光落在阿河身上。「依我看，阿河的想法好，都到這地步了，反正不好收場，倒不如鬧大些，讓柳家好好嚐嚐惡有惡報的滋味。至於柳嬸和小安……」

她有個驚人的想法，既然柳家的大兒子不願意休了媳婦，這是明顯地要媳婦不要娘，柳叔又是那德行，這丈夫不要也罷！柳嬸還不如帶著小兒子柳安單獨分出來過日子，清清淨淨的多自由？就是說出來，嗯，可能有些不討喜。季歌瞄了眼屋裡的人，低頭摸了摸自己大大的肚子。

算了，還是不說了，這可是古代，有些言語得注意些，回頭等柳嬸清醒了，或許可以先和餘嬸露露口風，問問她的意見，倘若兩人意見相合，再跟柳嬸說一嘴，算是給她出個主意。她著實噁心柳家那三個，若柳嬸和小安能和他們分開，這樣一來就可以和他們多走動，對柳嬸和小安她還是很願意交往的。

「先緊著柳嬸的傷，一切等她醒來後，看她和小安是怎麼想的，咱們能幫就幫一把。」大郎做了總結語。當初小安跳出來幫媳婦說話，這人情啊，得好好地還。

屋裡人聽著這話點頭應了。說來說去也是別人家的事，怎麼個章程，還得問問當事人，他們在這兒費口水，也不過是嘴上話而已。

「時辰差不多了。」大郎看了眼媳婦，這個點，肚子裡的孩子該鬧騰了。「餘嬸不在家，晚飯咱們自己張羅。」

季歌聽著應道：「小灶裡燉了骨頭湯，食材都清理好了，阿桃和三朵在火塘旁看著火勢煮飯呢。」她這狀況只能做點擇菜的活，在口頭上指點一二，餘下的瑣碎事全是阿桃和三朵忙活的，這兩個孩子眼見越發懂事能幹，她心裡頭很是欣慰。

「妳窩竹榻裡歇歇，我去廚房瞅瞅。」大郎說著，起身出了堂屋。

「我去看後院的菜地。」二郎對著大嫂說了聲，大步出了屋。

開春那會兒，大郎他們沒回家，花伯閒著無事，就把菜園整頓一番，種了些蔬菜。

剩下的三人都各找了點事做，剛還擁擠的屋子一下子就空蕩起來，季歌一個人也窩不住，覺得冷清了些，起身慢悠悠地去廚房湊熱鬧。

廚房本就不大，人多了就轉不過身，大郎正想著進堂屋陪媳婦，就見她出現在門口，笑著走了過去。「屋裡沒人？」

「嗯，我過來看看。」季歌往裡瞧了兩眼。

正往鍋裡倒油的阿桃，抬頭衝著她笑，甜甜地喊。「姊姊，小灶裡的湯燉好了，要不要喝一碗？菜一會兒就好了。」

今年十月她就滿八歲了，近一年吃得好、睡得好，又有人疼著護著，單薄的小身板也就養圓潤了些，眉宇透著股溫婉，與她姊姊一般好。

「大嫂，我給妳蒸了蛋。」三朵轉著腦袋，樂滋滋地說著，指了指擱火塘旁的陶鍋。「就在飯裡蒸著。」

大郎柔聲問：「要不要吃個蒸蛋？」

「剛剛嚼了不少零嘴，這會兒肚子飽著呢。」季歌笑著回，對著三朵豎了個大拇指，誇了她一句。「三朵真棒。」

見鍋裡的油開始冒煙，阿桃將菜往裡倒，頓時衝出一股油煙氣，她麻利地翻炒著。「姊夫，你帶姊姊回堂屋坐著，這裡味嗆。」

「對，廚房裡有我們就夠了，人多也轉不過身。」正在燒火的阿河說了句。

「欸，好。」季歌越看阿桃越滿意，眉開眼笑地隨著大郎回了堂屋，剛剛窩進竹榻裡，便小聲嘀咕著。「有沒有覺得阿桃越長越出息？」

大郎瞄著她歡喜的眉宇。「家裡的孩子都長得越發出息，是妳帶養得好。」

「日子過得快啊。」季歌懶洋洋地靠著丈夫，有一下、沒一下地摸著肚子。「一晃就是一年，五月底小小的三郎和三朵就滿七歲了。」粗粗一算，她來這個世界，快滿四年了呢。「再過一、兩年，就要操心二朵的婚事了。」說著，正兒八經地看著身旁的男人。「平日裡你多仔細著，有好的小夥子留意觀察。」

大郎開著玩笑說：「咱們這一屋子，全是好的小夥子啊。」餘瑋、阿河、阿水，再遠點兒，也有柳安，年歲都相當，沒差多少。

「呀！」季歌愣了會兒，忽地小小驚嘆了一下，眼睛頓時一亮。「真是豬油蒙了眼，眼皮下的都沒瞧著。」說完，她往大郎身旁湊了湊。「你覺得哪個和二朵相襯些？」要她看，四個小夥子都不錯，就是不知有沒有看對眼的，光他們看著也不成，這日子得兩個人過，得他們自己中意才好。

聽媳婦提到這事，大郎便把曾想過的念頭說出來。「我覺得阿瑋挺好。」他也曾和二郎私下提過一回，兩人都覺得挺妥當，因存了結親的心思，三人的情誼才越發厚實。

「呃?!」季歌驚愕地看著大郎。

大郎略顯詫異。「怎麼了?妳覺得不妥?」

季歌搖搖頭，又點了點頭，一時間思緒有些混亂。

「怎麼了?」大郎看不明白，當然也想不明白，納悶地說：「我見妳和餘嬸處得好，對阿瑋也知根知底；再者，咱們兩家合夥開的鋪子，只要沒有特殊情況，生意差不到哪兒去，二朵嫁給阿瑋，方方面面都是極好的，哪裡不妥了?」有了柳家的事在前，兩家人結親，就不用擔心出這種禍事。

「好是好。」季歌看著大郎，神色透了幾分古怪。「可二郎怎麼辦?」頓了會兒，支吾道：「我還琢磨著，讓秀秀嫁給二郎呢，秀秀多好的一個姑娘。」換親的名聲很不好，除了貧苦人家，誰願意揹這麼個名聲，尤其如今身處縣城，又開著一間雜貨鋪，就更人言可畏了。

原來是這事，大郎鬆了口氣。「我問過二郎，二郎沒這想法。」二郎年歲要大些，他自是先緊著二郎，事先詢問過了。

「這樣啊……」季歌心想真可惜。「秀秀多好，二郎怎麼想的?」嘀咕完，又喃喃地道：「今年該滿十六了。」

對於二郎，大郎挺憂心。「他對成親沒什麼想頭，說要往後擱擱。」二郎自來有主意，頭腦比他這個當哥的還要靈活些，他也就不好多說什麼。

「喔。」季歌心不在焉地應著。她這當大嫂的也不好出面，她和二郎年歲太近，接觸太多難免會有閒話。好在十六歲擱這個時代，也不算大，還能再緩兩年。「擱著也行，等十八歲再說也不算遲。」

大郎也是這麼想的。「等過兩年，咱們就是徹底在縣城扎根了，二郎成親這事，尋摸起來也好些。」

「也對。」季歌點頭附和，忽地想起一樁事，急急地問：「你沒同阿瑋露過口風吧？」

冷不丁地這麼問，大郎怔了下才反應過來，笑著道：「沒有，二朵年歲還小。」

「阿瑋可不算小。」季歌輕輕蹙眉。「他比二郎還要大些呢，再者姑娘家臉皮薄。」說著說著，面露沈思。「大郎你看這樣行不行，咱們先和餘嬸透透話，讓她隱晦地和阿瑋交談一二，看阿瑋那邊是什麼態度，先別驚動二朵，若成了，再私下和她說說，倘若她也願意，就讓這兩人先處處感情，算是半個青梅竹馬，往後成了親，日子就更好過了。」

說著，季歌又道：「我說，萬一沒緣分，阿瑋那邊沒想法，這事啊，就這麼風輕雲淡地過了，也甭讓二朵知曉，靜悄悄的，於兩家的情分也無礙。」

「我看行。」大郎思索片刻，覺得挺周全。「等有了合適的機會，妳跟餘嬸說說這事，阿瑋那邊成了，我和二郎再和阿瑋說說話。」

「好。」季歌笑著應，心裡頭美滋滋的，就盼著阿瑋和二朵真能成事。原本兩家就感情好，這樣一來就真成一家人了，餘嬸的性子是真好啊，秀秀這小姑子和二朵感情也好，阿瑋這邊有大郎和二郎呢，二朵嫁到餘家，算是掉福窩裡了，輕輕鬆鬆沒什麼么蛾子。

晚飯過後，天色將將暗，二郎和阿瑋拎著晚飯去了趟普濟堂，阿河和阿水說再去柳家那邊探些更仔細的消息來。三郎在堂屋裡溫書練字，三朵和阿桃坐在軟和舒適的竹榻上打絡子、做針線活，季歌扶著腰，在屋裡慢吞吞地繞著圈，大郎在旁也跟著慢吞吞地繞圈。

兩盞油燈，燭火輕輕跳躍著，映著屋內一片橘黃暖色，窗戶支了個小縫，夜風鑽進屋內，挾著幾許細寒，空氣一經流動，清清淡淡的墨香溢滿整個屋子，還有那更遠些的夜市喧囂聲，隱隱約約順著風透來，平白添了絲恍惚感，又有種別樣的微妙安詳。

待更聲響起，送晚飯的二郎和阿瑋回來了，二郎手裡提著油紙包，飄出陣陣饞人的香味，他把油紙包擱桌上。「路過夜市，買了點春捲，都說這家味道好，人來人往的甚是熱鬧。」

這會兒離吃過晚飯堪堪不過一時辰，大夥兒肚子都飽飽的，唯獨季歌，那會兒受了驚，肚子空空的只有塞了些零嘴糕點，晚飯就沒吃多少，又在屋裡繞了一炷香的時間，這會兒聞著春捲的香味，竟覺肚子有些發餓。

「想吃了？」大郎聽著媳婦吞口水的聲音，笑著打開了油紙包，他還想著一會兒該進廚房，給媳婦熱點湯，再整點吃的給她填肚，二郎買了春捲回來，倒是省事。「柳嬸情況怎麼樣？小安吃得好不好？」

二郎答道：「柳嬸還在昏迷中，有餘嬸在旁邊安慰，小安精神好些了，晚飯吃得挺好。」

季歌一連吃了兩個春捲，解了饞，側頭對著三朵和阿桃笑。「這春捲做得好，美味可口，不嚐一嚐？」又衝著正在練字的三郎說：「三郎該歇歇了，過來吃個春捲。」

「要嚐，要嚐的。」三朵聞著香味就有些蠢蠢欲動，奈何晚飯吃得多，又窩著沒有動彈，肚裡著實是塞不下東西，她想了個法子，扔了手裡打到一半的絡子。「容我先在屋裡蹦跳幾圈。」給肚子挪點空間出來。

阿桃哭笑不得地彈了一下三朵的腦袋。「這個吃貨。」

「阿桃咱一塊兒。」三朵嘟著嘴，拉起阿桃在屋裡蹦蹦跳跳。

季歌瞅著這場景，樂哈哈地笑了起來，屋裡的其餘四人眼裡均有了笑意。三朵見他們高興，也跟著哈哈哈地笑，倒是阿桃羞得滿臉通紅，卻依舊陪著三朵胡鬧。

季歌看著面若桃花的小妹，心裡咯噔一下，突然想到，阿桃比二朵只小了一歲呢，也該著手操操她的心了。這麼一想，立即又想到了柳安，盤算著，若柳嬸打算帶著小安獨自過的話，小安這孩子冷清歸冷清，卻是個重情重義的好性情，又有打鐵的手藝，大富大貴沒有，舒坦日子倒是不難。

念頭一起，便在心裡落了根，季歌臉上不顯，實則細細思索起來。這事暫時不宜有動靜，得先過個一年半載看看，她就這麼一個妹子，得慎重些來，這孩子原先過得苦，都說嫁人是女子的二次投胎，絕對不能馬馬虎虎地來，待觀察好了，和柳家的關係徹底斷乾淨，再和阿桃私下說說，看她是怎麼想的。

季歌很清楚，阿桃和二朵不同，二朵心裡門兒清，有自個兒的主意。阿桃啊，太內向了，沒個主心骨，眼裡、心裡全是她這個姊姊，等事情都妥當了，再來詢問她的意見，她沒準就應了，壓根兒不會從自己的角度思索。若開始時就問她，這便不一樣了，可以引導著她，好好思考自己想要什麼、想過什麼日子。

「想什麼？」大郎略顯無奈，媳婦正懷著孩子呢，總喜歡東想西想，成天地琢磨瑣碎事。「眉頭都擰緊了。」說著，伸手撫了撫媳婦的眉頭。

季歌抬頭對著丈夫憨憨地笑。

大郎拿了春捲給媳婦，嘴上卻沒停。「再給我拿個春捲。」「大娘和餘嬸都說，心思不能太重，要好吃好睡，我說了，家裡有我呢，妳還有什麼不放心的？」

「沒，就是走了下神。」季歌理虧，縮著肩膀，一點點的嚼著春捲。

這會兒屋裡人多，大郎沒有再說什麼，只是伸手摸了摸媳婦的頭頂，眸子如無月亦無星的夜空，黑漆漆、暗沈沈的。過了會兒，柔聲問：「我去給妳熱點湯？」

「好。」吃了三個春捲，季歌確實有些口渴。待大郎一走，她鬆了口氣，自家男人越來越有氣勢了。「三郎！快過來吃春捲。」嚷了句，笑著看向二郎和阿瑋。「你們也吃啊。」

「來了。」三郎擱了手裡的書，走到桌旁，看了眼大嫂，很難得地調侃了句。「大嫂不乖。」

季歌瞪了他一眼。「你才不乖，每次得喊兩、三回才聽話。」

三郎吃著春捲，眼睛裡溢滿了笑意，一臉了然地看著大嫂。

這熊孩子越長越歪了！季歌在心裡抓狂，她平日裡攢的威嚴全沒了。

「看樣子三郎在學堂裡學了不少呢。」二郎心情愉快地說了句。

季歌看著眉開眼笑的二郎，這話什麼意思啊？

阿瑋是粗神經，沒明白這裡頭的樂子，認真地接了句。「旁的不說，三郎這手字是真好啊，這書啊沒白讀！」

「三郎最厲害了。」三朵出了一腦門的汗，蹦蹦跳跳地跑了過來。

阿桃緊跟在身後，掏出一方手帕。「三朵後背有沒有出汗？去洗個澡吧。」

「我來看看。」季歌招了招手。

這時，大郎端著一碗熱騰騰的骨頭湯進來。「小灶上還有湯，要喝的自個兒盛去。」

「有汗有汗，吃個春捲再洗澡。」三朵笑嘻嘻地應著，接過阿桃手裡的手帕，胡亂地抹了把臉。

吃了春捲，把鍋裡的骨頭湯也分著喝完了，夜已深，稍稍收拾了番便各自回屋睡覺。

第六十六章

季歌總覺得有什麼事忘記告訴大郎，待躺進被窩裡，大郎吹了油燈準備上床時，她忽地就想起來了。「大郎。」

「嗯，我在。」聽出媳婦話裡的急切，大郎以為她哪兒不舒服，順著月光快步躺進被窩裡，握住媳婦的手，輕聲問：「怎麼了？」

「今兒個傍晚亂糟糟的，把正事給忘了。大哥中午的時候過來了趟，昨兒傍晚一朵生了個二妞，明兒個一早你帶著阿桃和三朵回柳兒屯吧。」季歌飛快地說著。

大郎聽完，愣了會兒，才反應過來。「生了個二妞？」頗有股喃喃自語的意味，依著丈母娘的性子，一朵這日子怕是不好過。

「嗯。」季歌應著，猶豫了會兒，緩緩說道：「娘心心念念想要個大胖孫子，一朵連生兩個閨女，大哥精神很不好，人有些恍惚，說是娘心裡頭不高興，對他們兩口子徹底冷了，不管不問更不用說幫襯一二。明兒你回柳兒屯，說話行事得有個章程才是，這樣下去也不是辦法，大妞還小呢，一朵哪裡顧得了兩個孩子，又是在月子裡。

「還有二嫂，那也不是個省油的燈，不知道會不會乘機火上澆油，倘若我這月份小些還好，能一塊兒過去瞅瞅情況。」她在的話，場面可能會和氣些。季歌下意識地摸了摸自己的大肚子，椿椿件件的，看著是別人家的事，卻又跟家裡息息相關，還挺棘手，可真是愁死人了。

「這樣吧。」沈默了會兒，大郎開口了。「柳嬸那邊也不知是什麼情況，餘嬸可能走不開，我送妳去天青巷待一天，家裡的話，二郎和三郎也跟著一塊兒回柳兒屯。」手心手背都是肉，再怎麼說也是媳婦的娘家，前陣子出事時，若不是丈母娘早早地帶人過來撐腰，還不知道會發生什麼事，不管是出於哪種心態，媳婦在季家的分量重了不少，這是好事。

老人想要孫子的心情，他或多或少能理解，但理解歸理解，一朵是他的大妹，也不能眼睜睜地看著她在婆家吃苦受累。這事要怎麼解決，手段還真不能太強硬了，免得傷了媳婦與娘家間的感情。他思量著，倒不如把二郎和三郎一同帶去，不說他和二郎在外跑商，整個人看著有了些改變，便是三郎讀了一年的書，也是有些氣場的，到時就是不說什麼，丈母娘也該懂。

「也好。」季歌稍稍一想就明白，這行事挺妥當，娘看著應當會有所顧及，腦子也清醒幾分。「那明兒得和三郎去趟學堂，跟元小夫子說一聲。」

「讓二郎和三郎去學堂，我送妳去天青巷，不在家裡張羅早飯，都到外面吃去，想吃什麼就吃什麼。」說著，大郎停了下，問起。「咱們帶些什麼過去比較好？」

季歌平日裡和餘嬸、大娘嘮嗑時，就說到過這件事。「衣裳鞋襪、虎頭帽等，小孩用的衣物俱都備妥，早早地打好包裹擱在木箱裡，寶寶佩帶的銀飾品得送，早先家裡不寬裕，大妞的手腳上還是光的呢，是不是也一併送著？旁的再送些滋補吃物吧，娘那邊送點尺頭，糖霜、脯條和雞汁豆乾，再提兩斤肉、一條魚也就夠了。」

眼下手裡攢了些許錢，給大妞、二妞一併送佩帶的銀飾品，是間接地想讓娘知道，就算是兩個女娃，劉家也是看重的；再者，也是心疼大妞，孩子多無辜，能緊著點就緊著點。她以前是不知道，懷了孩子和花大娘、餘嬸絮叨時才懂，小孩佩帶銀飾不僅僅是美觀大方，更主要的是能起到辟邪的作用，還能吸走寶寶身上的有害物質。

「好，都聽妳的。寶寶佩帶的銀飾品也給大妞送著，原也是該送的，以前手頭緊沒法子，現在一併補上。」大郎心裡頭高興，將媳婦摟在懷裡，親了親她的額頭。「睡吧，挺晚了。」

「確實睏了。」事都妥帖了，季歌打了個哈欠，含含糊糊地應。

次日一早，大郎把媳婦送到天青巷，稍坐了會兒才離開，拿著銀子往銀樓跑。阿河帶著三朵和阿桃在外面吃早飯，阿水則趕去了普濟堂，看那邊是什麼情況，順便帶去餘嬸和小安的早飯。二郎和三郎吃了碗陽春麵，進了葫蘆巷往學堂裡走。

辰時末，今兒個天好，懸掛天空的太陽散發著宜人的溫暖，幾人在城門口集合，想了想租了輛馬車趕往柳兒屯，阿河和阿水等馬車沒影了才回城，酒樓那邊只能容一人休息，阿水去做事，阿河則去了普濟堂。

馬車比牛車要快了一倍，堪堪一個時辰，巳時末就到了季家屋前，柳兒屯進出都是牛車，難得有輛馬車，雖說看著普通，架不住它是馬車啊！有好幾戶人家，都紛紛站在屋前指指點點地討論著。

要給一朵撐腰，又不能讓丈母娘失了臉面，想來想去，就只有花點錢顯擺，讓丈母娘自個兒明白過來。因此，大郎他們五人，今兒個的穿著衣料都比較好，精神面貌也是最佳狀態，一下馬車往季家院前一站，對比特別地明顯。

「娘，二嫂。」大郎率先喊了聲，又看著季母說道：「聽大哥說一朵昨天傍晚生了，我就帶著二郎他們過來看看，阿杏原也想來的，就是月份大了些，她又懷著兩個娃，就送她去了花大娘家。」

說著話的工夫，季有倉也走了出來，看到劉家眾人，隱現幾分激動，緊皺的眉宇也鬆了。

不等季有倉說話，大郎先出聲招呼。「有倉，我們來看看一朵母女倆。」說著，把手裡拎的東西遞到了有倉跟前。「這是給一朵母女倆的一點心意。」話沒多說，後又看向季母。「娘，這是給兩老的吃物。」

「來就來，回回都不空手，真是太客氣了，快，屋裡坐著，坐著。」季母本有點陰沈的臉，見著大包小包的禮，笑得跟朵花似的，對著身旁的二媳吩咐。「快去地裡，把那父子倆喊回來，說大郎他們過來了。」

往堂屋走的時候，其餘人也喊了季母，季母瞅瞅這個、又瞅瞅那個，頓時心裡門兒清，有點兒不舒服，卻沒有發作出來，反倒笑嘻嘻地拉著三郎和三朵誇了幾句好話；尤其直說三郎文曲星下凡，將來準會有出息，目光落在阿桃身上時，她愣了下，沒想到，小女兒出落得這般好了。

進了堂屋落坐，季母泡了茶過來。「不知你們今兒個會過來，家裡啥都沒準備，也沒甚吃的。」

按說家裡生了娃，都會備些零嘴擱著，左右鄰居來了也好，親戚朋友上門也罷，好拿出來招待；再者有倉昨天特意去了縣城，季母這話說得，就差沒直言表明她多麼不歡喜大兒媳生的二孫女。

「聽姊夫說，大姊又生了個閨女，我尋思著大娘想孫子想得緊，大姊一連生了兩個閨女，劉家怎麼著也得過來趟。」二郎不比大郎，他不用顧及丈母娘的身分。「說來，是我們劉家對不住季家，還請大娘原諒。生男、生女都是看緣分，命裡有時終須有，命裡無時莫強求，大娘這心結要鬆鬆才好，看開些對身體也好；再者，往後日子還長著，姊夫他們也還年輕，大娘您說是吧。」

見二郎說了這番話，大郎想了想，接道：「來時阿杏叮囑我，一家人要和和氣氣，仔細說來，倘若生男、生女能自個兒決定，我想一朵也會千想萬想地要個兒子，畢竟男兒是要扛大樑的，便是家裡陽氣足，在外面走動都要方便些。可眼下生的是閨女，這事也沒辦法是吧？娘，日子還得往下過著，總不能因這事就僵著吧？娘是個明白人，嫌隙一深就難相處了，有倉可是長子呢。」最後一句意味深長。

自古只有長子養父母，季父、季母若不想跟著長子過，就季老二娶的那婆娘，想來是沒戲的，底下的老三和老四，如今看著沒什麼樣子，過幾年就不知道了。

聽著大郎兄弟倆的一唱一和，季母臉色跟染缸似的，紅紅青青又白白，正欲說話時，卻見大妞搖搖晃晃地邁過高高的門檻，身後是有倉抱著二妞。

「妞妞。」三朵特別喜歡小孩，見到妞妞就衝過去抱她過門檻。

大妞妞趴在門檻上，看見三朵，咧嘴衝著她笑，清清脆脆地喊。「姨。」小傢伙還記著呢。

「妞妞。」三朵歡喜得不行，也顧不得妞妞身上髒，一把將她抱在懷裡，在她紅撲撲的臉上親了口，兩姨甥格格笑啊笑。

阿桃看著心裡突突地跳，快步走了過去。「三朵我來抱妞妞，別摔著了她。」

「姑。」小傢伙窩在阿桃的懷裡，仰著小臉喊。

「阿桃，妞妞好聰明。」三朵越發喜歡了，在衣兜裡掏啊掏，掏出一個荷包，從裡頭拿出一塊糕點。「妞妞吃糕糕。」

有倉抱著二妞進了屋，對著大郎他們笑。「一朵讓我把二妞抱來給你們看看。」

「正好把這銀飾給大妞、二妞佩帶著。」大郎拿出一個盒子。「阿桃抱著大妞過來。」

阿桃應了聲，用鼻子親暱地頂了頂妞妞的小鼻子，開心地說：「要給妞妞戴手鐲、腳鐲嘍。」

「大哥，這……」有倉完全沒有想到，還有這麼一岔，腦子立即成了漿糊，手足無措地站著，不知道要說什麼。

二妞包得很嚴實，用的衣物俱是大妞曾用過的，雖褪色厲害卻很乾淨。她睡得很沈，臉小小的泛著紅，周身飄著淡淡的奶香。

大郎抱著二妞細細打量了幾眼，抬頭看著季母，眼裡帶著笑意。「娘，阿杏說，這銀飾得由您來親手佩帶才好呢。」說完，他把二妞還給了有倉，拿著盒子走到季母的面前。

季母看著這大女婿，又瞧了瞧劉家其餘人，眼神明明暗暗，沈默了會兒，她伸手接過盒子，笑盈盈地道：「也太費心了些，小孩子家家，用不著這麼破費。」邊說著她邊小心翼翼地替二妞佩帶銀飾。「阿杏可還好？下月底應該要生了，大郎你得多上心點才是，頭一胎懷兩個可不容易，生的時候就更難了。」

「娘說得是，我現在什麼都不幹，整天就圍著她打轉。」大郎自我調侃了句。

屋裡的氣氛忽地又輕鬆溫馨起來。

飯後，季母領著阿桃和三朵進產房看望一朵，招弟也想湊熱鬧，被毫不留情地喝斥住了。季母這會兒算回過神來了，瞧著二兒媳滿腔怒火，恨不得搧她幾個巴掌洩憤，可她不能這麼做，說出來丟的是季家的臉、她的臉！短短的兩天內，這二兒媳可沒少在她耳朵旁煽風點火，左一句、右一句都說到她心坎裡，把她滿心的鬱火越撩越旺，這個攪屎棍、千年禍害精，怎麼就落她季家了！真是造孽啊！

一朵的精神還不錯，就是臉色不大好，蠟黃得略顯幾分憔悴，見她們進來，忙掙扎著靠坐在床頭，眼角眉梢都溢滿了笑，拉著三朵和阿桃的手。「阿杏在家可好？她這眼看也要生了吧，有沒有時常走動走動？月份大了就不愛動彈，這樣不成的，得多動動，生的時候就輕鬆些。」停了會兒，又道：「聽有倉說都過來了，怎麼沒見二朵？也不知她在錦繡閣好不好，怕是走不開吧，聽說裡頭規矩嚴著呢。」

「天氣好的時候，姊姊會在院子裡轉圈，下雨的時候，就會在屋裡繞圈，一天裡總會走動好幾回。」阿桃回著話，想了想又說：「姊說月份小些的話，她是想過來的……」

話未說完，一朵就阻止了。「挺著個大肚子就別折騰了，我心裡都知道的，我也是剛生孩子的人。」

「姊姊說等她生孩子的時候，恰巧大嫂就出了月子，定要到縣城去一趟……」

才說一半，一朵又急急地接話。「那是自然的，等她生了孩子啊，我定會帶著大妞、抱著二妞去看看她。」

自生了二妞，還不滿三日呢，可真真是度日如年吶！比起當初生大妞時還要艱難，她都不知道能撐多少天，好在娘家人過來，給她撐了腰，送這送那的，面面俱到，她這滿心的滋味啊，已經不知道要怎麼來形容了，歡喜得直掉淚，想想以前做的糊塗事，就越發地內疚。

在產房裡待了小半個時辰，嘰哩呱啦說了不少話，直到一朵面露倦色，阿桃和三朵才出屋子。那邊堂屋裡，大郎三兄弟和季家幾父子也說了不少話。見時辰差不多，該說的、該做的都完成了，沒其他什麼事，又牽掛著在天青巷的季歌，劉家眾人與季家眾人寒暄了幾句，季父出面在村裡喊了輛牛車，駛著緩緩離開了柳兒屯。

等著人走遠了，季母瞪著二兒子，沒好氣地指責。「好生管管你媳婦！一天天的就不見幹點正事，嘴裡吐不出句好話來，沒得丟了季家的臉。」

「娘，這婦人哪個不是嘴碎的，有事沒事都愛說點瑣碎話，您放心，我定會好好跟招弟說說，讓她少說話、多幹活。」季有糧笑嘻嘻地保證著，覥著臉湊到了母親跟前。「娘，妹夫是不是提什麼好東西送您了，我都聞著香味了，一家子都在呢，拿出來解解饞唄。」說著，對三弟和四弟挑了挑眉。「是吧，老三、老四。」

聽到有好吃的，老三和老四一下子就竄出來了，一迭聲地嚷嚷著。「娘，姊夫帶什麼好吃的過來了，給我們嚐嚐唄。」

一肚子火的季母被三兒和四兒纏住，也沒心思再去對著二兒夫妻倆噴火。

一旁的招弟衝著自家丈夫豎了個大拇指，一雙眼睛亮晶晶，情意綿綿地看著他。季有糧被媳婦這麼看著，腳下就有些輕飄飄的，露出了點得意神色。

臨近傍晚趕在城門關之前，總算進了松柏縣，沒回貓兒胡同，劉大郎一夥人直接去了天青巷，打算接了季歌後，順道去阿河兄弟倆幹活的酒樓吃個晚飯，再去普濟堂看看柳嬸的情況。沒承想，花家早早地張羅好晚飯，把他們都算在裡頭了，一桌子菜甚是豐盛，一頓好吃好喝，等走出花家宅子時，天色已經完全暗下來了。

除了劉家眾人，花伯一家也跟著去了普濟堂，場面甚是浩浩蕩蕩；還好普濟堂地方寬敞，全部站進屋裡，也就稍嫌擁擠，倒還是有些轉身的餘地。

柳嬸度過了危險，下午醒來，喝了點魚湯，又吃了些青菜肉粥，這會兒正睡著，怕打擾到她，大夥兒都輕手輕腳、說話細聲細語。

留在普濟堂照顧柳嬸的並不是餘嬸，而是柳嬸嫁出去的大女兒，聽到了信，急急忙忙地趕來縣城。柳安也沒在普濟堂，下午柳嬸醒後，姊弟倆和母親通了氣，得了她的點頭，柳安便回外婆家找舅舅們幫忙。

夜色深深，也不好在普濟堂久待，粗淺地交談了會兒，表達了自家的心意，有什麼需要幫忙的儘管開口就是，能搭把手的他們不會拒絕，又安撫了一二，說了幾句吉利的好話，見差不多了，劉、花兩家才離開普濟堂，到分岔口時，兩家人細叨了兩句才各自回家。

屋裡，大郎夫妻倆躺在床上，說起白天的瑣碎事。

季歌問道：「娘那邊怎麼樣？今天是怎麼個情形？」這是她最最關心的。

「這事啊，還得歸功給二郎。」大郎把在季家的事仔細地說了通。「有了這事，就算娘心裡頭不喜，面上也會過得去，不會太苛待一朵。」

季歌聽著鬆了口氣，關注點落到了另一件事上。「大郎你說二嫂是怎麼想的？明知道這事討不了好，怎麼就大剌剌地火上澆油？這下子把自個兒給坑了吧，難不成圖一時痛快？」

她是真不懂二嫂，說話什麼的看著很精明，可行事有時候卻糊塗得緊。

「她臉皮厚，娘的謾罵於她而言不痛不癢，還能耍嘴皮子索利地反擊個兩句，倒把娘氣得仰倒。」說著，大郎頓了會兒，又說：「娘愛面子，家醜不會外揚，她應該是知道這點，說話做事踩著邊來。還有個二哥在呢，攪得一手好稀泥，看著嘻嘻哈哈，還是有些心思的，等三弟和四弟大些，說不定要更熱鬧了。」

「又是團亂麻。」季歌皺著眉，想起前陣子她和餘嬸提起的事，想把培育蘑菇的技術教會給季母，琢磨著拉一把娘家，一朵也就好過點；可看眼下這情況，就衝著二嫂的性子，這事也不能提出來。

忽地升起另一個念頭，要是有合適的機會，要不要把一朵一家子弄到縣城來，這樣一來，和季家那邊就能疏遠些，走動不那麼勤了，那邊的鬧騰就影響不了劉家，可是這樣的話也不妥呢。

大郎見媳婦沒聲音了，低頭瞅了會兒。「想什麼？」故意衝著她的耳朵吹了口氣。

頓時把季歌癢得，心裡酥酥麻麻，忍不住伸手擰了下身旁男人的胳膊。「哪學來的？」

「在商隊裡聽他們講起過，嘿嘿嘿。」

季歌擰得更用力了些，氣呼呼地道：「不學好！」

「沒，就是他們說的時候，聽了一耳朵，我從來不會湊過去和他們說天談地的。」大郎認真地保證，摟著媳婦喜孜孜地道：「閒著的時候，我淨在想妳，沒空搭理其他。」

「油嘴滑舌。」說是這麼說，季歌嘴角的笑卻是止都止不住，別提有多甜蜜了。

第六十七章

大郎他們三個緊趕慢趕，總算趕在四月來臨時把鋪子整索利了，阿河和阿水閒暇時也會過去搭把手，又連夜把堆在家裡的貨物搬到了店裡，認真細緻地擺妥當，直到凌晨才忙完，直接窩在店裡睡了個囫圇覺。

次日清晨，將將辰時，紅通通的太陽自東方緩緩升起，街道兩旁的早餐館，飄著濃郁的香味，周遭漸漸有了聲響，涼涼的寒意被陽光滲透，氣溫一點點地回升，緊閉的店鋪，一家、兩家、三家，接二連三地敞開大門，冷清的街道慢慢鮮活，周遭的聲響顯得嘈雜而混亂，紅通通的陽光也變了模樣，金燦燦的有些刺眼，新的一天，開始了。

店鋪取了個很通俗易懂的名字——「南北雜貨」。

開張這天，二朵和秀秀跟師傅請了假，三郎也提前跟夫子打了招呼。天濛濛亮，餘氏就醒了，歡喜地張羅著早飯，早飯是包子，有三種餡料分別是香菇豬肉餡、韭菜魚肉餡和酸菜油渣餡。二朵和秀秀在旁邊幫著忙，沒一會兒阿桃和三朵也醒了，燒火的燒火，捏餡的捏餡，都尋著事做。

嗜睡的季歌也難得起了個大早，挺著個大肚子，紅光滿面笑嘻嘻地硬要過來湊熱鬧。今兒個是個好日子，餘嬸她們不想掃了興致，再說包個包子也不是什麼難活，輕輕鬆鬆挺好對付，便同意了季歌的要求。一屋子大大小小的女性，手裡頭邊忙著邊嘰嘰喳喳地說著話，場面比過年還要熱鬧。

蒸好包子，也沒在家裡吃，稍稍地收拾番，一夥人浩浩蕩蕩地拎著食盒去了倉橋直街。她們到店門口時，鋪子還是關著的，當然這會兒也不算晚，才辰時初呢。

大郎他們匆匆忙忙地洗漱了番，店鋪內的屋子不算大，擁擠著湊一塊兒，吃著香噴噴的包子，熱熱絡絡地談天說地，倒是別有番親近滋味。

沒多久花家三口過來了，白家那邊也都過來了，柳嬸在養傷，不能隨意走動，柳安便一個人過來了。

柳嬸帶著柳安在天青巷租了房住，一個院落裡住了三戶，其他兩戶也是人口簡單，性情都挺和善客氣。經過季歌、餘嬸、花大娘和花瑩等眾人的勸說安撫，柳富貴那邊還在鬧騰著要贖自己的小嬌嬌，大兒子要死要活就是不願意休妻，總不能真的就不要大兒子，頭個孩子感情總要深些，再混帳也是自己的孩子啊！

如此一來局面就這麼僵住了，柳嬸心灰意冷，覺得大夥兒說得對，便在幾家的幫助下，租住在天青巷，就近的花大娘隔三差五地會過去串門子；季歌的月份大了，天青巷和貓兒胡同離得又遠，只和餘氏偶爾過去坐坐、說說話，一來二去，和柳氏的情分倒是比以前還要深厚些，主要是柳氏經了這事，明白了季歌等人的好。

至於往後的事都沒怎麼想，且先顧著眼前吧，現在跟一團亂麻似的，就是個無解的局，到了這一步，怎麼走都沒了意義。在天青巷住了十來天，日子清清靜靜，她倒是想通了些，就這麼和小兒子過著也好，出嫁的女兒時不時地帶著孩子回來瞧瞧，挺好的，比起以前要愜意多了。

柳富貴？呵呵，他算什麼？滿心滿眼全是他的小嬌嬌，就隨他去吧，想怎麼折騰就怎麼折騰，眼不見心為淨。幾十年的夫妻啊，一路走到現在，苦的時候兩人得分著饅頭啃，那會兒兩人好得跟一個人似的，生怕對方沒吃飽，情願自個兒苦點累點，怎麼手裡有了幾個錢，偏偏就變了樣呢？柳氏每每想起往日點點滴滴，就是輕輕的呼吸都能扯疼胸膛。怕是命吧，她就是這麼個命，她認命了。

新店開張大吉，季歌特意想了個活動，大郎他們聽著，幾番商量後稍有修改。店鋪裡的吃物，買兩樣送一樣，也可以是買兩樣，只收價高的吃物，限時三天。兩個活動針對的是不同的商品，怕買家不明白，陳列時細心地分為兩個區域，又立了個精心製作的木牌，還頗有幾分雅致，上面是請元小夫子寫的字。

門口也立了個木牌，將活動內容具體寫在上面，還用了簡短的兩句話概括了店裡的商品類別，反正都是耐放的，酒香不怕巷子深。這裡是縣城，識字的多，進來瞧瞧後，裡面的商品若有中意的，回家後十有九個自然會說上幾句，一傳十、十傳百，到時不怕沒生意。

因場面不甚熱鬧，沒請舞獅子啥的，開張的頭一天，生意一般，零零星星的做了幾樁，利潤卻是頗高，便是天天這般，還是能吃飽穿暖的。劉、餘兩家的人，都沒什麼大願望，從不念著大富大貴之類的，只想著日子好過就成，因此頭一天的生意對他們來說，還是很值得慶賀的。

晚飯就邀了前來的三家人慶祝，也沒進酒樓，就在家裡做了兩個火鍋，男的一桌、女的一桌，直接擺在前院。堂屋裡擺不下，趁著天色尚好時，熱熱鬧鬧地吃了頓，喝了點小酒，情緒都挺興奮激動，一直吃到天色灰暗才散場；也沒有忘記在家的柳嬸，細心地打包好飯菜，是專門另做的、於她養傷有利的吃食。

夜裡躺在床上，有些微微醉的大郎，直摟著媳婦哼哼地道，咱們有自己的鋪子，他也是可以養家餬口撐起一片天的男人了！他總算能實現自己說的話，對媳婦好好的，護著她，莫委屈了她。

多簡單的話，季歌聽了無數遍，可回回從大郎嘴裡說出來，她聽在耳朵裡，就覺得一顆心吶，又甜又酸還泛著癢、熱騰騰的。

第二日和第三日的生意忽地就火爆了，第四日活動結束後，生意雖不比前兩天，卻是比第一天要稍稍的好點，大夥兒覺得挺滿足；尤其是大郎他們三人，懸在嗓子眼的心，能安安穩穩地落回肚中了。他們的決定沒有錯！這間鋪子啊，開對了。

進四月中旬，開業足十天，除了前面三天有活動，後面每日的盈利額浮動不大，處在一個挺穩定的數字間，扣去全部成本後，每日的盈利約是四到六兩銀子。自己開店販售，比一股腦兒地賣給商家要掙錢得多，就是前者要費心操勞些。手裡的二百兩貨物，滿打滿算只能撐兩個月，也就是說，須得再跟著商隊出趟遠門。

可秦家商隊在三月初就已離開，眼下都走了一個多月，就是想追也來不及。好在大郎他們手裡有消息，五月初有個付家商隊會路過縣城，可以從他們手裡買些貨，這樣一來，成本就要提高兩成，這也是沒法子，先把店裡的生意穩定了再說，別斷了貨就鬧笑話了。秦家商隊是三月初出發，算算到七月底也該回來了，到時他們就能隨著商隊跑貨。

除了這樁小小的鬧心事外，另一件皆大歡喜的好事，是相鄰的兩個宅子終於有著落了！找到的宅子並不在天青巷，而是在對面的桂花巷，巷子裡頭有個老宅子，老宅子占地大，裡面有棵百年老桂，才得了這麼個名兒。

宅子一大一小，大的宅子要一百八十兩，小的宅子一百二十兩，好倒是真好，說是小宅子，也不算小，比劉家住的院落還要更寬敞點，大的宅子很是敞亮，前面有影壁，後面有小花園，透了幾分婉約精緻。

錢財方面劉家這邊勉強能湊足，真的是都得把全部家當拿出來了，三郎、二朵、三朵和阿桃把自個兒攢的私房也掏出來，虧得早先劉家糕點攤，明面、暗處都掙了不少，「用心經營」那邊也存了一筆錢，又有跑商掙來的錢，雖拿了一筆購置鋪面，手裡還是有餘錢，這餘下的都得填到宅子這窟窿裡。

真是一朝回到解放前了，值得苦中作樂的是，沒承想，搬來松柏縣一年多的時間，家裡還真攢了些錢呢，連二朵都拿出了七兩，嚼用家裡都安排得細膩妥當，她每月的三百文也花不出去，還有得來的賞錢、家裡給的零用等，一併都擱手裡了，三朵、阿桃和三郎，三個小孩子湊了近三兩銀子，二郎那邊的錢早在跑商買鋪子時都拿出來了，想湊也沒得湊。

花大娘怕劉、餘兩家錢不夠，兩家各送了十兩銀子，花瑩則是兩家各送了十五兩銀子。本來是只想送給劉家，可想了想，劉家和餘家關係好著呢，再說和自家關係親近著，分了彼此到底有些不妥，這才一併送了。說是送，只是口頭好聽，回頭肯定得還的。

如此這般，劉家的置宅錢算是湊足了，就是近段日子要過得緊巴點。可餘家那邊底子薄了點，數來數去還差了近四十兩，為著這事餘氏特意回了趟娘家，找兄弟姊妹借了點，倒是湊了十幾兩，卻還缺少二十兩，怎麼借也借不出來了，最後還是花瑩聽了這事，夫妻倆又送了二十兩過來。

火燒眉毛了好幾日，磕磕絆絆的可算是把宅子置辦下來了。不僅一朝回到解放前，還成了負翁。唉！眼看孩子要生了，嗷嗷待哺呢，一家近十口人日常花銷、吃吃喝喝，還有個準備坐月子的要好好滋補著，說好的雇婆子幹活，店裡的資金暫時又不能挪動，得留著五月初進貨，怎麼著也得把貨進好了，才能把錢拿出來用。日子啊，一定得重新奮鬥起來！

好不容易置了鋪子、買了宅子，成了有房有業的人家，卻又得重操舊業，打著「用心經營」的名聲，繼續找活幹，怎麼著也得先把這個坎踏過去。阿河和阿水兩兄弟辭了酒樓裡的事，跟著大郎他們三個到處找活幹，這個比在酒樓裡做事要掙錢多了。四月下旬搬進新家，他倆也跟著搬家，有了屬於自己的屋子，成了家裡的一員，自然要多多出力，這感覺，好得已經沒法用言語形容。

搬進新家的第二日，淅淅瀝瀝飄起了綿綿春雨，原本挺暖和的天氣忽地又轉涼。

不比貓兒胡同的院落，桂花巷的宅子透了幾分婉約精緻，原本窄窄的屋簷換到桂花巷這邊，卻是寬寬的走廊，擺了幾株盆栽，有樹有花，位置擱得很是巧妙，韻味十足。

季歌在屋裡待膩了，便挺著個大肚子，慢悠悠地沿著走廊蹓躂散步，院子裡的盆栽，經春雨滋潤，綠得晶瑩透亮，吸一口氣，全是雨的清新，隱約還挾了草木花香，甚是沁人心脾。

往常覺得雨天有些掃興，搬來這宅子後，倒是覺出幾許雅致愜意，聽著雨聲、聞著雨味，慢慢悠悠地走動，別有番滋味，這日子就該這麼過，自在隨興。

「姊姊。」阿桃在窗臺下做繡活，聽到細微的動靜，抬頭看了眼，喊了聲，帶著淺淺的詢問。

季歌心情格外愉悅，這種愉悅不是說多高興，就是覺得很好，整個人的感覺特別好，她衝著小妹笑，眉目柔和。「走走還挺舒服，妳和三朵也來走走，聽聽這雨聲，看看這盆栽，別悶在屋裡。」

為了這宅子，劉家成了負翁，二郎腦子靈活些，便守著倉橋直街的鋪子，大郎和阿瑋手藝略好，就帶著阿河和阿水重新操起「用心經營」的名號，不管什麼活，只要有錢可掙全都接了。如同一下回到剛來縣城時，天濛濛亮就出家門幹活，大多數時候得天色暗透才歸家，瞧著一臉疲倦，好在精神很好，看著勁頭很不錯。

二朵和秀秀通過師傅的門路，接了些私活，每天擠著時間做繡活。三朵和阿桃也不例外，三朵擅長打絡子，日積月累有段時間了，她現在可以打十種花樣的絡子，價格一個五文至八文不等；阿桃繡活一般，也就只能接點普通的活，好在她鞋子做得不錯，手腕也積了股勁。家裡艱難，兩個小姑娘也懂事，不再成天嚷嚷著出門玩，有點空閒就忙著這些事。

不管是二朵也好，三朵、阿桃也罷，季歌看在眼裡，欣慰的同時又覺得心疼，好說歹說的讓她們注意點眼睛，別錢沒掙到多少，卻是把眼睛給折騰壞了，年歲小往後還長著呢！再說這債務啊，得落在店鋪裡頭，待五月初進了貨，往後掙的錢，就能拿出來還債，這錢才是大頭，一個月下來光純利就一百多兩，家裡也就眼下難了些，用不著她們這麼拚。

好說歹說，這三個丫頭啊，都是左耳進、右耳出，她是沒法子，只能時時盯著，自己走動的時候，死活也要把家裡的兩個孩子拉上，至於在錦繡閣的二朵，她還真是心有餘而力不足。要秀秀看著點吧，就更不靠譜了，餘家的壓力比劉家大多了，二朵這麼拚多少是受了秀秀的影響，只能盼著時間過快點，把債還清後，自然什麼都好了。

「欸，一會兒就出來，手裡的繡活快好了。」阿桃嘴裡應著，用手肘輕輕地推了把旁邊的三朵。「妳去外面和姊姊說說話。」怕是生悶了。

三朵看了她一眼。「咱們一塊兒去。」被大嫂唸得多了，她再怎麼憨，也知道總窩在屋裡做活不好，得讓眼睛多休息。

「我一會兒就過去。」阿桃揚了揚手裡的繡活。「快完事了。」又催了句。「三朵快去吧。」

「不。」三朵卻是犯了倔。她是不聰明，卻很純善，在這方面反應很快，知阿桃是想讓她陪大嫂，她才不去呢，要去一塊兒去，沒得讓阿桃一個人做繡活傷眼睛。

季歌慢慢悠悠地走到這邊。「妳倆幹什麼呢？快出來、快出來，哎呀，我腿疼，走不動了。」眼看就要滿九個月，十來天內必定會生，日子越近就越難熬，肚子裡揣著兩個可不是簡單的一加一等於二。

「姊姊。」一聲哎喲，把阿桃的心提到嗓子眼，還管什麼繡活不繡活，忙扔到一旁，一陣風似地竄出了屋。

三朵顛顛地緊跟著。「大嫂我們來了。」

跑出屋的阿桃，見著臉色紅潤的姊姊，立即反應過來，自己又被姊姊給耍了，一天少說也得來個兩、三回，她回回都上當，哪怕潛意識知道是騙她的，還是會在第一時間衝出去。

「總逼著我使出大招才聽話。」季歌帶著盈盈笑意，伸手捏了捏小妹的臉。

三朵咧嘴對著季歌笑。「大嫂，大嫂。」一迭聲地喊得格外歡喜。被騙的次數多了，她這心就放寬了，知道肯定是騙她倆出來，心裡頭高興，還是大嫂聰明。

「屋裡還有兩個滷蛋，陪我繞幾圈，回頭獎勵妳們吃滷蛋。」季歌眉開眼笑地一手牽一個。

阿桃忙調換動作，扶著姊的胳膊，一手搭在她的腰上。

「好啊、好啊。」三朵歡天喜地地應著。

餘氏拎著一籃子回來，見著她們三個在走廊下繞圈，邊收著傘邊樂呵呵地道：「剛看到有賣半春子的，我嚐了一嘴，可真好，清甜清甜的，就買了一斤回來。」

家裡壓力大，餘氏原想著重新擺鮮香肉卷攤，可思索了下，到底是把這事擱了。她心裡門兒清著呢，依著家裡和花、白兩家的交情，就算願意借錢，也借不到這分上來，多半是看在了劉家的面上。大郎媳婦眼看就要生了，這當口的，她哪能出門擺攤，怎麼著也要把大郎媳婦顧好再說，滿打滿算也就一個半月，能耽擱多少工夫？情分是兩家處出來的，用著心相處人家自然能感覺到，才能越處越深。

「半春子？」季歌頭一回聽到這名，有點兒稀罕，樂滋滋地說：「咱們看看去。」

見她們過來了，餘氏拐進了廚房，揚著聲說：「我洗洗端出來。」

中午的時候，大郎他們大部分是在外頭吃，沒事幹的時候才在家裡吃，二郎那邊走不開，是餘氏去送的飯。這也是餘氏留在劉宅的另一個原因，兩家這般親近，都有些分不清彼此，阿瑋忙活一天晚間回來，母子吃也是吃，還不如一塊兒在劉宅吃，也能省樁事。

花廳裡的圓桌上，除了那盤紅豔豔的半春子，還有一個十二格的大攢盒，四人說著話、嚼著零嘴。

敲門聲響起，伴著花大娘的喊話聲。

「我去。」阿桃拿了幾個半春子，噔噔噔地跑出了花廳。「大娘，您過來了，正好家裡有新鮮的半春子，很清甜呢，您嚐嚐，很好吃。」

花大娘接過幾個半春子，把手裡還滴著血水的魚遞了過去。「酒樓裡收來的黑魚，我拎了條過來，都拾掇妥當了，中午直接做就成了，這兒還有點酸菜，正好湊一盤酸辣魚，最近大郎媳婦不正愛這口嘛。」

花大娘心心念念給兒子張羅婚事，沒承想，花長山轉眼就盤了個酒樓，攢的錢全砸裡頭了，若不是這樣，她還真想再拿點錢給乾閨女，讓劉家手頭能寬鬆些；而且現在手裡乾乾淨淨，一時半刻的也就沒法說媳婦了。

「大娘。」季歌站在門口，笑得一臉燦爛。「花大哥回來了？」

花長山盤了個酒樓，也困不住他的腿，總喜歡到周邊的村裡、山裡摸摸尋尋，找各種稀罕的食材帶回縣城，待在家裡的日子掰著手指能數得清。

「嗯，今兒個清早就歸家了，我都跟妳大哥說好了，月子裡讓他多整些魚回來，給妳燉湯喝。」花大娘喜滋滋地道。這會兒想著，兒子整個酒樓，在外面東跑西跑也挺好。

季歌聽著心裡暖呼呼的。「中午一塊兒過來吃飯唄。」

「行啊，反正幾步路的事。」人多熱鬧，花大娘覺得挺好。

交談幾番，花大娘就回了天青巷，得跟家裡的父子倆說一聲，今兒個過來桂花巷吃飯。

第六十八章

下午未時那會兒，大郎他們四人濕答答的一身回家了。三朵和阿桃忙擱了手裡的活，和餘氏在廚房忙著燒熱水、煮薑湯。

等他們洗完澡換了乾淨衣裳出來，三朵就脆生生地喊著。「過來喝薑湯了。」

「妳煮的？」阿河看見她紅通通的臉，眼裡漾著明朗的笑。

三朵挺了挺小胸膛，很高興地應。「我煮的！」一雙眼睛亮晶晶的，特別的有神。

阿河看著有些心癢癢，忍不住把她抱了起來，輕輕鬆鬆地拋兩下，爽朗的笑聲，似是從胸膛發出，低低沈沈的。「三朵真厲害。」

「哈哈哈哈哈。」三朵也不怕，反而開心地笑了起來。

宅子裡正熱鬧著呢，就聽見外面響起了喊話聲，光聽聲音就能感覺到，那嗓子扯得可真大啊，語調可真興奮，不知道遇著什麼驚天動地的大喜事了。

「這是……」大郎愣了下，匆匆忙忙地跑去開門。「村長、里正，真是你們啊。」說著，又喊。「大娘、大伯、福伯、順伯、平安，快屋裡坐、屋裡坐。」

話音剛落，花大娘就接了話。「村長他們去了貓兒胡同，沒找著你們，就過來天青巷，還以為你們遇著什麼事，可把他們急得夠嗆。」

「這個月事多，也就沒進清岩洞，都忘記通知大夥兒一聲了。」大郎不好意思地笑著，連二接三的事堆一塊兒，腦子都快不夠用了。

從清岩洞出發時，山裡便飄著綿綿細雨，按說這樣的天氣是不宜出遠門，可村長他們等不及，穿好蓑衣、戴好斗笠，揣著一腔激動興奮，深一腳、淺一腳地走出了重重大山，朝著松柏縣奔去。

別說村裡的手藝還真不錯，蓑衣、斗笠做得忒好，密實又保暖，幾人趕了一天的路，硬是沒沾著半點雨滴，就是腳上穿著草鞋受了點罪，因趕著路，倒也沒覺得冷，渾身熱呼呼的，精神勁頭十足。

季歌吩咐著阿桃和三朵，去把家裡的鞋襪拿出來，又尋了乾淨的布巾，待他們擦乾腳上沾的雨水，麻利地換上暖和的鞋襪，餘氏已端著熱騰騰的茶過來，笑呵呵地招呼著。

一路走到花廳，大致寒暄幾句，這會兒坐到了花廳裡，把自個兒稍稍地拾掇妥當，四位年長些的還沒說話，小輩平安就忍不住嚷嚷著。「我們今天冒雨來縣城，是有個天大的好消息要告訴你們！」說著，停頓了會兒，目光在廳裡掃了圈，頗為得意洋洋地說：「咱們清岩洞成功地倒騰出蘑菇的培育法子了！」

「真的？」季歌瞪圓了眼睛，有些不大相信，眉宇間又透了驚喜。這才多久，還不到一年整呢，就研究出培育蘑菇的法子？古人的智慧真是不可小覷呢。

村長笑得慈眉善目。「自然是真的，這才迫不及待地來縣城跟你們說一聲，明兒個天好的話，老楊頭會帶著幾個人，推些糧食和蘑菇過來，讓你們嚐嚐鮮。」

「除了這事，還有另一件事，想與你們商量商量，尋個最周全的法子。」里正慢吞吞地開口，似是每個字都經過了深思熟慮般。

大郎爽快地接道：「里正有事不妨直言，但凡能幫上忙的，我們必定會盡全力。」

「就知道劉家是咱清岩洞最最熱心樸實的人家，村裡能走到今天，全靠你們的幫忙。」里正先誇了兩句。「是這樣的，原先我們也曾想過，蘑菇培育出來了要怎麼掙錢，最開始想的是，在鎮裡盤個鋪子，後來眼見你們在縣城越來越好，又合計著，是不是在縣城盤個鋪子更好些？」

季歌聽出來了，問了句。「里正您說的盤個鋪子，是舉全村之力盤個鋪子來出售蘑菇，還是幾家合力盤個鋪子來出售蘑菇？」古往今來，跟利潤有了牽扯，簡單的事也會變得複雜。

「這問題我們討論過，舉全村之力盤個鋪子做生意，太麻煩了，到時一團亂麻怎麼都理不清，倒不如幾家合力盤個鋪子；我們從村戶家裡收蘑菇，然後再送到鋪子裡買賣，利潤一半對一半，也就是說，一斤蘑菇十文錢，那我們就以五文收上來，不會虧著鄉親們。」福伯答道。

大郎也覺得這做法更好些。「那怎麼保證，蘑菇的培育法子不會被傳到外村去？」這可不是只有一家、兩家，這種全村都參與的事，很容易走漏消息。

「這事我們早就想好了。」順伯樂呵呵地應。「里正說，會召集全村說說這事，想得到種蘑菇的法子，就得簽一份文書，不願意簽的也不強求，那這發財的事就沒分了；願意簽的，倘若洩漏了種蘑菇的辦法，將來憑著這份親自按了手印的文書，能告到衙門裡，可就不是簡單的坐牢，說不定還得流放邊荒當苦役，死都不能落葉歸根。」

季歌聽完這話，面色略微古怪地瞅了眼里正。里正恰好對上她的視線，露出一個狡黠的笑，挺慈眉善目的一老頭，瞬間成了隻老狐狸。她就說嘛，古時的律法還沒到這地步呢，估摸著是拿捏好眾人對衙門的敬畏心態，加上自個兒按了手印、簽了文書的，都是沒見過世面的村民，十成十的會相信這話。別說古代就是現代，也講究落葉歸根吶，到老都回不了家鄉，得有多絕望淒慘，數重恐嚇下來，啥么蛾子都能掐死。

「那鋪子裡就賣蘑菇？是不是太單薄了？」大郎這腦子開了竅，還真不一樣。

村長連連點頭。「就是這麼個理，想著你們在縣城待得久，腦子要靈活點，瞅瞅村裡還有什麼能賣？」

「還有張果醬的法子呢。」季歌提醒了句。說著，瞄了瞄擱一旁仍在滴水的蓑衣和斗笠，指著說道：「我覺得，蓑衣和斗笠這兩樣也能拿出來賣，多細緻的手藝，密實又保暖。」

平安腦子不會拐彎。「村裡的果樹少啊。」

「豬腦殼。」順伯敲了一下兒子的腦袋，他這個當爹的卻是想到了。「可以收果子來做果醬。」

村長有些打哆嗦。「那蓑衣和斗笠真能拿出來賣？倘若這個可以賣，咱村別的手藝是不是也能賣？那得盤個多大的鋪子。」

「關鍵在質量！」季歌認真地說著。「要是一般普普通通的，大街上到處都是，也賣不了幾個錢，還會砸了清岩洞的招牌呢，得在質量上嚴格把關，慢工出細活，一件件都要做得細緻又周全，只要東西好，價格上高了一點點，也是有人願意買的。」

「大郎媳婦說得太對了，就是這麼個理。」里正忽然覺得，大郎能娶到這媳婦，不僅僅是劉家的福氣，還是清岩洞的福氣呢。「咱們清岩洞出來的東西只能是好的！就只賣好東西！」酒香不怕巷子深，慢慢地總能打出名聲來。

村長覷著臉對著廳裡的人笑了笑。「這鋪子的事，可就落在大夥兒身上了，我們對縣城不熟，還得靠你們這些生活在縣城裡的來辦這事呢。」

「這個沒問題，交給我們便是。」花伯拍拍胸膛應承了這事。

大郎也應得很是俐落，同時熱情地說道：「這店鋪也不是一時半刻就能找著，既然要在縣城發展，正好乘機住上些時日，在縣城裡多多轉悠，如今宅子寬敞亮堂，便是再多兩個人也不會擁擠。」

「對啊，劉、餘兩家相鄰，院子裡是打通了一道門的，那邊的宅子也寬敞著呢。」餘氏樂呵呵地說著，心裡歡喜極了，連清岩洞都要在縣城開店鋪，就不是簡單的幾家擰成一股繩，而是整個村子站成一條線了，這麼一想，可真是倍感安全踏實。

花大娘也湊著熱鬧。「再不濟，還有天青巷的宅子能住啊，都是寬敞亮堂的，你們想住哪兒隨意挑著就好。」

「話都說到這分上來，我們就不客氣了。」里正笑得見牙不見眼。

餘氏眉開眼笑地道：「晚上都在這邊吃，咱們吃火鍋，人都到齊了，正好可以邊吃邊聊。」

「我看行。」季歌立即接了話。

花大娘直接道：「那還等什麼，咱們這就著手張羅著吧。老伴啊，你去跟長山說一聲，今兒個還在大郎這邊吃晚飯。」

「可以把柳嬸喊過來啊。」季歌心裡打著小算盤呢。等柳嬸也融入這圈子裡，對於柳家那邊就會越發地看不上眼，和這邊越親近，往後阿桃和小安真能成事，日子過著就舒坦了。

「對對對，她在家裡閒著也是閒著，給她找點事做。」柳氏發生這樣的事，餘氏對她挺同情的，覺得她這樣比自己還不如呢，好歹她是死了丈夫，柳富貴這個殺千刀的，雖活著卻特別地讓人糟心，還不如死了得好，在這種微妙的情緒下，倒是和柳氏的關係越來越好。

一時間婦孺都離開花廳，把空間留給了男人。

晚飯分男女兩桌，熱熱鬧鬧，女桌這邊很是溫馨，男桌那邊則大不同，說起清岩洞在縣城開鋪子的事，一夥人你一言、他一語，各自發表著意見，比當時在花廳裡要火熱多了。

一頓晚吃到天色完全暗透，幸好離得都不遠，也就幾步路的距離。將人送出宅子，眾人回花廳的路上，村長突然說道：「咱們到廳裡再說說話。」

大郎和季歌對視一眼，聽村長的話音，明顯還有重要的事情要說，就是不知是什麼事，好像是故意等著其他人離開。

「是這麼回事。」坐在椅子上，村長輕咳兩聲，有點兒微微的拘謹。「這事啊，早先我們就說妥的，真有一天，蘑菇培育成功，總得分劉家一些利潤。眼下已經定好要在縣城開鋪子，我們決定，鋪子裡每月的純利分劉家一成。」

話音剛落，里正就慢吞吞地接話。「你們也別推託，這份是你們該得的。不說蘑菇的培育法子，便是那果醬法子，都是掙錢的好路子，都是一個村的，也就是一家人，親兄弟還要明算帳呢，這錢你們受了，我們啊也才心安理得。」

「村長和里正說得對，這錢你們得受著。」福伯也說話了。

順伯道：「沒得你們的指點幫襯，我們吶，也走不出這大山，還得在山裡熬著。再者，住在山裡花銷小，不比你們在縣城，大郎媳婦馬上得生娃了，一生就是兩個，這錢啊，是你們理應得的。你們拿了錢，咱們來往時才能更親暱自在。」

「說得對，都是一家人，那這錢我們就拿了，往後啊，齊心協力把日子富起來。」大郎應得乾淨俐落。

村長笑得很是高興。「對！齊心協力把日子富起來。等鋪子開起來的時候，我們就送一份文書過來，都過好明路，往後有個什麼意外情況，俱都清清楚楚。」

「好。」這事討論得周全，大郎也沒什麼好說，很是歡喜。

把這事說出來後，接下來的交談，氣氛更顯幾分親近隨興，絮絮叨叨地說了好一會兒，待饗更起，便各自回了屋睡覺。

綿綿細雨連續飄了兩天，第三日才堪堪放晴，這兩日趁著有雨，手裡沒活，大郎他們便和村長幾人，在縣城裡尋找合適的鋪子。

這日天晴，「用心經營」接了個短活，大郎和阿瑋以及阿河、阿水得去掙錢，二郎天天守著鋪子就更沒時間，好在花長山清閒些，便由他接了手，帶著村長他們繼續逛著縣城，下午的時候，白文和也湊了過來。

待傍晚，太陽剛剛下山，花大娘領著有根叔他們過來了，也是在貓兒胡同找不著劉家，嚇得夠嗆，幸好還有個天青巷花家。

雜七雜八帶了整整一車的吃物，以糧食居多，還有各種蔬菜果子、雞蛋、火焙魚、熏魚、熏肉等，然後是村裡培育出來的蘑菇。

因劉、餘兩家是合一塊兒住的，一車吃物便一分為三，劉、餘一份，花家一份，白家一份。

村裡過來的前後兩撥人，共有十一個，村長他們是住在劉家宅子裡，後面過來的人索性就住到餘家宅子，兩個宅子大，稍微擠擠剛好可以住，這樣進進出出就要方便不少。

村長他們一夥人，是五月初三離開縣城的，經過十來天的尋找，也是他們運氣好，同樣在倉橋直街找到間店鋪；除此之外，還有個好消息，村裡培育出來的蘑菇，由花長山和白文和領著，成功地搭上兩間酒樓的線，還有花長山自己的酒樓，這般算起來便是供應著三間酒樓每日需要的蘑菇。

先前村長他們還擔憂，村裡蘑菇太多，就一個鋪子怕也賣不過來，有了這樁事，他們算是徹底放心了，回村後可以放開手腳走發家致富的路。

村長他們離開後，等到次日傍晚，福嬸、順嬸、平安媳婦以及楊大嬸揹著竹簍，拎著大包小包的來到桂花巷，知季歌快要生產，她們都是過來搭把手的。

村裡的人甚是樸實，你予三分好、我還你五分情，如此這般來往著，情分自然就處出來了，如那酒一般，越是年份久就越香醇。

第六十九章

忙也罷，閒也好，時間總是不變，邁著從容的步伐，自世間緩緩走過，一天又一天，日升月落。

進了五月，日頭有了灼意，正中午時尤其明顯，在太陽底下稍站會兒，就能出滿頭大汗。季歌現在換成在上午和傍晚時，在花園裡走走逛逛。她隱隱有種感覺，這幾天內應該會生，一直以來平靜的心情，不知怎地有些微微慌，睡覺都不踏實。

大郎白天在外面忙著幹活，心裡卻是時時牽掛著媳婦，每每回家必得先瞅瞅她，才會進澡堂收拾自個兒，媳婦這兩日不大對勁，他很快就感覺到了，接到的活由阿瑋帶著阿河、阿水去，他留在家裡守著媳婦。

在花大娘的心裡，早把季歌當成閨女，臨近產期，她不放心，和家裡商量了下，直接搬到劉宅住，餘氏和柳氏也是一天到晚都待在這邊。阿桃和三朵這兩個小姑娘都沒心思做繡活、打絡子，跟條小尾巴似的圍著季歌轉。

季歌略略慌亂的情緒，有了這些人的陪伴，很快就重新歸於平靜。

五月初五，端午節。下午未時二刻，季歌順利產下雙胞胎，僅用了一個時辰，這速度快得讓人都誇她是個有福氣的，頭胎就生得這麼順利。

兩個娃娃的哭聲相當響亮，花大娘和餘氏各抱一個，笑得都合不攏嘴了，眼角眉梢堆滿了慈愛，可算抱著小孫孫嘍！

大郎看了兩眼孩子，趁著大夥兒不注意的時候，快步溜進了產房，這時的產房，已經收拾妥當，就是空氣仍有些渾濁。他半點都不在意，恍若沒有聞著，匆匆地走到了床邊，目光灼灼地看著沈睡中的媳婦，小心翼翼地摸了摸她的臉，又撫了撫額髮，最後，輕輕地握住媳婦的手。

「呀！」柳氏進來時，沒想到大郎會在，被嚇了跳，小小的驚呼後，反應過來。「大郎這地方你暫時不能進來，快出去。」

大郎伸手噓道：「柳嬸讓我陪陪阿杏，沒事，咱們又不是大戶人家，不用守那規矩，我不在乎的。」聲音小小的，不仔細聽，還真聽不見。

話都說到這分上了，柳氏也不好多說什麼。「隨你吧。」說著，目光落在季歌的身上，眼裡帶著柔和的光。「她累壞了，估摸著得睡一、兩個時辰，你在這裡也好，我去廚房看看，給她準備些吃食。」

「好，麻煩柳嬸了。」大郎認真地應著。

柳氏笑了笑。「說甚麻煩不麻煩，我先出去了。」心想，大郎媳婦真是個有福的。

花廳裡，半晌過後，花大娘才後知後覺地問起。「大郎去哪兒了？都沒見他來抱孩子，這爹當得，有什麼事比孩子還要重要不成？人家頭一回當爹多興奮激動，恨不得到大街上跑兩圈，到了他這兒，影都沒有了。」

「大哥應該是在陪著大嫂。」二郎僵硬著身體，戰戰兢兢地抱著孩子，儘管抱得特別辛苦，他卻是捨不得放手，看著孩子熟睡的小臉，心裡軟得一塌糊塗。

三朵在旁邊一蹦一跳歪著腦袋看，嘴裡邊嚷嚷著。「二哥，你坐椅子上，你坐椅子上啊，我也要看寶寶，我看不到。」

阿河聽了這話，笑著走到三朵身旁，把她抱在懷裡。「這樣看到了吧。」

「寶寶好好看，好小喔，我能摸摸他嗎？我也想抱抱他。」三朵看得都捨不得眨眼睛了。「阿河哥，他什麼時候能喊我姑姑啊？」

「明年的這個時候。」阿河答道。

二郎側頭問著靜站在身旁的阿桃。「妳要不要抱抱？」

「好。」阿桃早就想抱了，只是她性子內向，不敢開口罷了，只能站在旁邊眼巴巴地看著。

福嬸聽到這話，走了過來。「當心些，才剛出生呢，來，我教妳怎麼抱，過過癮就行了，剛出生的孩子不能在外面待太久，得送回屋裡呢。」

阿桃很用心地聽著，把福嬸說的注意事項牢牢地記在心裡，等日後她還要幫姊姊帶寶寶呢，這事可馬虎不得。

阿桃是坐著抱的，三郎湊了過來，忍不住伸手握住寶寶小小的手，一雙眼睛顯得格外黑亮。這是他的小姪子呢，他得努力讀書，等有了出息，就能好好教兩個小姪子，就像師兄教他一樣，把書裡的知識全都教給他們，長大後當個頂天立地的好男兒！

「大郎。」花大娘進房把寶寶放到了搖籃裡。

劉大郎抬頭看著花氏。「大娘。」喊了聲，又說：「我想待在這裡陪著阿杏。」

「家裡情況允許，給兩個孩子辦個洗三吧。」村裡的貧苦人家，生了男娃才會辦滿月酒，洗三是直接略過的。

大郎聽著連連點頭。「要的、要的。」

「孩子的大名不著急，卻得取個小名，你們倆想好這事沒？」花大娘提醒了句。

「想好了，安安和康康，大娘您覺得怎麼樣？」這是他們夫妻倆，夜裡躺在床上，有事沒事細叨出來的，想了很多名，最後決定用這兩個。

花大娘唸了兩聲。「好，這名取得好。」

兩人小聲地在屋裡說起瑣碎事。外面，二朵和秀秀急急忙忙地衝回家裡，未進花廳就大聲喊著。「孩子在哪兒，我大嫂怎麼樣？可還好著？」

阿桃正準備把孩子送回屋裡呢，聽到這話，停了腳步。「二朵、秀秀妳們回來了，快來看看寶寶，長輩們說剛出生的孩子，不能在外面待太久，得趕緊送回屋裡。另一個寶寶大娘已經送回屋裡了，要不要一併到屋裡看去？」

「能進去嗎？」二朵遲疑地問，聽說沒出閣的姑娘不能進產房的。

阿桃沒想過這個問題，聽著二朵的話，下意識地，看向屋裡的長輩們。

順嬸笑著說：「這會兒進去沒事，就是別待太久。」

「好哩，咱們進去吧，正好看看大嫂。」二朵喜孜孜地說著。

晚飯很是熱鬧，關係好的幾戶人家，都邀著過來吃飯。晚飯是柳氏、餘氏和村裡過來的一眾婦女精心準備的，既豐盛又美味，足足擺了三大桌，場面是少有的火熱喜慶。

這般鬧騰，屋裡的季歌卻仍睡得很是香甜。一直到眾人散去，更聲響起時，她才悠悠醒轉，一眼就看到睡在身旁的兩個孩子，那麼小，恨不得直接鑲進心坎裡捂著才好。

「媳婦，妳醒了。」大郎忙完外面的事，心裡惦記著媳婦，悄悄地走進來，就看見媳婦正癡癡地望著兩個孩子，他眼裡浮現濃濃的笑意。「等著，我去拿些吃食過來。」

填飽肚子後，季歌精神了些，她靠坐在床頭邊。「哪個是安安，哪個是康康吶？」長得可真像，她都分不清，不過，剛出生的孩子差不多都一個樣。

「左邊的是安安，右邊的是康康。」大郎高興地說著，細心地問：「感覺怎麼樣？哪裡不妥，定要跟我說。」

季歌搖了搖頭。「都挺好的，就是有些累，睡個兩、三天，也就恢復了。這回可真幸運，兩個孩子乖巧得很，順順當當地讓我生出來。」想想挺不真實的，她都做好要艱難奮鬥的心理準備了。

「都說妳是個有福的。」大郎笑著握緊媳婦的手，想起大娘跟他說的事，便和媳婦細細地說了起來。

兩人輕聲細語地交談著，兩個孩子睡得正香，一盞昏黃的油燈立在櫃子上，恰好籠住一張床的範圍，形成一方小小的天地，溫暖而美好。

清晨吃過早飯後，大郎稍稍地收拾一番，他得趕往柳兒屯報喜，出發前，特意去了趟屋裡，媳婦和孩子都在睡覺，他靜站在床頭，癡癡地看了會兒，欲轉身離開時，卻見媳婦睜開了眼睛。「大郎。」

「妳醒了？我告訴餘嬸，給妳拿些吃食，趁著時辰早，我去趟柳兒屯，租輛馬車去，一會兒就回來了。」大郎笑著說話，忍不住低下頭，親了親媳婦的額頭，同時小心翼翼地碰了碰兩個孩子的額頭。

季歌伸出手，拉住了大郎的手，慢慢地十指緊扣，眼裡堆滿了柔光。「別太趕，這裡沒事的，清岩洞那邊也要去一趟吧？」

「我正想跟妳說這事，我也覺得理當去一趟。」頓了頓，大郎又說：「原本有根嬸和福嬸說跟我一塊兒走，她們回清岩洞說一說這事，我覺得這樣不妥，反正要去柳兒屯，正好再進趟清岩洞，鄉親們給咱們臉面，這是好事。」

「欸，那就這樣吧。」季歌眼角眉稍都透著甜蜜。「去吧，早去早回，我和孩子都會想你的。」這情話她說得一點都不臉紅，很是自然。

多簡單的一句話，大郎聽得心頭一陣火熱，恨不得一把將媳婦抱在懷裡，狠狠地摟上半晌才好，可惜，兩個孩子還在睡覺呢，別吵著這哥兒倆。目光灼灼地盯著媳婦瞧了好一會兒，大郎才點著頭。「我走了。」

「嗯。」季歌笑得眉眼彎彎，比春裡的陽光還要明媚兩分。

大郎前腳剛剛出屋，就見餘嬸端著早餐過來，他停下腳步。「餘嬸。」

「要去報喜吧，快去吧，家裡人手足著呢，定會顧好你媳婦的。」餘氏是知這兩口子有多恩愛，說話裡就挾了些調侃味。

「我知的。」大郎應著，也沒多說什麼，匆匆忙忙地出了宅子。

餘氏進了屋，把手裡的吃食擱矮櫃上。「安安和康康還沒有醒呢？」

「沒。」兩個孩子就睡在她旁邊，季歌不敢有大動靜，怕擾醒了兩個小寶貝。「等他們醒了我再吃早飯吧，這會兒也不餓。」躺著沒法吃，要坐靠著床頭，動靜太大了。

「我看吶，馬上就該……」餘氏的話未說完，安安就哭起來，她頓時笑出了聲。「喲，說醒還真就醒了，怕是要換尿布了。」

安安在哭，正在睡覺的康康很快也跟著醒過來，閉著眼睛哇哇啼哭。

花大娘急急地進了屋。「我聽見孩子的哭聲了，是不是該換尿布？」說著，人進了屋，抬眼一看，喜笑顏開地道：「大郎媳婦上手可真快，餘家妹子妳瞧，她那動作多細心周全，又麻利。」

「可不就是。」餘氏高興地誇著。「一腔慈母心吶。」

見換好尿布，康康也不哭了，花大娘走過去，把孩子抱在懷裡。「妳啊，先把早飯吃了吧。」

「好。」季歌緩緩地靠坐到床頭邊，端起早餐慢條斯理地吃著。

三人有一搭、沒一搭地聊著天。

雖是普通的馬車，速度比起牛車要快多了，堪堪一個時辰，就到了柳兒屯。大郎輕巧地跳下馬車，未進院落先出聲。「娘。」

坐在門口嗑瓜子的招弟，聽見這聲響，忙快步迎了過來，笑得跟朵花似的。「妹夫過來了啊，可是大妹生了？」接著，扯著嗓子嚷了句。「娘快出來，妹夫過來了。」

「來了來了，喊魂呢，我又沒有耳聾。」季母沒好氣地刺了句，對著大郎急急地問：「阿杏生了？是男是女？身子骨可還好？」

「生了，昨兒個傍晚生的，生了對雙胞胎，都是男孩。」說著，大郎把手裡拎的節禮遞過去。「娘，昨天端午，碰巧遇上阿杏生孩子，這不沒空過來，這是一點心意。」

季母笑著接過節禮，這重量，可不輕，臉上的笑又多了二分。「雙胞胎啊，好事好事，一連得了兩個兒子呢，這福氣可真旺。」

「可不就是。」招弟湊過來說著話。「果然是娘生的閨女，一生就得了兩個兒子。」說著，低頭摸了摸自己的肚子。「娘，我這剛懷上，往後啊，得有事沒事地往您身邊湊湊，說不定沾了福氣，也能一舉得男，讓您老啊，抱上大胖孫子。」

季母聽了招弟這話，本來想刺她兩句，可瞅了瞅她的肚子，想想她最後說的話，到底是把一股氣嚥回了肚裡，頗為得意地道：「整個柳兒屯，還沒哪家的兒子比咱們家多。」

「娘福氣旺唄，看大妹子就知道了，我啊，這胎真能一舉得男，下回大嫂也懷上了，就讓她也整日裡待在您身邊，沾沾這福分，說不定，就生了個男娃呢。」招弟笑盈盈地說著。

季母聽著，挺認真地想了想，倒也是啊！「妳啊，這段日子就跟在我身邊，哪兒也別去了，老實點養胎。」

大郎在旁邊聽著，不著痕跡地皺了皺眉，這二嫂還真是不安分。「娘，家裡準備辦洗三。」

「辦！這天大的喜事，該辦！」季母想著，如今劉家不同往日清貧，是得辦這洗三。「光顧著說話，都忘記進屋了，大郎進屋說話，招弟啊，去地裡把他們父子喊回來，說大郎過來了，阿杏生了對雙胞胎。」

「別，娘您別忙活。」大郎立即阻止了。「我還得去清岩洞，想著在今天趕回縣城，就不能在這裡多耽擱，我去看看一朵，一會兒就走。」

季母愣了下。「喔，這樣啊。」她也是知道，劉家雖搬到了縣城，可與清岩洞來往甚密。

大郎和一朵說了會兒話，稍坐了片刻，離開時，又和季母說了幾句，方才重新回到馬車裡，往清岩洞趕。馬車必然是不能駛進清岩洞，只能在山腳下的村落裡停著，大郎和車伕早就說好的，租一整天馬車，給三百文錢。

一路緊趕慢趕，連午飯都沒有吃，午時末到了清岩洞，在村長家吃了午飯，填飽肚子後，也沒多耽擱工夫，到相好的人家去，他一家一家地邀請著參加五月初七的洗三。事情辦好後，他沒久留，頂著日頭滿頭大汗地出了清岩洞，踏著晚霞歸家。

別說，這一天啊，比幹一天的重活還要累；可這心情，卻是相當激動愉快的，他也是有兒子的人了！

剛生的孩子脆著呢，大郎雖急著見母子三人，還是按捺住了情緒，將自己拾掇妥當了，才走進屋裡。「媳婦，我回來了。」

「累壞了吧。」季歌拉著他的手，小聲地問了句。

大郎笑著搖頭。「不累，這點累算什麼。安安和康康又在睡覺啊？明天應該能睜開眼睛了吧？」

「能。剛剛醒著的時候，眼睛就微微地睜開了條縫。」說起孩子，季歌的目光溫柔得都能掐出水來。「大郎我發現吶，安安比康康鬧騰些，這小傢伙，稍有些異常就受不住，扯著嗓子哇哇地哭，他一哭，康康也跟著哭。」

「鬧騰點好，都說鬧騰的孩子，靈氣足。」大郎樂呵呵地說著，反正，在他的眼裡，自家孩子就是頂好的。

季歌繼續說：「康康拉粑粑了，他就不會哭，只會擰緊著小眉頭。」說著，她自個兒倒是先笑出了聲。「這小傢伙，我覺得跟三郎好像。」

「像三郎好啊，都是有出息的好孩子。」大郎樂滋滋地接話。像三郎好，往後呀，也送著讀書去。

夫妻倆圍著孩子的話題，說得很是興奮。

三郎放學回家，揹著藤箱走到屋門口。「大哥，我能進去看安安、康康嗎？」早上出門時，他也很有禮貌地先在門口問一聲，然後才進屋瞅瞅兩個小傢伙。

「進來吧。」大郎應道。

三郎小跑著進了屋。「大嫂。」喊了聲，湊過去，看安安、康康，目光十足地專注。

柳氏走進來，輕聲提醒。「可以吃飯了。」

明兒個洗三，粗粗一估摸，少說也得整個七、八桌，一應瑣碎事宜，都是她們張羅的，還好有清岩洞的幾個婦人在，單靠她和餘氏、花氏三個，還得顧著大郎媳婦母子三人，真有點挪不開手呢。

「你們去吃飯吧。」季歌笑著道。

大郎起了身。「我把妳的吃食端進來，我陪妳一起吃。」

「好。」季歌心裡甜滋滋的，那目光就越發地明媚動人。

大郎心想，媳婦生了兩個小傢伙後，真真是越來越好看了，讓他都移不開眼；不過，屬於他的幸福生活很快就要來臨，想想還真是激動呢！

二郎見大哥端著飯，便說了聲。「大哥，一會兒把安安和康康抱出來看看唄，一天沒見，想他倆了。」他不比三郎年紀小，不好隨意進產房。

「就是就是。」阿水小雞啄米似地一迭聲應著。

「一會兒就抱出來讓你們看。」都歡喜著兩個孩子，大郎心裡自然是開心得緊，同樣也覺得很是自豪滿足，他的孩子，可真受歡迎。

季歌聽著大郎說起這事，高興歸高興，也有些擔憂。「大郎，兩個孩子以後會不會被寵過頭了？長歪了怎麼辦？」

「不會不會，咱倆的孩子，肯定是好的，我一看就知道。」大郎毫不猶豫地答，一臉的自信，說得鏗鏘有力。

聽了這話，季歌更擔憂了。

第七十章

五月初七老天賞臉，陽光明媚，微風徐徐，風和日麗。

眾人都很給面子，早早地便到了，來得特別整齊，足足擺了九桌。好在準備充分，人數超出預想，廚房那邊也沒手忙腳亂，樁樁件件很是有條不紊。

出乎意料的是，葫蘆巷的元家，元夫人帶著其子，也就是三郎的師兄元小夫子也過來參加洗三。

說起這邀請名單，季歌和大郎也曾細細討論過要不要請元家，可想了想，這樣好像不大妥當，若是跟三郎有關的喜事，倒是可以邀請，眼下洗三，是屬於劉家的喜事，這樣湊上去就有些勉強，如此這般，便沒有邀請元家。

想不到這天元家竟然會過來，得到這消息的時候，把眾人著實驚喜了把，短暫的呆愣過後，趕緊領著三郎上前招待。

午飯過後，由收生姥姥主持洗三儀式，這收生姥姥便是當日的接生婆。在產房外廳正面的香案上，供奉碧霞元君、瓊霄娘娘、雲霄娘娘、催生娘娘、送子娘娘……等十三位神像。香爐裡盛著小米，當香灰插香用，燭檯上插一對「小雙包」，下邊壓著黃錢、元寶、千張等全份敬神錢糧。產婦的室內也得供上神像，均用三至五碗桂花缸爐作為供品。

照例由老婆婆上香叩首，收生姥姥亦隨著三拜。然後，將盛有槐條、艾葉熬成湯的銅盆以及一切禮儀用品均擺上，接著，收生姥姥把嬰兒抱出來，洗三的序幕就拉開了。

本家依尊卑長幼帶頭往盆裡添一小勺清水，再放一些錢幣，謂之添盆。如添的是金銀錁子就放在盆裡，如添的是銀票則放在茶盤裡，此外還可以添些桂圓、荔枝、紅棗、花生等喜果。

劉家這邊父母早逝，最先添盆的是花伯老倆口，放的是特意訂做的銀錁子，還有好幾把喜果；因村長和里正給面子，千里迢迢地過來了，接著便是他倆添盆，放的是一串銅錢，粗粗估摸應該有好幾百文。

本家長輩添完盆，就輪到娘家長輩，季母臉色不大好看，她原本想著，添個兩百文也就差不多，沒想到，花家老倆口會扔一把銀錁子，村長和里正擱的銅錢串也是沈甸甸的。如此，她手裡的兩百文就有點燙手，這麼多人看著呢，給少了，不知道會怎麼想。

又不是真的本家，熱鬧湊得這麼起勁，最後這些錢又不能歸大女兒，全都美了接生婆、便宜了外人。季母恨恨地想，不得不把準備好的銅錢串擱回錢袋裡，換了一塊銀子拿在手裡，掂掂重量，約在七、八錢左右，也就是七、八百文。

季母和季父添完盆，往下就是親朋隨之遵禮如儀。站在旁邊的收生姥姥會唱祝詞，你添什麼，她就唱什麼，比如添的是喜果，她便唱，早兒立子，連生貴子，連中三元等，各種喜慶，博眾人的歡喜。

來賓特別多，添盆的自然也多，收生姥姥唱祝詞唱得格外起勁，聲音嘹亮、節奏感強。因為啊，這些添盆裡的錢物，回頭都得歸她，可不就是賺大發了！

添盆過後，收生姥姥便拿起棒槌往盆裡一攪，說道：「一攪兩攪連三攪，哥哥領著弟弟跑。七十兒，八十兒，歪毛兒，淘氣兒，唏哩呼嚕都來啦！」說完，就開始給嬰兒洗澡。

這時孩子受涼一哭，不但不犯忌諱，反認為吉祥，謂之響盆。一邊洗一邊念叨祝詞，什麼先洗頭，做王侯。後洗腰，一輩倒比一輩高。洗洗蛋，做知縣。洗洗溝，做知州等等，其程序甚為繁瑣冗長。

季歌躺在床上，聽著外面的動靜，特別慶幸還好已進五月，正中午的氣溫高著，也不至於擔憂孩子涼著凍著，想想可真受罪。她本意是不大願意搞這些，可身處這時代，這些風俗也不能免之啊。

待散場時，季歌都有些昏昏欲睡了，越發的心疼自己的兩個孩子，等著送到屋裡，她立即就精神了，忙伸著身子去看孩子。兩個孩子也是累得夠嗆，睡得很是香甜，細細地上下打量好幾回，她才把懸嗓子口的心放回肚裡。

「大郎說，等送完了客人，他就過來看妳。」花大娘輕聲細語地說著話，紅光滿面，整個人瞅著比往日要精神了些，看著都顯年輕了幾歲。

季歌打了個哈欠，慢悠悠地道：「不急，讓他慢慢來，先把尾收了再說，元家那邊得格外注意點。」若不是對三郎看重，誰家會願意不請自來，他們可不能負了這份心意。

「都知的，妳放心吧，別說大郎，就是三郎今兒個表現都相當地好，這孩子啊，往後定有出息。」說著，花大娘看著睡著的兩個孩子，樂呵呵地道：「也好，這兩個小的呀，跟著他學，有了這榜樣在，不愁沒出息。」

細細碎碎地念叨了些話，見季歌眉間倦色漸深，花大娘便起身離開了屋子。

季歌這一睡，再醒來時，已經到了晚上。屋裡點了盞燈，橘黃的燈光，不刺眼，反覺很是溫暖，有種微妙的安心踏實。

「大郎。」看到坐靠在床邊打瞌睡的大郎，季歌很是吃驚，同時心裡升起一股心疼和歡喜。這呆子！

輕輕一聲叫喚，大郎馬上就醒過來了。「媳婦妳醒了，肚子餓了對不對？鍋裡溫了吃食，我去給妳端。」說完，匆匆出了屋。

看著丈夫離開的身影，季歌眼眶有些微微泛紅，心口熱呼呼的，她就知道這呆子想的是什麼。

「兩個孩子一直睡著呢！」季歌邊吃邊小聲地問：「我睡多久了？」

大郎笑著道：「三個多時辰，安安和康康中間醒了回，拉了粑粑。」頓了頓，又道：「媳婦我跟妳說件事。」

瞧著大郎眉宇間隱隱壓抑的激動和興奮，季歌愣了愣，喜上眉梢地問：「什麼喜事啊？」怕真是有天大的喜事了。

「元家今兒個過來參加洗三，還有另一件事跟咱們商量。元夫子每三年的端午過後，會前往宛州大桐縣和老友相聚，以前他都是帶元小夫子前往，這回啊，他想把三郎一併帶上，特意過來詢問一番，倘若不放心，可以允一個家人同行。」大郎說得很急切。

季歌聽後，心裡頓想，真是好機會啊！但也沒有太過腦熱。「有沒有說這一去是多久時月？」時間太久的話，可不成。

「有說，一個月就能著家。」大郎把自己的想法說了說：「我覺得這趟出門挺好的，也問了三郎的意見，他自己也很想去，媳婦妳覺得如何？」

「什麼時候出發？」季歌又問：「一個月的時間，也不算久，剛剛好。我也覺得出門走走多看看，有益讀書。對了，咱們家讓誰跟著三郎一塊兒去？」

這個問題啊，大郎也在想。「說以往都在五月中旬出發，沒剩幾天了，既然咱們同意，明兒個就讓三郎告訴元夫子一聲；至於人選，我肯定是不成的，我得在家裡守著你們，二郎那邊……」說著說著，話就停了，不知想到了什麼，皺了眉頭。

「怎麼了？」季歌也覺得二郎跟著去最好。「是不是有什麼鋪子裡的事？你和阿瑋在呢，都能管著。」

大郎搖搖頭。「是別的事。」沈默了會兒，才道：「今兒個一朵跟我說，『用心經營』又重新幹起了活，想著趁機會，讓有倉過來，跟著我們學一學，學會點皮毛，等著農閒的時候，也能自個兒到鎮裡找活幹。」

今兒個安安和康康洗三，一朵的月子雖未坐滿一個月就出屋，還把大妞和二妞也帶來了縣城，她覺得自己恢復得很好，差些日子也沒啥。

「一朵說，一連生了兩個閨女，她得為小家打算，慢慢地攢點私房錢，總不能苦了孩子，能緊上一分就緊著一分；再者，也不知什麼時候能生下男娃，該早早地盤算一二才好。」大郎覺得一朵這想法挺好，他也想讓有倉到「用心經營」跟著幹些活。

季歌思索著。「那，三郎那邊誰跟著去？」

「妳覺得阿河怎麼樣？」大郎提出一個人選。

「也行，得問問阿河的意見才是。」頓了頓，季歌又說：「大哥真來『用心經營』做事的話，就住咱們這邊；要不，回頭我再琢磨琢磨，看能不能有別的更好的法子。其實我早想著，有門路的話，就讓大哥他們一家搬到縣城來謀生，住在柳兒屯，那二嫂著實讓人有點頭疼，眼下她又懷了孩子，真一舉得男，日子就更熱鬧了。」

大郎沒想到媳婦會說這樣的話，喜得眼睛閃閃發亮。「媳婦，妳可真好。」湊近腦袋，在媳婦額頭上親了口。

「這事啊，咱們一家想著還不夠呢，得看我娘那邊能不能成；還有啊，門路那事也要好好琢磨琢磨，一時半刻的，成不了。」

大郎握著媳婦的手，目光灼灼地看著她。「我知的，不著急，咱們慢慢來。現在啊，妳緊著身子，好好地坐月子就成。」

因著山高路遠，待洗三完畢，時辰已晚，季家與清岩洞等人，便留在縣城過夜。季家眾人住在劉家宅子，清岩洞那邊的鄉親，分別住在餘家和花家，另外也在附近的客棧要了個通鋪房，這才堪堪將全部人員安排妥當。

次日一早，吃了頓豐盛的早餐，大夥兒收拾好準備返家，走時有婦女特意進產房和季歌說了些話，逗了逗安安和康康。

一會兒的工夫，大郎他們就把清岩洞那邊的客人送出了家門，一走就是一群，熱鬧擁擠的宅子，瞬間顯得有些空蕩。

季母見大郎忙完了，對他說道：「家裡一堆事，又沒個人在家，我這心裡總沒個著落，瞅著時辰也不早了，就帶著他們回柳兒屯，待有空，我會再過來走動走動。」頓了頓，又說：「阿杏這是頭胎，雖生得容易，到底身子骨年輕，要好好細養著……欸，就是不說這話，你也能顧好阿杏。」

「娘放心吧，我會顧好阿杏。待阿杏出了月子，我倆抱著安安和康康回柳兒屯看兩老。平日裡瑣碎多，地裡活也多，你們要緊著自己的身子才是。」大郎沈穩地說著，停了會兒，似有些遲疑。

季母聽著他的話，心裡舒坦極了，便問道：「有什麼事，大郎直說就好。」

「一朵原本就是在月子裡，這下出了家門，我尋思著，想讓她帶著兩個孩子在這邊住幾日。」大郎緩緩地道出想法。

季母聽著愣了下，然後笑了。「行，一朵回娘家住幾日，本就是常事。」也好，這娘仨待在縣城，有倉在家裡幹活還能收收心，省得一天到晚淨想著這娘仨，動作拖拖拉拉，沒半點效率。

「娘，我去喊輛馬車送你們回家，比坐牛車要舒服多了，速度還快呢。」

季母聽著笑得合不攏嘴。「也好、也好，我進去跟阿杏說說話。」活了大半輩子，還真沒想過，有一天會沾了閨女的光，能坐趟馬車。

屋裡，季歌和一朵正在說話，旁邊坐著阿桃和三朵，兩個小姑娘目不轉睛地看著睡在搖籃裡的嬰兒，眼睛亮得分外好看，堆滿了喜悅。

「娘。」季歌餘光見季母進屋，忙直了直身子，喊了句。

季母忙走了過去。「妳窩著就好，又不是旁人。」目光在屋裡轉了一圈。「招弟上哪兒去了？」早早地就說了，讓她沒事多在產房裡待待，沾沾阿杏的福氣，不能一胎懷兩，就是來一個大胖孫子也是好的啊！

「二嫂覺得胸口悶，說出屋轉轉。」季歌不喜歡招弟，語氣淡淡。

季母頓時就不高興了。「哪來的毛病，全是有糧給慣出來的。」語氣特別地不爽，看樣子她倒是門兒清，只是拿兒子沒法子罷了。

「娘，喝杯水，您坐著。」阿桃端了杯溫開水遞過來。

季母瞅了眼小閨女，很快把目光落在了季歌的身上。「阿杏，一會兒我們就回柳兒屯，家裡沒人呢。」

「就走啊？」季歌驚呼了聲。「吃了午飯再走也不遲吧，讓大郎喊輛馬車送你們，速度快著呢，耽擱不了什麼工夫。」她還有點事想和一朵說說。

「大郎已經喊馬車去了。」說這話的時候，季母笑得跟朵花似的，可以想像到，回了家，過不了多久，就會有人來串門子，嘿嘿嘿。「我呀，真是沒有想到，有一天，兒子的福沒有享著，卻是先享到了閨女的福。」

「所以說啊，這閨女和兒子都一樣，只要帶養得好，也沒什麼太大的差別。」季歌乘機洗腦。

季母卻笑了。「妳啊，跟別人不同，妳是傻的，好在傻人有傻福，我瞅著大郎對妳上心，往後日子好過著呢。」

「……」季歌紅著臉，不知怎麼接這話，只是笑得眉眼彎彎，眸含春水。

「大郎剛剛跟我說了，一會兒妳們娘仨就別跟著回家，在劉家住上幾日。」季母對著一朵說了聲。「把這事跟有倉說說。」

一朵過了會兒才反應過來，吶吶地應著。「好，我知道了娘。」心裡高興得沒法形容，就算她曾做錯了事，大哥心裡還是有她，還是顧及她的，真好。

辰時末，季家眾人除一朵娘仨外，坐著一輛馬車離開了劉家宅子。

有一朵陪著媳婦，大郎想了想，就去找了阿河，得把出遠門的事跟他說說，看他是怎麼想的，今兒個吃早餐時，人太多，也尋不出空閒問。

「餘嬸您看見阿河了嗎？」

「阿河？」餘氏想了想，旁邊的柳氏接了句。「我知道，在隔壁宅子裡，和阿瑋、阿水他們倆在一塊兒。」

大郎應了聲，匆匆忙忙地去了隔壁餘宅。

「阿河，你過來下，我有事跟你商量商量。」找到人，大郎二話不說直接開口。

阿河擱了手裡的活，邊拍著身上的木屑邊走過來。「劉哥有什麼事？」

「是這樣的，元夫子近幾日要出遠門會友，這次想帶著三郎一道，這是個難得的機會，本來是想讓二郎隨著一併去，可二郎有事走不開，就想問問你，能不能與三郎出趟遠門，時間是一個月。」大郎三言兩語把話說了。

阿河聽著毫不猶豫地點頭。「好，沒問題。」對他來說，也是個難得的機會。

「那行，就這麼決定了。」大郎鬆了口氣，伸手拍了拍阿河的肩膀。「我去趟鋪子裡。」

「好。」

大郎腳步生風地去了倉橋直街，這會兒鋪子裡沒人，二郎見他滿頭大汗的樣子，有些詫異。「家裡有事？」

「沒事。」大郎擦了把汗，倒了杯水，喝了兩口。「我讓一朵娘仨在這邊住幾天再回柳兒屯。」

二郎很贊同。「這樣好，這幾天好好養養，她也在月子裡呢。」

「一朵跟我說，想讓有倉來『用心經營』，跟著學些手藝，農閒的時候不能來縣城，也可以到鎮裡找找活，攢點私房錢，別太委屈了兩個孩子。」大郎說著，頓了頓，又道：「三郎出遠門那事，我讓阿河跟著去，鋪子到時候讓阿瑋看著，咱們兄弟倆帶一把有倉，地裡農活多，又不是農閒，估摸著在縣城待不了多久，趁著他沒來，咱們就好好想想怎麼教，提高點效率。」

「這樣也不是辦法。」二郎擰了擰眉頭，面露沈思。

大郎嘆了口氣。「確實，得想點別的比較穩定長久的謀生門路，我琢磨著，看能不能讓他們也搬來縣城，關起門來過自己的，咱們在旁搭把手。」

「這個得好好想想。」

大郎在鋪子裡待了半個時辰，又在外面閒逛了一陣，回家時已是午時初，廚房裡開始張羅著午飯，有飯香裊裊飄出，緊接著，便是一道響亮的哇哇啼哭。聽到這聲音，大郎三步併成兩步奔進了屋裡。「安安這是餓了還是尿了？」

「餓了呢。」季歌笑著應。

大郎嘿嘿嘿地笑。「那成，我先出去了。」如果沒有外人在的話，他還挺想留下來的。

「康康可真懂事。」聽別人說的時候還不覺得，這會兒親眼看到了，一朵欣喜得不行。哪兒不舒服了，安安一哭起來，康康每每都會跟著哭；可若是餓了才哭，康康就不會跟著哭，乖乖巧巧地躺著，等娘餵完了弟弟再來餵他。

季歌心裡美滋滋的。「可不就是，個小精怪。」滿臉的寵溺溫柔。

夜裡，季歌和大郎話著家常。因牽掛媳婦，大郎在室外整了張床，夜裡他就守在外面，室內有個風吹草動，一下就能驚醒。

「大郎，我想了想，要不把我的糕點手藝教給一朵怎麼樣？」這是季歌能想到，最低的成本買賣。

大郎聽著卻沈默了。「先不說這手藝的事，一朵帶著兩個嫩娃娃，也不大好出門擺攤吧。」一家裡大著，可以提供住的地方，甚至是吃飯方面也能一塊兒吃，但是總不能連兩個孩子也幫著帶吧？再者，她也是有兩個嫩娃娃，真這麼做，媳婦不知得累成什麼樣。

「我把這問題給忘了。」季歌想想也是，又提出第二個想法。「那，要不咱們借些成本錢給大哥，讓他跟著商隊跑貨，一來二去，也能攢筆錢。」這錢她是想過的，也不能借太多，也就是十五兩以內，有時過了火，怕適得其反。

「我也想過這件事，可能行不大通。」大郎皺著眉說話。

這也不行、那也不行，季歌看著丈夫。「那就只能照一朵想的，先讓大哥在『用心經營』學點手藝，農閒時進鎮裡做做工，攢點小錢，等著孩子大些，或許可以來縣城謀生。」

「暫時先這樣吧，明日問問一朵跑商的事。」大郎一時也沒頭緒。

第七十一章

第二日午後，屋裡安安和康康以及二妞睡得正香，阿桃、三朵帶著大妞在花園裡玩，季歌看著一朵，把昨晚和大郎說的、關於跑商的事說了說。

一朵聽後，一下子就紅了眼眶，卻是搖了搖頭。「這樣不妥，有倉是家裡的主勞力，他走了，地裡的事怎麼辦？再說，二弟妹的心思，妳也看出來了，一心想往裡頭鑽，有了這由頭，不得使勁地出么蛾子。倘若她這回真生了個兒子，娘定會順了她的意，到時難做的就是妳了。」

頓了頓，一朵又說：「還有個原因，有倉走了啊，家裡就剩下我們娘仨，總歸要難過些。」

「那就先依著妳的想法來，待往後咱們再慢慢來尋摸，總會有好時候的。」季歌聽著一朵的話，心想，總算是拎清了，日後來往時，就能更自然些。

一朝被蛇咬，十年怕草繩，這話印象深著呢，不管誰都多少會有些這樣的情緒。

想著趁眼下地裡的活不算多，家裡人多分攤一二，就能讓有倉挪出些空閒，來縣城跟著娘家兄弟學手藝。一朵住了才三天，便說要回柳兒屯，把有倉換過來。

劉家眾人知她心思，挽留不住，特意買了幾樣吃物，多數是兩個妞妞能用著的，又喊了輛馬車，由二郎親自送著她們回家，再把有倉帶到縣城來。

出生了六天的安安和康康，小臉蛋白淨許多，眉眼也長開了些，一雙眼睛烏溜溜，清澈澄淨。兩個孩子雖長得一樣，性格卻是兩個極端，安安很活潑，特別能鬧騰，康康相反，安安靜靜，相當地乖巧。

整天湯湯水水地喝著，就算是餵兩個孩子，季歌的奶水也夠，坐月子哪兒也不能去，只能困在這小小的屋子裡，吃得又好，沒幾天就長胖了些，面色紅潤光澤，眉宇間透著溫婉柔和，一瞧就知道是個過好日子的。原先季歌想著，坐月子得一整個月都不能出房間，不知道得有多難熬，現在啊，她不擔心這問題，有安安和康康陪著，快活得緊，半點都不覺得無聊。就算兩個寶寶睡著了，靜靜地看著他們的睡顏，她這顆心吶，都柔得能掐出水來，怎麼看都看不夠。

他們醒著的時候，就更開心了。不比剛剛出生，這會兒眼睛能睜開，只要跟他們說話，他們就會眼巴巴地看過來，目光專注，透著股天真無邪。有時還會動動小胳膊、小腿，季歌和他們牽手時，或是抱著他們，親他們的小臉蛋，他們就會咧嘴笑，每每這時，她心裡便軟乎乎、暖洋洋的。

她的小寶貝，她最最珍貴的小寶貝啊！她會盡最大的努力，好好地撫養他們，讓他們成為頂天立地的好男兒。

「媳婦。」大郎手裡拿著兩本書走進來，看了眼搖籃。「安安和康康又睡了，這兩天可真不湊巧，我一來，他們都睡著。」

季歌笑著道：「一會兒該醒了，你手裡拿了什麼？」

「喔，話本，下午二郎帶著有倉回來，從明天開始，我得出門幹活，就沒什麼時間來屋裡陪妳，想著妳一個人待著也怪沒勁，就買了兩本話本給妳，妳要喜歡啊，隔三差五的我就捎兩本回來。」大郎把話本遞給了媳婦。「妳瞅瞅中意不？」說完，腦袋就湊到搖籃旁，目光溫柔地看著睡著的兩個小傢伙。

細細地看了好一會兒，大郎才小聲地說：「媳婦啊，康康皺眉頭呢，是不是尿了？還是睡得不好？」康康不比安安，這小傢伙啥事都悶著。

「許是尿了，你摸摸尿布。」季歌看話本看得挺起勁，這時代的小說，還真別有番味道呢！

大郎聽著媳婦的話，就知她中意，黑漆漆的眼眸裡閃爍著愉悅的光芒。「妳喜歡看，我過兩天再尋些話本回來，不過，看一會兒得歇歇眼睛。」五月初和路過松柏縣的商隊買了批南北雜貨，解決了這頭等大事，往後鋪子裡的進項，就能拿著當日常花銷，手頭可算是寬鬆些了。

「這兩本夠看十來天，等看完了，我再跟你說。」季歌說著，問道：「康康是尿了還是怎麼著？」視線自話本落到旁邊的丈夫身上。

「尿了，我來換尿布。」大郎手腳麻利地動作著。

季歌邊看著話本邊問：「明天三郎就要隨著元夫子出遠門，咱們拿多少錢給他合適？還得另給阿河些銀錢。」雖說三郎小，可他性情沈穩，她覺得不能把三郎當小孩看，應該放些錢在他身上，由他自己支配。

「各給十兩如何？沒得分了彼此。」大郎想了想應道。

十兩不算多也不算少，季歌覺得妥當。「那行，今兒個晚間就把錢給他們吧。」

「好。」說著話的時候，大郎已經幫康康換好了尿布。

小傢伙睜著明亮的大眼睛，十分認真地看著爹爹，大郎和媳婦說話的時候，是看著媳婦的，直到把小傢伙放搖籃裡時，才發現他醒了，頓時就樂出聲。「嘿，康康也不知什麼時候醒的，不聲不響地盯著我瞧。」要是換成安安，一早就開始嚷嚷，恨不得讓全家都知道他醒了。

「醒了？」季歌把話本擱床頭，起身站到丈夫身邊，湊著腦袋看康康，伸手握著他嫩嫩的小手指，輕輕地晃了晃，柔聲說著。「康康睡飽了？有沒有覺得肚子餓啊？這是你爹爹，都快兩天沒見著了，是不是很想他？」

康康忽地咧嘴露出一個淺淺的笑。

大郎整個人立即就沸騰了。「媳婦，媳婦，妳看，兒子對我笑了！康康在對我笑，他定是想我了！哈哈哈哈，真是我的乖兒子。」

這時，搖籃裡響起一道哇哇啼哭，康康扭著小腦袋想要往後瞧。

「這是惦記安安了。」季歌把康康自丈夫懷裡抱走，來到了搖籃旁。「大郎，安安估摸著也要換尿布。」

大郎抱起安安，給他換著尿布，詫異地說：「這回怎麼不見康康也跟著哭了？」

季歌想了想，不大確定地說：「許是見我們都在。」

「這兩個孩子，一個比一個精明。」大郎說著，眼角眉梢都帶了歡喜的笑。

夫妻倆逗著孩子玩了會兒，分別餵了奶，吃得肚子飽飽的寶寶，沒多久又呼呼大睡。

大郎今天左右沒什麼事，鋪子裡有阿瑋在呢，想著後面有些日子不能陪媳婦，今兒個就賴在屋裡了。「真是一天一個樣，這會兒是明白了，大娘說的小孩見風就長是什麼意思，等滿月後，估摸著就白白胖胖，更顯可愛。」

「等三、四個月的時候，應該就能戴上爹娘送的銀飾品。」季父、季母是姥爺和姥姥，自然得送銀飾品，就是買大了些，現在戴不住，季歌便收進櫃子裡。

要說這銀飾品，安安和康康還真收了不少，戴都戴不過來，都是大夥兒的心意，就算戴不上，也得好生妥當地收著。倘若有個閨女多好，就能把銀飾品熔了做成首飾，這樣也算是沒辜負大夥兒的一番情誼。

季歌把這話說出來的時候，大郎笑著接了句。「下回咱們就生兩個閨女。」

「美得你。」季歌沒好氣地白了他一眼。

大郎嘿嘿地笑，握住了媳婦的手，飛快地在她臉上親了口。「咱們還年輕著，這事不著急，等個三、五年也行，怎麼著都不及妳重要。」

「大郎，你知我這輩子最幸運的事，是什麼嗎？」這一刻，季歌突然就想說點肉麻的話，想讓大郎知她的心意，知她對他的感情。

「是什麼？」大郎吶吶地問。

季歌看著他，秋水明眸，顧盼生輝。「最幸運的事，就是嫁給了你。」

什、什麼……大郎的腦子一下就木了，一片空白，他呆呆地看著眼前的媳婦，心跳得特別快特別快，快到他以為自己的耳朵壞了，出現了幻聽。「媳婦，妳再說一遍。」他急急地懇求著。

「我說，我很高興嫁給你，這是我一生中，最最幸運的一件事。嫁給你，我覺得很幸福、很歡喜。」說完，季歌窩到了大郎的懷裡，抱著他精壯的腰。「我想要的，你都給了。」一個幸福溫暖的家。

這回，大郎有心理準備，他聽得清清楚楚、明明白白。這個硬漢，激動得都紅了眼眶，緊緊地摟著懷裡的媳婦，一雙臂膀隱隱有些顫抖，胸膛裡充斥著千言萬語想要說，卻怎麼也說不出來，不知道要怎麼說。

「你傻了？」半天不見回神，季歌忍不住逗了句。

大郎甕聲甕氣地道：「就是傻了，我都高興得要瘋了。媳婦啊，娶了妳也是我一生中最最幸運的一件事，我會一直對妳好，把妳護在心坎裡。」

「我也一樣，把你放在我的心坎裡。」季歌笑嘻嘻地應著，在大郎的嘴上親了口。

五月十二日，三郎與阿河隨著元家父子出遠門。大郎和二郎領著有倉在外面找活幹，倉橋直街的鋪子裡和花長山那邊的酒樓，都掛了「用心經營」的名，有需要的，可以通過這兩家店聯繫。

「用心經營」原本就有點名聲，如今重新幹起這行，也有段時日，慢慢地生意就好起來了，大郎和二郎帶著有倉，還有阿水也在，就算有四個人，也有些忙不過來，柳孀時常過來坐坐，見這情況，便問能不能讓她女婿也來做事。

柳氏的女婿姓金，二十三的年歲，挺憨實的一個小夥子，柳孀出事，金家那邊也幫助良多，曾打過兩回交道，大郎他們對這人印象還不錯。見柳孀開口，知他會點工匠手藝，便讓他來「用心經營」幹活。

有倉跟著做了十五天的活計，都是些皮毛，兩、三回差不多就能上手，掙了近七百文錢，不知是一朵吩咐的，還是他自個兒開了竅，給三朵和阿桃買了一對珠花，顏色亮麗的頭繩，以及冰糖葫蘆；又各送安安和康康一件鮮紅的小肚兜，粗粗一數，估摸著得花上百來文錢。

送完吃物的次日，有倉就匆匆忙忙地回家了，當然，他也給家裡的媳婦和兩個閨女買了些吃物。手上還剩下五百文錢，回家後交四百文給娘，剩下的一百文讓媳婦好好收著。在縣城待十五日，是十分難得的事情，他分外想著家裡的媳婦和兩個閨女，恨不得生出一雙翅膀飛回柳兒屯。

轉眼進了六月，日頭越發地毒辣。

現在家裡錢財寬裕，大郎他們卻是閒不住的，想著能掙一分是一分，有倉走後，他們繼續忙著「用心經營」的事，阿瑋嚷嚷著看鋪子太無聊，硬是和二郎換了工作。

「這樣吧，咱們每人看管鋪子一旬，輪著來。」看鋪子瞅著清省，卻是個綁著腳的活，哪兒也不能去，一天到晚只能窩在鋪子裡，大郎顧及著二弟，便說了這麼個法子。

二郎卻道：「沒事，我來看著鋪子也好，我對這方面比較感興趣。」

如此這般，便由二郎看鋪子，大郎帶著眾人忙著「用心經營」的事，也不是什麼活都接，太累、太苦錢又少的，就擱一旁了，有這時間，還不如在家陪陪媳婦和兒子呢，嘿嘿嘿。

滿月的安安和康康，果真長成一個白白胖胖的團兒，唇紅齒白的小模樣，讓人恨不得把這兩個娃娃抱回家藏起來，真真是太招人喜歡了。

在屋裡窩了足足一個月，可算是解放了，季歌一口氣洗了兩回澡，連同頭髮一併洗得乾乾淨淨，這麼一通下來，整個人舒爽多了，覺得身子骨都輕了些。

滿月過後，離三郎他們出遠門的日子也快一個月了，合算著也該回來了，說歸說，一顆心吶，還真沒法踏實，眼瞅著日子近了，就開始日盼夜盼。

季歌出月子後，餘氏和柳氏就想著推車子擺攤做小買賣，這是很早的時候，便說過的事情。兩家都欠了一堆外債，不吃苦耐勞些，還真不行；尤其是柳家，光靠著柳安每月的工錢，只能堪堪維持溫飽，更別提攢錢還債，再者，還得給兒子攢錢娶媳婦呢。

餘氏賣的是鮮香肉卷，柳氏琢磨了下，決定賣三鮮餛飩，因為先前幾次做好，讓大夥兒嚐嚐味道後，都說這味道好，如此這般，聽到眾多的讚美，柳氏一顆心算是落回肚裡了。不怕日子難，以前再艱難的坎都邁過去了，就怕心裡的那股勁沒了，還好有劉、餘、花、白他們幾戶人家，在最最絕望的時候伸了手，拉了她一把。

沒了餘嬸幫襯，雖說花大娘天天都會過來，可孩子有兩個呢，眼瞧著日漸大起來，操心的地方多著，大郎就和季歌商量著，如今家裡寬裕，早先說過的雇婆子這事，倒是可以著手張羅。

花瑩帶著亮亮過來串門子，聽說劉家要雇婆子，立即推薦了一個人，是和楊婆子租的一個院落，也是個手腳俐落、性子樸實憨厚的，一手廚藝比楊婆子還要出色些，以前曾學過點皮毛，就是這般，她的月錢得高些，低了她不願意。

錢財方面，大郎不大在意，他對花瑩說，可以讓那婆子過來試試手藝，倘若中意，月錢好商量。

其實是楊婆子和花瑩遞的話，讓她幫著開腔，聽了這麼個回答，她心裡高興，忙應聲說，明兒個就帶洪大姊過來。

這日「用心經營」接了活，大郎帶著人出門幹活。六月的午後，日頭毒辣，風裡都挾著熱氣，安安和康康睡著了，季歌就在旁邊守著他倆，花大娘也在，餘氏、柳氏也在，說是等雇好了婆子，她倆再出門擺攤，阿桃和三朵就睡在搖籃旁的竹榻上。幾個人有一搭、沒一搭的話著家常，說得都是日常瑣碎事。

正說著話呢，聽見喊門聲，餘氏離得近，起身打開大門，笑著招呼。「楊姊來了，這位是洪姊吧，這天熱著呢，快屋裡坐。」

「餘妹子好。」楊婆子笑得一團和氣。「今年好像比去年要熱得早，這位便是我昨兒個說的洪大姊。」

洪大姊的個頭有些高䠷，聽楊婆子的稱呼，年歲上她還要大些，瞧著卻比楊婆子顯年輕些，眉宇帶著股幹練，她開口說道：「原是不該這個時辰過來，可家裡頭事多，也就這時辰空閒些，多有打擾，還望包涵。」

「別這麼客氣，咱們先屋裡坐著。」餘氏說著，率先往花廳走。心想，這洪婆子看著是個懂規矩的，像極那大戶人家的做派。

在花廳裡淺淺地說了幾句，洪婆子問了幾道菜名，就進廚房忙碌起來，楊婆子也跟著去打下手。

「看著她的說話舉止，是個滿不錯的。」花大娘頗為滿意，有這麼個沈穩老練的婆子幫襯著，她也放心些，畢竟她也不能一整天待在這邊。

柳氏好奇地說了句。「感覺她像是在別處也當過婆子，往那兒一站，比楊婆子更顯氣派幾分。」

「我也這麼覺得，說不定曾在大戶人家當過差呢，這樣也好，有些規矩的，做起事來就更靠譜。」餘氏接了句。

季歌也覺得她挺有眼色。「還是得先看看她的手藝，接著還有月錢的事要談呢。」要是方方面面彼此都滿意，有這樣一個婆子在家拾掇著，她的心思只管放在兩個孩子身上，也要輕省不少。

她們在這邊說著話，廚房那邊很快就飄出濃濃的香味，相當勾人，光聞著香味，就知那味道定然美妙。說著話的幾人相互對視了眼，都露出笑意。

沒多久，洪婆子和楊婆子就端了三菜一湯進花廳，頓時，整個花廳瀰漫著一股濃香，連熟睡中的三朵和阿桃都給饞醒了。

「醒了正好，快去洗把臉，來嚐嚐這位大娘做的吃食。」季歌眉開眼笑地催促著兩個仍有些迷糊的孩子。

三朵和阿桃呆呆地應著，顛顛地出了屋，洗了把臉，很快又回到花廳，規規矩矩坐在桌旁，眨巴著眼睛，看著桌上的三菜一湯，好奇地看向旁邊的洪婆子。洪婆子對上三朵的視線，露出一個和善的笑。

「來來來，咱們先嚐嚐味。」花大娘說著，伸出筷子開始試菜。她一動，桌旁的其餘人也跟著伸筷子。

半炷香的時間後方擱下筷子，三菜一湯都被吃了不少。

「妳的手藝很好，不知妳心中的月錢是多少？」季歌也沒多廢話，直接開門見山地問。

親自帶了一個月的孩子，她心裡清楚，再過一會兒兩個小搗蛋就要醒了，得餵奶，得逗他們玩，和他們說話。

洪婆子沒有急著答這話，而是問道：「不知道是不是要住在這邊？」

「住倒是不需要，倘若妳想住下來也有住的地方。主要是白天，妳也看到了，家裡有兩個孩子，比較費精力，孩子大多數時候我自己會看著，家裡的瑣碎事就都得由妳來張羅。」季歌仔細地解釋了句。

頓了頓，又說道：「不在這邊住的話，辰時得到這邊來，酉時過半才能歸家，包一日三餐。這是夏日裡，冬天的話，辰時過半過來，酉時初就能離開，其餘逢年過節，也會有一定的吃物相送。妳有什麼要求，也可以說一說。」

「夫人說得很具體，我沒什麼別的要求。月錢這部分，我希望每月能有五百文，夫人雇了我，我拿了夫人的錢，定會用心做事。」洪婆子認真地說著。

五百文，和季歌想的差不多。「那行，妳什麼時候可以過來？」

「明日就能過來，我那兒媳剛好傍晚歸家，家裡有她張羅著，我才能安心地在夫人這邊做事。」

「好，那就這麼說定了。」季歌話音剛落，安安睜著烏溜溜的大眼睛，躺在搖籃裡乾號著，這壞傢伙，都學會假哭了，就是為著吸引注意力。

季歌忙把安安抱在懷裡，匆匆地對著洪婆子說：「別沒的事了，妳們先回家吧，文書一事，明天上午再辦也不遲。」

楊婆子和洪婆子一聽，高興地應著，歡喜離開。

第七十二章

傍晚大郎他們回來，二郎也關好鋪子，大夥兒一塊兒吃飯時，季歌和餘氏把今天的事說了。三朵和阿桃也插了句話，直說那菜做得美味，聽著這般好話，大郎他們自是非常放心。雇了個穩當的婆子，餘氏和柳氏也能安安心心地出門擺攤。

次日一早，未到辰時，洪婆子就過來了，那會兒，大郎他們正好起床。洪婆子打了聲招呼，就索利地進廚房忙活著。

經了這事，季歌對洪婆子的印象更好了，大郎他們也覺得這婆子很不錯，立契約的時候，大郎想了想，把月錢提到了五百五十文，說了幾句話，差不多就是，只要她好好做事，他們自然看在眼裡，待遇就能往上漲。

洪婆子拿著新鮮出爐的契約，捂在胸口，心裡歡喜得不行。這東家找得好啊，比起在大戶人要省事清靜多了，她得好好幹。

三郎是六月十四日到的家，這一趟出門，一眼就能看出來收穫頗多，連阿河的眉宇間都更顯幾分穩重。此外，還帶了些大桐縣的土產，多數是吃物，還有幾個別致的小玩意兒。阿河拿出來給三朵和阿桃時，可把三朵樂壞了，高興得不得了。

季歌一直懸著顆心，見到兩人平安歸來，總算鬆了口氣，當即就吩咐著洪婆子，拿了銀錢給她，打算今兒個晚上吃頓豐盛的。正好，這一日也是二朵回家住的日子。

二朵回家後，頭一件事便是直接衝到搖籃旁，安安和康康睡著了還好，兩個小傢伙恰巧醒著的話，這三個鬧騰起來都能把屋頂給掀掉。有著她在帶頭，阿桃和三朵也特別興奮，老話說三個女人一臺戲，他們大小孩子五個湊一塊兒，也能抵臺戲了。

六月底，清岩洞在縣城的鋪子，在足足準備了一個多月後，總算迎來了開張日。這天，不說旁人，光是清岩洞那邊就來了好大一群人。他們的膽子也忒大，來的人多，直接在郊外尋了個大空地，架了三個大鍋，食材、柴木等都是自山裡帶過來的。

那氣氛是真心地好，特別地火熱鬧騰，還吸引了不少人的注意呢！因瞧著好玩，有些自來熟的就這麼厚著臉皮過來蹭吃蹭喝。清岩洞的眾人也沒在意，來一個招待一個，反正他們準備了整整兩車食材和柴木。

晚間睡覺就是找間客棧把大通鋪給包了，婦女們則住到了天青巷和桂花巷。第二日眾人才收拾妥當，喜滋滋地返回清岩洞，這麼一鬧啊，效果意外地好，也是鋪子裡的吃物質量好，性價比高著呢。

清岩洞的鋪子開張之後，每天都有村裡人過來送貨，時常給天青巷和桂花巷捎些東西，一來二去的，感情是越處越好。周邊的街坊鄰居都知，他們這清岩洞呀，團結著呢！而且性情也都好著，還真沒見過哪個村能做到他們這分上的，真跟一家人似的，瞧著就眼熱羨慕。

不過短短三個月，清岩洞在縣城就小有名聲，連帶的劉家、餘家和花家這三家，和周邊的鄰居也處得越發好。

八月底，秦家商隊回到松柏縣，九月初八，二郎、阿瑋、阿河、阿水隨著秦家商隊一同南北跑商。柳家女婿有點兒心動，可到底還是沒去成，家中父母不同意。他們這一走，「用心經營」又得擱下。這時，招弟和季二兩口子來了縣城。

招弟的肚子有五個多月，看著挺顯，主要是她走路的姿勢，總是刻意一手扶著腰。季二在旁邊還會時不時地搭把手，活脫脫像快生了似的。

季歌對這一幕就有點看不下去，她懷安安和康康時，即使快生了，也沒這麼嬌氣過，可以想像，這兩夫妻在季家只怕也是這番作態。

「二哥，你也真是的，二嫂大著個肚子，怎麼還帶著她來回奔波？」季歌心裡有些不喜，說話就有些直接。

季有糧還沒說話，招弟就笑盈盈地接道：「阿杏這不怪妳二哥，是我覺得嘴裡沒味，想著來縣城走動走動；這事娘也知的，見我整天蔫蔫的，就說眼下恰好農忙剛過，有點兒空閒，就讓妳二哥帶我過來看看。」

季母想要大胖孫子，想得有點魔怔。大兒媳不中用，一連生了兩個賠錢貨，還是自家閨女好，一生就是雙胞胎。見二兒媳沒什麼精神，又說嘴裡沒味、吃不下飯等等，便說有段日子沒見阿杏，想她了，更想安安和康康。

說起安安和康康啊，季母歡喜得不得了，瞧瞧那小模樣長得多端正？眉清目秀，一瞅就知道是老季家的種，還是她閨女會生，一回就生了兩個胖小子，哎呀，真是太歡喜了！

現如今還沒有大胖孫子，安安和康康這兩個胖娃娃就是季母心坎的寶貝，只要是跟孩子扯著邊的事，季母這腦子就有點拎不清，換成別的，她準能第一時間就發現，這二兒媳又不聲不響地給她挖坑了。這回，她二話不說就跳坑了，讓老二帶著二兒媳到縣城住兩、三天，也好沾沾大閨女的喜氣。

「招弟近來胃口不大好，吃得也少，娘有些擔心，說是縣城的醫館要好些，讓我帶著她過來看看；再者，縣城比鎮裡大，吃食方面也齊全點，沒得她想吃點什麼，有錢也買不著。」

沒得她想吃點什麼，有錢也買不著。季歌默唸著這最後一句，心想，招弟這胎可真矜貴，可一定得生個男娃，倘若也生了一個閨女……「懷著孩子的人，嘴巴總是要古怪點，淨想吃點有的沒的。」

「還是阿杏懂我。」招弟頓時跟遇著知己似的，親暱地拉住了季歌的手。「其實我也不想這樣，可就是忍不住啊！大嫂說，她懷過兩個孩子，都沒我這麼過分。我、我真是有苦難言，要是可以，我也不想這麼折騰，家裡日子也緊巴，沒得白白浪費錢財。」

順著竿爬得真俐落！季歌發現，她這二嫂也有點意思，稍給點陽光，她就能比陽光還要燦爛。

「夫人，安安和康康快醒了。」洪婆子走過來，只聽了一耳朵，心裡就門兒清了，雖是娘家兄弟，在主母心裡只怕不大重要。

本來洪婆子想規規矩矩地稱呼，季歌卻覺得小門小戶的不要這麼嚴肅，差不多就行，隨和點，別時間一久反倒慣出些排場，養出些不大妥的性情來，於他們這樣的門戶來說，就有點適得其反。

這話說得也在理，大郎他們很贊同，如此這般，洪婆子平日裡便稱季歌為夫人，大郎為老爺，家裡其餘人就直呼其名了。

季有糧看著洪婆子，上下打量了幾眼。「阿杏，這是妳家的下人啊？什麼時候買的，花了多少銀子……」

「二哥，話可不是這麼說的。洪大娘是我們雇來的，請她來幫著拾掇家裡瑣碎，我要看著兩個孩子忙不過來。」季歌截了二哥的話，繃著臉認真解釋。又對著洪婆子道：「這是我娘家二哥、二嫂，妳招待一二，我去看看孩子。」

「季二老爺、季二夫人好。」洪婆子不卑不亢地行了個禮，把家裡的攢盒拿出來，共有兩個攢盒，一個放著乾果炒貨，一個放著果脯糕點，整整齊齊的十二樣。

緊接著，洪婆子又去泡了兩杯茶端進屋，隨即拿了些柿子和香梨，柚子剝了皮，水果是清岩洞的鄉親們送過來的。「兩位慢慢吃著，我去給夫人幫把手。」

「這幾樣我都不認識，這個要怎麼吃？阿杏家的日子是越過越好了，都過上地主生活了，可真滋潤。」招弟懷著孩子，嘴有些饞，看著一桌吃的，忍不住吞了吞口水，也沒多客氣，想吃什麼就拿什麼吃。

季有糧眼中閃爍著亮光。「這個我知道，是堅果，北方那邊才有，得敲了這硬殼才能吃，對身體好著呢，這紅棗妳多吃點，都是北邊過來的。」

「有糧，劉家能讓兩個不相干的乞丐跟著出遠門跑商，怎麼著也不能短了咱們的分啊！這說不過去，哪有肥水流外人田的?!」招弟算盤打得好，只要有糧能跟著商隊跑貨，她就可以把兩個娘家弟弟也帶進來，一來二去，早晚也能過上像劉家這樣享福的好日子。
她會嫁給季有糧，除了對他本人還算中意，另一個重要的原因，就是因著季家大女兒在夫家發展得好，當年可是換親過去的，沒兩年就直接搬縣城住，再過兩年就在縣城扎根了，瞧瞧這手段之好！
還好她嫁到季家來，也抓牢了丈夫的心，倘若再生個兒子，就能徹底地在季家站穩腳步，有了這關係，就算她那大姑子心裡頭不大歡喜她，也得顧及娘家這邊，不至於鬧得太難看。
「跟著商隊跑貨這事，可不是鬧著玩的。」季有糧對這個不大感興趣，他惜命得緊。「大哥在『用心經營』學了些手藝，會了點皮毛，眼下其他人都出遠門了，『用心經營』擱一旁，倒是可以和大郎商量商量，能不能把這名頭借來用用。」
「累死累活掙不到什麼錢，有什麼好的？」招弟覺得這錢來得太慢，跟跑商比也太沒出息了些。
季有糧瞪了她一眼。「妳個婦道人家懂什麼？來縣城做事，劉家這麼大，難不成眼睜睜地看著咱們在外面租房住？這樣一來不僅省了吃喝，還能跟著好吃好喝，掙一點就是一點，根本不用擔心花銷的問題。
「再者，妳以為我傻，會去幹力氣活？我才不！鎮裡不是有這樣的隊伍，我接活，讓他們做，再給他們一點錢，剩下的全是我的。『用心經營』的名聲大著，比在鎮裡容易接活多了。」季有糧腦子要靈活些，整天想的就是怎麼掙輕省錢，他早受夠了守著莊稼過活的日子。

說著，季有糧頓了頓，又看向招弟。「媳婦我知道妳的心思，妳想替妳娘家兄弟打算，妳放心，等我拿到了『用心經營』，就讓他們來隊裡做事，錢比別人要高一點，全是看在妳的面上。」

見媳婦面色不大好，季有糧語氣略顯不爽地道：「妳別看不起這活，妳看大哥在『用心經營』只幹了半個月，掙了絕對不止五百文，也就是說一個月最少有一兩銀子，一年下來就是十來兩，就妳家，一年能掙五兩銀已經不錯了。」

這麼一說，招弟的臉色就好看了，頓時都有些放光。「這事能成嗎？還是相公聰明，知道想辦法，這比出遠門跟著跑商要輕鬆多了，咱們也能天天見著面。」說著，她露出羞澀淺笑。

「聽妳男人的準沒錯！」季有糧說得信誓旦旦。

這邊，季歌給兩個孩子換好尿布，又餵完奶，稍稍收拾了番，覺得就把二哥夫妻倆放花廳也不好，便和洪婆子一人抱一個往花廳走，剛靠近，就聽見招弟嬌滴滴的聲音在說著話。

這兩人幹什麼？季歌打了個哆嗦，心裡更不喜。「二哥，二嫂。」

「阿杏來了，這是安安還是康康？」招弟站起身湊了過來。「我正懷著孩子呢，不然真想抱一抱，長得可真好看，白白淨淨，胖嘟嘟的。」

季歌坐到了竹榻上，笑著應。「這是安安，康康在洪大娘懷裡呢。」說著，目光落在了季有糧身上。「二哥，你看我也走不開，要不，就讓洪大娘帶你們到街上轉轉？大郎顧著鋪子呢，白天也是沒空閒的。」

這會兒是下午，剛剛到未時初，時辰還早著。

「沒事，妳二嫂坐了很久的牛車，在屋裡歇歇也好，妳這桌上擺滿了吃的，也就不愁她嘴裡沒味，總歸有一樣是歡喜的。」季有糧笑嘻嘻地回著。

季歌聽了這話，心裡咯噔了下。這是準備不走了？如果明天上午走的話，這會兒就該出門逛逛，把該買的買齊。

「阿杏這有好幾樣吃的，別說吃了，我連名兒都不知道呢，回去的時候捎上一點，正好顯擺顯擺，好讓我面上有光。」招弟很是自然地說著這話，半點不像開玩笑。

季歌聽了只抿著嘴笑笑，接了兩句客氣話，低頭逗著躺在竹榻上的安安和康康。

三朵和阿桃手牽手地跑了進來。見著家裡來客人了，很是禮貌地喊了人，才顛顛地湊到竹榻旁，和安安、康康說話。

兩個孩子將近四個月大，正是對外界各種好奇的時候，尤其是安安，只要他醒著，就恨不得全家的視線都落在他身上，咿咿啞啞的可鬧騰了。

季歌她們四個都圍在竹榻旁，和安安、康康玩耍，屋裡很快響起一陣陣的歡聲笑語，沒怎麼搭理旁邊的季有糧夫妻，夫妻倆對視一眼，也沒多在意，很是享受地吃著桌上的各種零嘴。

是夜大郎和季歌把兩個孩子哄睡後，並沒有急著睡覺，小小聲地說起白天的瑣碎來。季歌憂愁地道：「二哥和二嫂好像一時半刻不會離開呢。」

「就讓他們待幾天吧。」大郎想著到底是媳婦的娘家人，又道：「臉皮再厚也不至於一直不走，左右就是幾天的事。」

季歌嘆了口氣。「咱們好吃好喝地招待，給足了臉面，就怕他們得寸進尺，二嫂最會順竿往上爬了。」頓了頓又說：「二嫂一雙眼睛骨碌碌地亂轉，我瞅見好幾回，心裡有點不踏實。」

「別管他們。」劉大郎伸手安撫地拍了拍媳婦的肩膀。「有我在呢，他們也掀不起什麼風浪來。」柔聲哄著。「都響更了，咱們睡覺吧。」

「欸。」季歌確實有些睏了，打了個哈欠很快就睡著了。

天濛濛亮，安安就醒了，不哭也不鬧，小胳膊、小腿很不安分地騷擾著旁邊的哥哥康康，康康很快就被弟弟鬧醒了，側著小腦袋，一臉懵懂地看著弟弟。

安安咧嘴露出一個淺淺的笑，黑葡萄似的眼睛水汪汪的，格外地漂亮。康康眨巴眨巴眼睛，也跟著笑了，緊接著，便見安安飛快地伸出小胳膊，把拳頭塞到哥哥的嘴裡，蹬著小胖腿，顯得很興奮。

「大清早的就欺負哥哥，真是個小壞蛋。」大郎淺眠，有點兒動靜就醒了。伸手摸了摸兩個孩子的尿布，乾乾淨淨，他用小褥子抱起安安，走到外室給他把尿。

給安安把完尿，又抱著康康去把尿，等他抱著康康回屋時，就見安安這小壞蛋，不知怎麼地翻身挨到了媳婦身旁，正用小胖腿蹬著媳婦的背，嘴裡還發出一陣陣的格格笑聲，好開心的模樣。

被擾了清夢，季歌迷迷糊糊間，熟練地撈起兒子，看了眼正走過來的丈夫。「給他倆把完尿了？」

「嗯，他倆應該快要餵奶了。」大郎沒把康康放回床上，直接抱著他，麻利地給他穿小衣服。

季歌邊替安安穿著小衣服，邊看了看窗外。「也快辰時，是該起床了。」

等著屋裡都拾掇妥當，就聽見洪婆子在招呼著，可以吃早飯了。

大郎和季歌一人抱一個走進花廳，阿桃和三朵、三郎都在，孩子放在搖籃裡，讓他們三人看顧著，他倆則去洗漱。

第七十三章

早飯過後，三郎揹著藤箱去學堂。三朵和阿桃則去花園裡，花園改成了菜園，依舊養著雞，前段日子清岩洞那邊送了隻母狗過來，說母狗頂好，生出來的崽也差不到哪兒去，還種了杏樹、柿子、桂花。

大郎準備去倉橋直街時，季有糧笑嘻嘻地說道：「一直只聽說家裡開了間鋪子，還不知道在哪兒呢，今兒個正好隨著妹夫去見識見識。」

「好啊。」大郎倒也沒說什麼，很直接地應了。

因著昨晚說了些話，季歌心裡有底，面上沒什麼反應，還挺溫和地說了幾句場面話，說時辰還早，也可以到處逛逛，人來人往的，當心些，玩得開心點。

人都走了，洪婆子得忙活著家裡的瑣碎，季歌帶著兩個孩子在花廳裡，跟著他們說話，逗他倆玩，一點也不覺得無聊。沒多久，三朵和阿桃也過來了，氣氛就更熱鬧了些。

中午季有糧夫妻倆沒回來，季歌沒覺得有多意外，直到洪婆子送飯給大郎，回來時說，那夫妻倆就待在鋪子裡，從對面的酒樓裡，叫了桌好飯好菜，粗粗一算，少說也得三兩銀子。

三兩銀子？那夫妻倆手裡哪來這麼多錢？季歌不高興了，這明擺著是要坑大郎，不然完全可以直接在酒樓裡吃著，這兩人真是越來越過分！

臨近傍晚，季有糧夫妻回來了，那叫一個紅光滿面，精神抖擻。還帶了兩個糖人給三朵和阿桃，還有一盒子糕點說是讓季歌嚐嚐味，另外有一堆雜七雜八的小玩意兒，有兩樣是鋪子裡拿的，其餘的大約是買的，說要帶回家給爹娘和大哥、大嫂他們。

季歌不高興，臉色一直淡淡的，有點愛理不理的模樣。季有糧夫妻倆也沒在意，依舊說得火熱。

半晌，季有糧切入了正題。「大妹啊，我今兒個在街上逛，聽說你們搞的那『用心經營』名聲還挺響亮，就是可惜，怎麼突然又沒做了？」

「怎麼忽地問起這事了？」季歌沒有正面回答，反而問了句。

招弟笑盈盈地接話。「這不是覺得怪可惜的，聽見好幾個人在說呢，都說咱『用心經營』做事妥當，最最放心不過了，好好地說不做就不做了，可真可惜。」

「用心經營」是有點名聲，可名聲也沒大到這地步，逛個街都能聽到好幾個人在討論？真把她當無知婦人在誆嗎？季歌湧出一股厭煩，皺了皺眉頭，很直接地說道：「我怎麼不知道『用心經營』的名聲都到這地步了？」

「阿杏妳成天待在家裡帶著兩個孩子，沒怎麼在外頭走動，肯定是不知道的，我們今兒個要不在外頭走動，也不知道這事啊。」招弟把話接得真叫一個順暢。

季有糧見這事有點走偏，忙道：「大妹啊，『用心經營』擱著怪可惜的，要不，讓我和大哥過來撐了這生意，人手方面都沒問題，妳二嫂娘家兄弟多；再者，村子裡也有在鎮裡幹活的人，讓他們來『用心經營』也是行的。」

頓了頓，季有糧接著說：「大妹這日子是越過越好，還真應了這名頭，『用心經營』總能有好日子過。可眼下家裡卻是緊巴巴，眼看就要添第三個嫩娃娃了，還有後面的三弟和四弟沒張羅呢，爹和娘勞苦一輩子，我總想著，讓他們早點享福。我和大哥成了家，就該擔起養家的責任，年輕力壯正是努力的時候，苦點累點不怕，好好經營著，也能跟大妹一樣，把日子慢慢過起來，大妹妳說是吧。」

這話說得可真漂亮！季歌又想起了那句老話，不是一家人不進一家門。她用餘光瞄了瞄身側的招弟，這兩口子可真配！「這事啊，我還真不能拿主意。『用心經營』當初是劉、餘兩家共同創立起來的，不僅要問大郎，還得問問二郎和阿瑋，餘嬸是長輩，更要聽聽她的想法。」

「……」季有糧沒想到，大妹會這麼回答，他皺了眉，語氣有點不大好。「大妹這話說得，是不拿我當二哥了吧？妳連兩個乞丐都能當家人看待，我們這正兒八經的兄弟就不放心上了？」

季歌愣了下，但她又覺得沒什麼好意外的，這樣的性情有這種心態也屬正常。「二哥這話就說錯了，阿河和阿水兩兄弟，是經過劉家三兄弟的認可，結了義兄、義弟，算是劉家人了。二哥剛剛那話，可別當著劉家兄弟面前說，會起嫌隙的。」

聽了這話，季有糧的臉色徹底僵住，眼裡陰沈沈，十足惱火地看著季歌。「大妹這話說得，看來是真沒把季家當成娘家，更沒把季家人當兄弟了。」

「阿杏妳這話說得可就過分了，快給妳二哥道個不是，再怎麼說，也只是個義兄弟罷了，咱們這邊可是道地的、連著血的親兄弟。大郎做事真是越來越不靠譜，情願讓兩個不知底細的人跟著出門跑商，也不知道顧念一下季家兄弟，大郎這是明顯沒把妳放在心裡，連帶著妳的娘家都比不上那些個外來人。」招弟皺著眉，語氣裡盡是埋怨。

頓了頓，她又接著道：「虧得妳還一連給他生了兩個男娃呢，這要是放在旁家，都是當祖宗一樣供起來的，他倒好，壓根兒就沒把妳當回事。」說著說著，她臉色一變，急急忙忙地道：「阿杏啊，劉家現在有錢了，大郎不會是起了花花心思吧？男人最是風流不過，有了幾個小錢，別的不想，淨想著給自己再找女人，好享受幾番不同滋味。

「哎呀！」招弟一拍大腿，一把拉住了季歌，嘴裡連連安慰著。「阿杏莫著急，莫慌啊！大郎要真敢做出這等事情來，咱們季家也不是吃素的！到時定會狠狠地給妳出口氣！阿杏啊，妳可不能傻，尤其是現在這處境，他這是想疏遠妳和娘家的關係呢！」

季歌冷冷地看著這夫妻倆，已經不單單是厭惡，更覺幾分噁心。都說寧拆一座廟、不拆一樁婚，這招弟倒好，瞧瞧這話說得，倘若換了別人，八成得信了這話，好好的一個家，就算不散，也得敗得一團冷清，不復從前溫馨模樣。

「今日天色已晚，明兒個一早，二哥和二嫂收拾收拾回柳兒屯吧。」季歌低頭看著在竹榻上睡覺的兩個孩子。「往後沒事就別走動，我日子過得好好的，不想被三言兩語給攪和了。」她早已懶得多說什麼。

「洪大娘。」季歌站在花廳門口張嘴喊了聲。

洪婆子正在廚房裡張羅晚飯，聽著這話，忙走了過來。「夫人有什麼事？」

「幫我抱一抱康康，我帶他倆進屋待著。」說完，季歌抱起安安，看也沒看季有糧夫妻倆，就這麼直直地越過他倆走了。

洪婆子麻利地抱起康康，權當屋裡沒其他人，緊跟著季歌進了東廂。

好半晌，招弟才反應過來，愣愣地看著身旁的丈夫，眼底深處有著隱晦的恐慌。她、她這是、這是惹禍了？「相公，阿杏怎麼這樣？這是真沒把咱們當二哥、二嫂看待了?!在她的心裡只有自家男人，連那兩個當乞丐的都排在咱們前頭了！

「我都聽說了，跟著商隊出趟遠門，少則三、五個月，多則半年有餘，這一來一回啊，別看時間長，可真好掙錢啊；不過掙錢歸掙錢，卻是需要本金的，你說，那兩個乞丐哪來的本金？那可是幾十兩的錢啊，咱們一家子不吃不喝，忙上整年，能攢個十兩就謝天謝地。」

招弟噼哩啪啦地說著，盡著全力轉移丈夫的視線，別瞅著她的錯處。「兩個人本金加在一塊兒少說也得近百兩呢，說給就給了，咱們這正兒八經的親家，卻是半點好處都沒有撈著，也就是大哥和大嫂他倆，跟著喝了點湯沫。大郎這事做得太不地道，回頭得跟咱爹娘說一說。」

「說！必須要一五一十地告訴爹娘！」季有糧憤憤地說，擰著眉頭又罵道：「讓她狂著，等回了家，咱們把這事告訴爹娘，她不想要娘家了，往後出了事，就別哭著求著回來！」

季有糧心裡惱怒得緊，還真被媳婦給牽著鼻子走了。

「不等明天了，反正該買的東西也買齊了，趁著現在還能出城，咱們租輛牛車，連夜趕回家裡，娘準會問起這是怎麼了。」季有糧越想越覺得惱怒，琢磨著，得讓大妹吃點苦頭才行，以為有了幾個錢，真把自個兒當成一回事了？

以前在季家的時候，季杏是半點地位都沒有，家裡任何人說的話她都只有聽的分，半點回嘴的餘地也沒，要她往東就往東，要她往西就往西。季有倉還好點，他的性子隨他爹，有些木訥；可其餘的三兄弟就不同了，都比較靈活，沒少把季杏當丫鬟使喚。

今時不同往日，昔日裡的賠錢貨也敢給他臉色瞧？季有糧半天都緩不過氣來，有個愛煽風點火的媳婦在，別說半天，估摸著這輩子都難緩過勁來了。

季歌在東廂看顧著兩個孩子，洪婆子在廚房張羅著晚飯，三朵和阿桃幫著打打下手，她們也不是什麼富貴人家，說十指不沾陽春水那是不可能的，家裡的姑娘沒那麼矜貴，還是得依著平常人家的日常習慣來。

時辰還沒到，三郎仍未歸家，大郎也尚在鋪子裡。季有糧和招弟有心想走，想給季歌一些苦頭吃，麻利地收拾一番，就這麼一聲不響地說走就走了。

等著洪婆子做好晚飯，三郎和大郎也回來了，將兩個孩子放在嬰兒護欄床裡睡覺，季歌便到花廳裡吃飯，大夥兒這才驚覺，季有糧夫妻倆好像不在了。

洪婆子趕緊去廂房看看，看完後，小跑著過來說：「走了，東西都帶走了。」

這邊，阿桃眼尖地發現一件事。「呀，攢盒裡的吃物都沒有了。」那攢盒都沒蓋好呢，就歪歪地擱著。

「罷了，別管他們。」季歌沈著臉，頓了頓，難得的一臉嚴肅。「往後，對季有糧夫妻倆，你們緊著點心，別把他們當親戚看待。」

大郎一聽這話，知道在他不在的時候，家裡是出事了。

三個孩子面面相覷，有點兒不知所措，還是三郎反應得及時，老氣橫秋地應著。「知道了，大嫂。」

晚間，兩個孩子在床上睡覺，大郎和季歌靠在床邊。

「媳婦，白日裡出什麼事了？」大郎握著媳婦略顯冰冷的手，若有所思地問了句。

季歌沈默了下，才平靜地把下午的事，絲毫不差地說了出來。「這兩個可真夠不要臉！」心裡氣憤極了！

「他們傍晚趕回家，娘定會詢問一二，不知道他們會怎麼添油加醋地說話。」大郎想得有點多。

「爹娘要真信了他倆，就這樣吧。」季歌面無表情地應著，猶豫了下，又說：「就是大哥那個小家，真鬧翻了，一朵娘仨日子不好過，得想個法子讓他們都搬來縣城才是。」

大郎看著氣呼呼的媳婦，調侃了句。「那可是娘家，說不要就不要了？」心裡頭其實很高興，在招弟說了那麼些話的情況下，他媳婦還是相信他的，他甚是歡喜。

「那樣的娘家不要也罷。」季歌是半點都不藏著自己的情緒，說到這裡，索性把別的話也說出來了。「逢年過節的送禮，是要顧著爹娘的面子，且不說其他，到底也是生養了我一場。」

「再看看吧。」大郎想了想。「看看爹娘是個什麼反應。」其實主要是季母的反應。

季歌掙開了大郎的手，脫了衣服躺進床內，把小小的康康抱在懷裡，親了親他的額頭，小聲地嘀咕了句。「真是白白壞了心情。」

「別總想著這事，不值得。」大郎也躺到了床上，把安安抱在懷裡。這小崽子也不知道隨了誰，心眼特小，若是抱了康康沒抱他，準會又哭又鬧。

「我才懶得想這事。」季歌打了個哈欠，想起一件事，忽地問道：「今兒個你被他倆訛了多少錢？」

大郎聽著，下意識地答了句。「五兩銀子。」

「你傻啊，他們要你就給了？那可是五兩銀子！」季歌氣不過，伸手越過兩個孩子，擰了把丈夫的胳膊。「以後不許給，那是咱們家的錢，給他們還不如扔水裡。」

「知道了，往後啊，小的定會聽從夫人的各種吩咐。」大郎不想媳婦沒了好心情，覥著臉地逗她，反正屋裡就他們，丟臉也沒事，媳婦樂了就行。

季歌噗哧一下笑出聲，眼角眉梢帶著笑，透了兩分媚態，瞋了眼對面的男人。「沒個正經。」

「在媳婦跟前無妨的。」大郎悄悄地伸手越過兩個孩子，握住媳婦的手，心裡苦兮兮地想——孩子啊，你們快快長大，睡自個兒的小床上，爹都快憋壞了！

第七十四章

陽光明媚的好天氣，微風徐徐吹拂，舒爽宜人。

季歌饒有興致地看著阿桃和三朵打絡子，兩個孩子睡在身側的竹榻上，胖嘟嘟的小臉，胖乎乎的拳頭，圓圓潤潤的小模樣，光瞅著就能讓人軟了心坎。

這會兒是巳時初，洪婆子拾掇好家裡的瑣碎活，拿了個針線笸籮走過來，笑著說：「今兒個陽光可真好。」

「像極了陽春三月的日頭，暖和又不灼人。」季歌側頭看向洪婆子。「這是給妳孫子做衣服呢？」

「嗯，給他做件小襖子。」說起小孫孫，洪婆子滿臉的笑止都止不住，滿滿的全是慈愛。

季歌挺羨慕的，看了看自己的雙手，無奈地道：「我這手啊，在廚房裡還能張羅一二，這針線活可是一點天分都沒有。」

「十根手指頭還有長有短呢。」洪婆子笑著接話。「我原先針線活也不行，慢慢的，做多就熟練了，大半輩子走過來，也就有了點模樣。」

那會兒窮啊，日子過得緊巴，逼一逼也就出來了。不過這話洪婆子沒有說出口，眼下是主僕關係，東家再怎麼隨和，她也得記住這事。

「夫人是個有福氣的，針線活總歸傷眼睛，偶爾打發時間還成，時常拿在手裡卻是不妥的。」洪婆子邊做著繡活邊慢悠悠地說著，那語氣緩和隨意，像是尋常人家話家常。

季歌就覺得洪婆子這點最好，是個極有分寸的，和她處著，很舒服不彆扭。「這倒也是，會個差不多也就成了。」

「就是這麼個理。」洪婆子贊同地點頭。

三朵脆生生地開口，帶著股興奮。「大嫂妳瞧，我這絡子好看嗎？」黑亮亮的眼睛裡透著光。

「好看，三朵的手越來越巧了。」季歌拿著細細地打量，很認真地應著，正要還給三朵時，忽覺得身後有拉扯感，她回頭一瞧，對上了康康黑葡萄似的大眼睛，她未說話眼裡已盛開了笑意。

「康康醒了？康康也喜歡小姑姑的絡子嗎？」

三朵顛顛地湊過來。「康康醒了啊？康康要喜歡，就送給康康。」說著，忽閃著好看的杏仁眼，對著康康一個勁地笑。「喜歡我打的絡子嗎？喜歡的話，我再給你打更多好看、好玩的絡子。」

康康捏著手裡小巧的絡子，咧嘴露出一個淺淺的笑，目光落在顏色豔麗的絡子上，一副很感興趣的樣子。

「我這兒也有，給安安。」阿桃三兩下趕緊把手裡的絡子結好，拿給了季歌。「姊姊，這個給安安。」

季歌眉開眼笑地接過絡子，連連應著。「好好好，安安和康康各一個。」

很快，安安就醒了，院子裡頓時響起了咿咿啞啞的聲音，稚嫩響亮，精神十足，顯得很是熱鬧。

安安很喜歡顏色鮮豔的絡子，捏在手裡，舉著小胳膊揮啊揮，要給不給地逗著大夥兒玩。季歌她們很給面子，也樂意跟他玩，裝出被騙著的樣子，每每這時，安安就會笑得特別開懷。

康康就安靜多了，就算是大夥兒逗他玩，他依舊無動於衷的，半點不上當，就乖乖在一旁看著弟弟笑，他也跟著笑，笑得眼眉彎彎，可愛極了。

季歌搶著安安的絡子，故意站遠了點逗他玩，讓安安拿不回絡子。就在安安要哭時，康康把手裡的絡子給了安安，還伸著胖乎乎的手，摸了摸安安的臉，笑嘻嘻地看著他，咿啞了兩聲，彷彿在安慰弟弟般。

那一瞬間，季歌無法用言語來形容她翻湧的情緒，只是眼眶有些泛紅，感謝老天，賜給她兩個這麼好的寶貝兒子。

「這兩個孩子生得可真好。」洪婆子感嘆了句，也不知她兒媳什麼時候能再懷個孩子，小孫孫才一歲，再生一個，有個伴就更好了。

說是哥哥，其實康康只是早生了那麼一會兒，可有些事啊，還真是說不清，只能歸結給天生這兩個字，就是那般的奇妙，沒法具體解釋。

季歌把絡子還給安安，安安看著手裡的兩個絡子，大大的眼睛裡透著茫然，緊接著，他把手裡的絡子給了康康一個，揚著燦爛的笑臉，對哥哥笑得好開心。正當康康要接過絡子時，安安立即手快地把絡子搶回懷裡，笑得更加地開心。

一回，兩回，三回……康康回回都伸手去接絡子，可回回都慢了一些，被安安給搶回了懷裡，他也不鬧，更不會哭，咧嘴著笑，小臉紅撲撲。

「咱們逗他，他不上當，安安逗他，他倒是回回都上當。」三朵看著有點著急，恨不得從安安手裡替康康把絡子搶回來。

阿桃抿著嘴笑，眼睛閃著亮光。「康康是個好哥哥。」

洪婆子準備接話時，敲門聲響起，她擱了手裡的針線活，匆匆忙忙地開了大門。「季家老太太，季大老爺、季大夫人。」心想，怕是為著季二老爺夫妻倆過來的。

「娘，大哥、大嫂。」季歌起身喊了句。

季母見安安和康康醒著，便說：「甭客氣了，就直接坐這邊，用不著去花廳裡，難得的好太陽，讓兩個孩子曬曬也好。」

過來得這麼及時，又是帶了大哥、大嫂。季歌琢磨著，二哥他們夫妻倆極有可能是搬了石頭砸自己的腳。這麼想著，她心裡鬆了口氣，她還挺高興的，往日裡對季家的好，算是沒有白費。

逗著兩個外孫玩了會兒，解了心頭饞，等著兩個外孫吃飽睡著後，她才斂了神色，正兒八經地看著大閨女。「大清早的趕過來，想來妳心裡也是有數的。」

頓了頓，季母似是在想著怎麼說。「招弟嫁到季家的頭個月，我就知道，這兒媳沒娶好，一張嘴沒個把門，一門心思全用在鑽營上，一顆心壓根兒就不敞亮！可有什麼法子？這兒媳都進門了，再怎麼不好也得受著。

「平時有些不痛不癢的，顧念著二兒子的臉面，我也就沒多折騰。」說著，季母很是悔恨。「我是怎麼也沒想到，她得寸進尺，竟然做了這麼樁缺德事！有糧看著挺機靈的一個孩子，就這麼被她一張嘴給繞住了，真是家門不幸啊！」季母連聲音都哽咽了。「選來選去，費盡了心思，花了大把的錢財，娶了這麼根攪屎棍；要不是看在她懷著孩子的分上，我、我真想給她一頓苦頭吃。

「往後啊，我決定了，招弟就在我跟前拴著，哪兒也不讓去。親家那邊，昨兒個晚上我過去了趟，該讓他們知道的，他們都知道了；他們也說了，往後我怎麼管這個兒媳，他們定不會插手，就是招弟做的那些事，不能讓外人知曉。」

要真讓村裡人知道了這些事，劉家本身不富裕，剩下的五個兒子想要說門好親事，可是難上加難。能教出這樣女兒的家裡，誰知道其父母——尤其是其母——是不是也是這麼個性子？沒得把閨女嫁過去遭罪。

季歌完全沒有想到事情會發展到這個地步，她有些吃驚，更多的是歡喜。看得出季母是下了決心，要管管這二兒媳，不讓她出來興風作浪。

「阿杏啊，妳二哥，他這是豬油蒙了心，被妳二嫂那張嘴給忽悠了。昨天的事，妳別放在心上，我啊，已經把妳二哥揍了頓，他也知錯了，本來他要過來的，我沒讓。」說著，季母嘆了口氣，語氣有些幽幽。「很早以前我就說過，妳這邊好過了，家裡也不會想著能沾點什麼光。妳嫁到劉家，就是劉家人了，想幫一把娘家，那是情分，不幫也沒什麼，這麼些年，妳做得也挺好的，比我想像中的要好多了。」

季歌心裡有點不是滋味，她沈默著不知道要說什麼好，好像說什麼都不合適。

「有什麼樣的能力就過什麼樣的日子，都得靠自個兒來，靠別人終不是長久之計。」想起二兒子，季母很痛心。「妳二哥是機靈過頭了，到了這年歲，也不知道能不能再掰正，對妳二哥，妳狠點心，我不怪妳。」

「娘。」季歌尾音都有點發顫，她眼裡瀰漫著薄霧，視線裡的季母有些模糊。對於季母她到底是沒有看透，說她不好吧，有時候又挺好，說她好吧，可有些事做得卻過分了。

季母看著紅了眼眶的大閨女。「妳啊，自小就是個傻的，出嫁後就更傻了。」以前沒覺得，興許是年歲大了，心腸就軟了些，總覺得對這個大閨女虧欠太多。她不是個好娘親，可這閨女卻是個好閨女，可不就是個傻的？

季母和季有倉夫妻倆在縣城吃了個午飯，也沒多停留，匆匆忙忙地就走了。

傍晚，季歌看著日落西山的景色，心裡升騰出一股說不出的滋味。對於季有糧夫妻生出的厭惡，突然就消失了，倒也不是原諒了，只是覺得沒必要。人活一輩子，愛憎分明什麼的，似乎顯得不那麼重要了。

中午洪婆子來送飯，季母三人大清早趕來縣城的事，自然得告訴東家。大郎聽完，思索許久。待到傍晚，堪堪進酉時，見店裡沒客人，他麻利地關了鋪子，收拾好後快步回了桂花巷。

季歌給安安和康康餵完奶，讓三朵和阿桃帶著他們玩，準備將兩個孩子剛剛尿濕的尿布洗了，也就是順手的事，雖說家裡請了洪婆子，有些小事，空閒的時候，她還是會自己動手。

剛出屋，就碰見匆匆忙忙往這邊走來的丈夫，未來得及說話，笑容先從眼裡蔓延。「今兒個好像要早些，安安和康康正醒著，勁頭十足，三朵和阿桃帶著他倆玩呢。」

「洗尿布？」大郎隨口問了句，伸手就要去拿木盆。「我來，三兩下的事，今天沒拉粑粑？」

季歌側了側手，躲開了他的手，笑著伸手推他一把。「孩子都一整天沒見著你了，別在這兒耽擱，快進屋裡抱抱他們。」有時他走出家門，兩個孩子還在呼呼大睡，又捨不得擾醒他們，晚上回來時，也不一定能天天碰著。不過現在好多了，孩子一點點地長大，精力旺盛些，不比剛出生那會兒，天天吃了睡、睡了吃。

「那行，我進屋看看兩個孩子。」大郎握了握媳婦的手，笑著大步進了屋。

安安發現爹爹的身影，彷彿認得他似的，啊啊啊地直嚷嚷著，一雙眼睛水汪汪地瞅著，閃閃發光。康康的表現就含蓄多了，咧著嘴露出一個淺淺的笑，萌死人了。

男子的臂膀比女子要強壯有力，大郎輕輕鬆鬆地一手抱一個，眼裡透著慈祥，相當地溫柔。「安安、康康有沒有想爹爹？今天乖不乖？沒有鬧你們娘親吧？快點兒長，長大了我就肩上坐一個，手裡抱一個，帶你們出門玩。今天店裡來了對父子，丁點大的孩子，就是坐在他爹的肩膀上，神氣極了，我的肩膀也寬著，也能給你們坐。」

嘰哩呱啦地說，也不管兩個孩子聽不聽得懂，大郎就一個勁地說著，眼裡、嘴角都帶著笑意，顯得格外歡喜。

季歌洗完尿布回屋，老遠就聽見安安興奮的聲音，咿咿啞啞別提有多開心，偶爾也有康康的一、兩聲聲音，更多的是大郎低沈穩重的說話聲，光聽著這聲響，她就能想像出，屋裡是什麼樣的場面，心裡頓時柔軟得一塌糊塗，只覺得最好的幸福，於她而言，就是眼下的生活。

有家，有孩子，不愁吃穿，可真好。

「你跟他們說什麼呢？看把兩個孩子樂得，多興奮，眼睛黑亮亮，臉蛋紅撲撲。」季歌邊說著話邊往屋裡走著。

大郎這會兒正在興頭上，順口接了句。「媳婦，明天妳和安安、康康去鋪子裡吧，也讓他們看看外面的繁華熱鬧。」

「你走的時候，他倆還在睡覺。」季歌聽著有點心動，自生了孩子後，她就很少出門走動。

「那有啥？明天我晚點走，等著這兩個小子醒了，咱們再出發。」大郎心情極好地說著。

季歌想了想，也就稍稍地晚了一會兒，耽擱不了什麼。「那行，明天咱們一起去鋪子裡，中午洪大娘來送飯時，我再隨著她一起回來。」

「老爺、夫人可以吃飯了。」洪婆子站在門口，輕聲地提醒。

兩個孩子這會兒精神很足，不能把他們放在護欄床裡，便把他倆抱進了花廳。

九月上旬，早晚透了些許寒涼。孩子還小，用不著天天洗澡，昨兒沒洗，今兒個晚上季歌也不打算給他們洗澡，待明天正午陽光足時，再來給他們洗澡，那會兒不容易著涼。

晚飯過後，洪婆子拾掇好廚房裡的瑣碎事務，便回了自個兒的家。大郎整理著今天的帳本，季歌在旁邊看熱鬧，三郎逗著安安和康康玩，兩個孩子這會兒有點蔫，估摸著一會兒就該呼呼大睡。

等兩個孩子睡著後，並沒有急著把他們抱回屋裡，先擱在搖籃裡睡著。大郎這邊算好了帳，季歌就和三郎有一搭、沒一搭地說著話，大郎時不時地插兩句。三朵和阿桃洗完澡過來，屋裡就更熱鬧了，顧及著睡著的安安和康康，說話聲都小小的，透著股別樣的溫馨愜意。

等夜色深重，各回各屋睡覺。大郎看著睡在床中央的兩個孩子，刻意壓著聲音和媳婦商量。「待滿五個月後，就把他們擱小床裡睡去。」

「欸，到時試試吧。」季歌也挺無奈的。這兩個孩子乖巧歸乖巧，可有一樁怪磨人的，死活不願意睡嬰兒床。

躺到了床上，大郎越過兩個孩子，握住媳婦的手。「媳婦。」

「嗯？」季歌想，從明天開始，得時不時地在兩個孩子耳邊說說，說不定滿五個月的時候，他們就願意獨自睡小床了。

大郎遲疑了下，似是在想著怎麼開口，半晌才出聲。「季家那邊的事，妳別想太多，咱們順其自然就好。」

「我知的。」季歌愣了一下，忽地笑出了聲。原來他在琢磨這件事啊，倒是她想多了點。「以前是怎麼樣的，以後就怎麼樣，就那麼處著吧，二哥夫妻倆就遠著點。」

大郎心裡也是這麼想的。「我覺得也行。」頓了頓，又說：「娘還是挺穩妥的。」沒讓媳婦傷心。

季歌過了會兒，才低低地道：「是啊。」尾音有些長，幽幽的，也不知她在說話的時候想的是什麼。

次日一早，大郎醒的時候，安安那小傢伙也醒了，一雙眼睛特別地黑亮有神，在被窩裡穿得少，小胳膊、小腿蹬得別提有多歡快，格格格地笑啊笑。

季歌真懷疑他是不是聽懂了昨天大郎跟他們說的話，才大清早地就醒了，瞧瞧這興奮的小模樣，她看在眼裡，笑容止都止不住。

吃過早飯，洪婆子陪著他們一起，送著他們到鋪子裡，有兩個孩子在，得拿些瑣碎物件，到了倉橋直街，洪婆子也沒多待，又匆匆地回桂花巷。

中午來送飯時，洪婆子說道：「上午老姊姊過來了趟，好像有事，聽說你們在鋪子裡，說下午她再過來。」老姊姊說的是花大娘。

「喔，那一會兒路過天青巷，我去花宅一趟。」季歌想也沒想地就應了句。

第七十五章

花大娘坐在屋簷下納鞋，家裡靜悄悄的，就她一人，花伯在隔壁，花長山則不知在哪個旮旯犄角裡。

「昨晚大郎說，想帶著孩子到外面看看，今早去鋪子裡時，我們娘仨就跟著一塊兒去了。」季歌讓孩子睡在墊了厚厚褥子的竹榻裡，這裡有暖暖的陽光，曬曬也舒服。

花大娘想來是真有急事，心不在焉地說了兩句家常，就停下手裡的活，湊到了季歌身邊，細細聲地說：「阿杏啊，我前兒突然升起一個念頭，這兩天越想越妥當，妳給我拿拿主意。」

「什麼念頭？」季歌很意外。大娘難得有這麼猶豫不決的時候，看來真是大事了，說起這大事，對大娘來說，唯一的大事就是跟花大哥有關，莫不是他的婚事？這麼一想，她精神一振。「莫不是花大哥的婚事？」

花大娘點著頭，笑得很是慈祥。「就是這事。」她看著身側睡著的兩個孩子，柔和了眉目。「我呀，想讓妳花大哥娶餘家的秀秀姑娘，我瞅著秀秀是個頂好的孩子，兩人年歲也沒差多少，正好合適，妳覺得呢？」主要是兩家都熟悉，知根知底的，多好。

秀秀？季歌眼睛頓時就亮了。「秀秀確實是個好姑娘，我記得她的生辰是在四月，今年該滿十四歲，這是吃著十五歲的飯了。」

「就是，妳也覺得配得是吧？長山是十月滿二十歲，年歲也算是相當，再說，男孩大些，會疼媳婦，不是我誇，我家長山也是個頂好的孩子。」說起這兒子，花大娘笑得合不攏嘴。「要是長山能和秀秀成事，以後的日子啊，準會好過。」

季歌心裡敞亮，試探著問：「大娘，既然這樣，要不我尋個時間和餘嬸提提這事？」

「欸，妥！妥！妥！」花大娘就是這樣想的。阿杏和餘家妹子熟，兩人說話也方便，她這當娘的不好出面，由她在中間搭話最好不過了。

季歌思索著，餘嬸這邊應該是沒問題，就是不知秀秀和花大哥能不能對著眼。要說這門親，方方面面的來講，都是極妥當的。「那就這麼定了，等晚上餘嬸收攤了，我過去串串門子。」

「好，這事呀，就擱阿杏身上了。」花大娘高高興興地說著。

傍晚，餘氏推著小攤車剛剛歸家，正想著整理攤車呢，就見季歌從角門裡走了過來，笑盈盈地喊她。「餘嬸。」

「喲，看這一臉的笑，是遇著什麼喜事了。」餘氏樂呵呵地說著，停下手裡的活，走了過去。「我正想著過去看看妳和兩個孩子呢。」昨兒個她在柳家那邊吃飯，也有兩天整沒見著孩子，怪想的，那可是她的乾孫孫。

「我沒什麼喜事，不過啊，我知道您有喜事臨頭了。」季歌親暱地挽著餘氏的手。「餘嬸，我有件好事要跟您說叨說叨。」

看這架勢，餘嬸略有些猜測，按捺住激動的心情。她和劉家親厚著，倘若不是頂好的事，阿杏絕不會親自來說項的。「來來來，咱倆屋裡細說，我倒要聽聽有什麼好事是我不知道，而妳卻知道的。」

「餘嬸，是這麼回事，大娘跟我說，她想要您家秀秀當她的兒媳，要我過來詢問，您是怎麼想的。」季歌沒當過媒婆，就跟平日裡聊天似的，直接開口說了。

這話扔得有點快，餘氏一點心理準備都沒有，立刻就呈呆若木雞狀，傻愣愣地看著跟前的季歌，腦子裡全是漿糊了。

好半晌，餘氏才反應過來，囁嚅了會兒，吶吶地問：「大郎媳婦，妳剛剛說什麼？」她沒有聽錯吧，老姊姊想讓她兒子娶自己的閨女？雖說，在她眼裡，自己的閨女是千好萬好，可是怎麼著也沒有想到，老姊姊會看上秀秀，倘若這是真的，這樁婚事，可就是天大的好事！

「大娘託我過來探探您的口風，她想讓秀秀當自個兒的兒媳。」季歌慢條斯理、字字清晰地又說了遍，明亮的眼睛裡溢滿笑意。看餘嬸這神態，八成是沒問題的，後面就要看看秀秀和花大哥兩人彼此中不中意。

她沒有聽錯！餘氏的眼睛頓時就亮了，笑得別提有多歡喜，臉上笑出一堆皺紋。「若秀秀和長山能成事，我定是萬分同意的。兩家交情好，知根知底，我心裡很清楚，秀秀真能給老姊姊當媳婦，那就是上輩子積的厚福。」秀秀能嫁進花家，她還有什麼不滿意的？說句不大好聽的，就是死也瞑目了。

「我也覺得這樁婚事甚妙，都是知根知底的人家，原本處得就跟一家人似的，真成了親家，不得處得更好？秀秀去了花家，方方面面都能放心了。」說著，季歌想起一事。「明兒晚上秀秀和二朵就該回家住了，秀秀明年就滿十五歲，這年歲剛剛好，餘嬸您明晚探探秀秀的口風？」

餘氏直點頭，笑得合不攏嘴。「可不就是，明年四月就滿十五嘍，轉眼小小的人兒長成了大姑娘，嘿嘿嘿，這擱心裡頭的大事，也快要有著落了。」笑著笑著，她忽斂了神色，略有些緊張地問：「老姊姊那邊可是成了？」

「沒。」季歌頓了會兒，才知餘嬸問的是什麼，又道：「大娘就是想著先過來問問您的意見，花大哥那邊應也是稍稍地探過口風，估摸有些底的，不然也不會讓我過來對吧？」關係這麼好，沒有幾成的把握，胡亂地來，沒得白白壞了交情，這可不比旁的事，這是人生大事。

餘氏想想也對，然後，臉上又露出了歡喜的笑，開開心心地說：「行，妳去跟老姊姊說，我這邊呀，沒有問題，等明兒秀秀回來，我再探探她的口風。」頓了頓，挺堅定地說：「這事，就這麼著吧，秀秀肯定也會同意的。」這麼好的一戶人家，錯過了多可惜？再也沒有誰家，能像花家這般讓她踏實放心。

「餘嬸啊。」聽著餘嬸話裡的意思，季歌有些微微的擔心，免不了多說兩句。「這日子是要他們兩個人過的，依我看吶，還是得多問問秀秀的意願，兩口子還年輕著呢，還有大半輩子要過。」

雖說在這個時代，一般都是盲婚啞嫁，可是季歌想著，就在自己的跟前，能幫一點就幫一點，秀秀這孩子，她打心眼裡喜歡，別好好的喜事落了遺憾就不美了。

餘氏聽著，覺得也對。「也是啊，一輩子還長著呢，大郎媳婦妳放心吧，我會好好和秀秀說的，萬一她真沒那意思，我也不可能做出強按牛頭喝水的事，畢竟是我閨女，心裡就盼著她能好。」

「就是這樣的，秀秀是個懂事的好孩子，好好跟她說，細細地說開了，讓她自個兒想想，她也不算小了，真成了親，往後拿主意的地方多了去。」季歌就是早早地培養起二朵的主心骨，跟她有關的事，先細細地跟她說清楚，讓她自個兒琢磨來下決定。

兩人站在暮色裡，妳一言、我一語的，說得好不熱鬧，連起了夜風都沒察覺到，說得甚是火熱。

大郎一手抱著安安，一手抱著康康，從角門走了過來，見著站在屋簷下說話的兩人，他還沒說話，安安就先咿咿啞啞地嚷嚷著。天天和娘親處在一塊兒，兩個孩子最親的便是娘親。

餘氏側頭一瞧，忙鬆開了握著季歌的手，快步走了過去。「安安和康康，有兩天沒見，可想死餘奶奶了，快，讓我抱抱，瞧著好像又胖了一點點呢。」

安安扭著小身板朝著娘親伸直了小胳膊，沒搭理身旁的餘奶奶，倒是康康咧嘴露出一個淺淺的笑。餘氏心裡愛死這孩子了，一把將他抱在懷裡，親了親他的額頭，嘴裡直喊著：「餘奶奶的小乖乖啊，小心肝啊！」

「是不是要吃飯了？」季歌接過安安，用臉輕輕地蹭了蹭孩子嫩嫩的小胖臉，溫柔地哄著。「乖點啊，莫鬧，你太重了，都快抱不動你。」說著，又看向餘氏。「餘嬸，咱們過去吃飯。」

「欸，好好好。」餘氏是人逢喜事精神爽，樂呵呵地抱著康康往角門走。

是夜，天色已晚，停了話頭，各回各屋睡覺。

今兒個不知怎麼回事，安安和康康這兩個孩子，勁頭特別好，都響更了還挺精神的，不見半點睏意，大郎兩口子，一人抱一個進了廂房，把兩個孩子放在床中央，季歌脫下鞋子，也坐到床內，邊逗著孩子邊說著話。「大娘想讓花大哥娶秀秀，我今兒跟餘嬸說了這事，明晚秀秀和二朵回來，餘嬸再問問秀秀的意思，依我看吶，八成能行。」

「秀秀和長山？」大郎聽著，愣了一下，然後笑了。「這是好事，能成事就是天大的好事了，對大娘和餘嬸來說，都能安心踏實。」

季歌在心裡粗粗算了算。「差不多就是明年這個時候能成親，到時，可以說說二朵的婚事，明年她就滿十一歲，日子過得快，差不多也能慢慢尋摸著。」

「時間過得可真快。」大郎忽地想起，當初媳婦剛嫁到劉家時的景況，那會兒的劉家啊，家徒四壁，真的是要什麼沒什麼，連溫飽都有些勉強。「媳婦，妳來劉家時，二朵都沒滿七歲呢，轉眼，咱們就談起她的婚事來了。」

季歌低頭看著正在愉快玩耍的兩兄弟，嘴角上揚，心裡暖洋洋的。「當時還真沒有想到，會有現在的幸福生活。」

「往後啊，會過得更好。咱們家，會越來越好。」大郎握緊了媳婦的手，這並不是誇海口，而是實打實的真話，他有這個自信。

季歌笑盈盈地看著丈夫。「嗯，我相信。」頓了頓，又說：「明年春上，得讓阿桃進錦繡閣，不能再耽擱她了。」

「我覺得……」大郎想了想，才繼續說：「妳先問問阿桃，到底想不想進錦繡閣，總覺得，她好像不是那麼積極。」

季歌愣了下。「以前我問過她，她是很想進錦繡閣的，難不成現在不想了？」語氣有點納悶。「我再尋個時間好好問問她。」

「嗯，妳仔細問問。」大郎知道媳婦把這唯一的妹子看得很重要，愛屋及烏地他也把阿桃當成妹子看顧著。

兩夫妻說得正認真呢，康康握住爹爹的一隻手指，輕輕地扯了兩下。大郎低頭一看，對上康康烏溜溜的大眼睛，立即軟了心坎。「康康。」

「喲，安安睡著了。」季歌低頭一看，一下就樂了，大郎抱著康康輕手輕腳地給他脫小衣裳，季歌湊近腦袋，在康康的臉上親了口。「康康真是個好哥哥，又乖又懂事。」

康康躺在爹爹的懷裡，在爹爹給他脫衣裳的時候，就迷迷糊糊地睡著了。兩個孩子呼呼大睡，兩個大人也沒什麼可說的，吹了燈，躺進被窩裡，很快就睡著了。

隔日吃過早餐，趁著兩個孩子在睡覺時，季歌去了趟天青巷，花大娘一直惦記著這事呢，見到季歌過來，尤其是見到她滿臉的笑容時，心裡鬆了口氣，略顯急切地小聲問了句。

「可是成了？」

「嗯，餘嬸那邊相當滿意，今兒個晚上秀秀正好會回來，她說再探探秀秀的口風，畢竟成親後，兩口子往後還有大半輩子要過呢，總要方方面面都如意了。」季歌端著茶，喝了口，輕聲細語地說著。

花大娘很是贊同。「就是這麼個理啊，日子還得他們自個兒過，咱們就是千萬個好，但凡他們覺得有點不恰當，這事也就不美了，兩口子心不在一塊兒，往後怎麼齊心協力過日子？」

「大娘說得是，餘嬸也是這麼想的，您倆倒是都想一塊兒去了。」季歌樂得調侃了句。「餘嬸說啊，秀秀真能嫁到花家來，那她也就放心了，心裡踏實安心的呢。」

聽著這話，花大娘笑容止都止不住。「我家長山能娶著秀秀這麼好的姑娘，我這顆心吶，也就踏實安心了，這輩子啊，也就沒遺憾了。」

季歌在天青巷坐了大半個時辰，估摸著安安和康康要醒了，這才告辭回桂花巷。花大娘心裡高興，想著，倘若沒什麼意外，過個一、兩年，她就能抱上大胖孫子，心裡饞得不行，便跟著去桂花巷看安安、康康。

餘氏這一整天，都在琢磨著秀秀的婚事，做生意都有點心不在焉，太陽還沒下山呢，剛進酉時，她就收了攤，匆匆忙忙回家等著秀秀。

二朵和秀秀是酉時二刻歸的家，餘氏心裡惦記這事，連半刻都等不得，就先拉著秀秀回隔壁的餘家宅子，關起屋門娘倆說了好一通話。酉時末，天色將將暗，略顯幾分模糊，屋門打開，餘氏歡天喜地地進了廚房，就算是點著油燈張羅晚飯，她心裡也高興得緊。

晚飯過後，見還有點時間，餘氏興沖沖地去了隔壁的劉家宅子，把季歌拉到一旁，嘀咕了好一會兒，待響起更聲時，才歇話離開。

又是次日吃過早餐，季歌樂呵呵地奔去天青巷，把昨兒個晚上的好消息跟花大娘說了說。如此這般，花長山和餘秀秀的婚事就成了！

父母俱都滿意，男女雙方都同意，花大娘選了個吉利日子，九月十二日這天，特意請了縣城裡名聲最為響亮的媒婆，拎著厚禮，前往女方餘家提親。

消息是由季歌提前告訴餘氏，這日餘氏歇攤，就在家裡等著媒婆上門，秀秀也在家中，並沒有去錦繡閣做事。

秀秀和花長山以前也見過幾面，淺淺地交談過兩句，只是那會兒並不知道，不久的將來，他倆會結為夫妻。這會兒見著，秀秀露出羞赧的神態，白淨的小臉似上了層胭脂般，甚是好看嬌美。

餘氏不著痕跡地瞅了瞅花長山，見他眼裡隱現歡喜和愉悅，心裡狠狠地鬆了口氣，兩口子貼心，日子才能越過越好啊。

納采只是走個形式，男女雙方早就同意議婚。接著便是問名，男方託媒人詢問女方的姓名和八字，準備合婚。這事不是一天就能成的，須得三、五天左右。

九月十五日花家將占卜合婚的好消息告知女方，又言道，下個月十八日是個好日子，到時以雁為禮前往餘家下聘，俗稱訂婚。

測了吉凶，這樁婚事就算是定下來了，倘若沒有意外，明年花、餘兩家就會張羅喜事。

自這日開始，花家該著手準備聘禮，餘家也要花心思備著嫁妝，連秀秀都要忙著給自己繡件漂亮的嫁衣。

大郎和季歌向來把花伯和花大娘當成自己的長輩對待，一直以來花家對劉家也是幫助良多，花長山的喜事，他們這邊合該好好地琢磨琢磨，看到時送什麼禮合適；再者，劉家和餘家關係也好著，這禮得比普通人家還要厚上兩分才行。

不過，這事暫時不著急，也就是先想想，好心裡有個底，平日裡遇著價格合適的好物，可以乘機先買下來擱著，待明年喜事將近，也就不用慌慌忙忙地想著法子尋禮。

透過這事，季歌想起另一件事。「大郎啊，咱們家，二朵和阿桃年歲相近，三朵說是小，日子過得快，也是眨眼的事，如今手頭寬鬆些，是不是該慢慢地給她們仨攢點嫁妝？」二郎是男孩，聘禮一事他自個兒能處理。

「我聽說，一般人家，都是從小開始給閨女攢嫁妝，一點點慢慢攢著，待出嫁的時候，也就攢得差不多了。」大郎想著，又說：「妳說得也對，眼下手頭寬鬆些，看著合適的可以慢慢攢著，這樣一來花錢也不大顯，要真到婚事有了眉目才準備，一時間說不定錢財都得緊張了。」

「媳婦。」大郎把媳婦摟在懷裡，親了親她的額頭。「她們三個姑娘的嫁妝，就備一百兩吧，等後面生活好過些了，壓箱錢多給點也是差不多的。」

二朵和阿桃年歲近，大約四、五年左右就會出嫁，用一百兩銀子辦嫁妝，再加上壓箱錢，算是很不錯了。三朵要久點，那時候，也不知劉家是個什麼光景。那時候……大郎想著三朵，那時候的三郎說不定能考取功名，三朵的婚事，就是另一個模樣了。

季歌聽著大郎沒分彼此的話，心裡特別地高興，甜滋滋的。「嗯。都聽你的。」

「不對，媳婦我剛想了想。」大郎猶豫了下，還是和媳婦說了。「等著三朵到年歲時，三郎該有出息了，那時候怕會有些不一樣，三朵的嫁妝先緩緩吧，沒得到時用不上。」

季歌想了想，也對，好像心急了些，少說也還有八、九年呢。「也對，你不說這事，我都給忘了。」

第七十六章

九月下旬，天氣不大好，斷斷續續的一直在下著雨，整整一旬，都籠在陰沈沈的天氣裡，沒見半點陽光，屋裡屋外都顯得格外潮濕。別說早晚，便是白日裡，那炭盆也不能熄，大人還好，主要是怕兩個孩子受不住，凍著了可怎麼是好？

清岩洞今年有不少人家燒窖炭，還把多的運到縣城來賣，清岩洞四面環山，別的不多，樹木管夠，當然也不是胡砍亂伐，是有一定的規矩，這事村長和里正管得相當嚴格。知道劉家有兩個嫩娃娃，家裡炭木需求大，清岩洞那邊特意給他們運了好幾車過來，價格比市面要便宜兩文，很是實惠。

十月初，難得沒有下雨，陰沈沈的天，颳著寒風。天冷寒氣重，怕凍著安安和康康，兩個孩子穿得厚實，笨重得跟顆小包子似的，都不能愉快地隨意翻滾玩耍，康康還好，安安就顯得有些蔫。好在花瑩帶著亮亮回娘家，下午就來桂花巷，有了伴後安安總算歡喜些。

大人們在花廳裡圍著炭盆，邊嚼著零嘴邊說話，三個小娃娃就窩在舒服的竹榻裡咿咿啞啞地嚷嚷，氣氛正好時，噼哩啪啦的敲門聲傳來，很是響亮刺耳，洪婆子匆匆忙忙地起身出了花廳。

一會兒的工夫，就見一朵踉蹌著跑進來，臉色煞白，眼底堆滿了慌亂和無措，剛踏進花廳廳，像抓著最後一根救命稻草似的，抓住了季歌的手臂。「阿杏，咱爹出事了，出事了，這會兒被送去了普濟堂。」

「洪大娘端杯溫開水給我大嫂。」吩咐了句，季歌握緊了一朵冰冷的雙手，沈著聲音安撫著。「大嫂妳莫慌，慢慢說，到底出什麼事了？」

待洪婆子端了杯溫開水過來，季歌接過溫開水，又吩咐著。「妳拿些銀子趕緊去趟普濟堂，等情況穩定了妳再過來。」說著，衝著小妹喊。「阿桃，取了我的鑰匙去拿些銀子給洪大娘，快，妳也跟著一併去。」

她倒是想去，可是家裡還有兩個嫩娃呢，再者，一朵的狀態也不好，還得先安撫她，再問問到底是怎麼回事。花瑩母子也在這裡，椿椿件件的想下來，只能讓洪婆子帶阿桃先去普濟堂。

「好，姊姊放心，普濟堂那邊有我和洪大娘呢。」阿桃接過鑰匙，脆生生地應了句，三步併成兩步出了花廳。等拿好錢，把鑰匙還給姊姊，和洪婆子迅速出了宅子。三朵想了想，腿都伸出去了又縮回來，她還是待在家裡吧，她得顧著大嫂和兩個姪子。

屋裡擺了炭盆，很是暖和，一朵喝了幾口溫開水，整個人慢慢緩過勁來。「爹午間回家吃飯，走在田埂小道上，腳打了滑，摔進旁邊的溝渠裡，腦袋磕在了石頭上，身上還骨折了好幾處。」

說著說著，一朵慢慢哽咽起來，眼淚嘩啦啦地掉著。「爹是累壞了，要是擱平日裡，他定能反應過來，不至於摔得這麼狠，這回是被累狠了。地裡的活，都是爹和有倉在忙活著，二弟心裡積了股怨，整天地不見人，我得帶著兩個孩子，娘張羅著家裡還要管著二弟妹，三弟和四弟整日就知道玩。

「爹這麼一摔，馬上就要忙秋收了，全部的活都得落在有倉身上，上個月雨水太多，有倉夜裡都睡不踏實，時常得起來去田裡看看；爹摔得這麼重，掏空了家裡還不知道夠不夠呢！今年光景不大好，佃來的田收成不行，這個年都不知道能不能過著。」一朵心裡壓了太多的事，一個沒留意，順口就全說出來了，實在是太苦了。

「大妞上個月底就不大舒服，一直在咳嗽，吃了好幾個土方子，好是好一點了，可夜裡睡著，還會時不時地咳著，整個人都瘦了一圈，沒半點精神，我心裡慌得不行，就怕出什麼事，抱著她去鎮裡看了大夫，這都吃四天苦藥了，也沒見有個好轉。」一朵說著直抹淚。

「我怕傳染給二妞，就央娘帶著二妞睡，可是二妞還小，夜裡鬧騰，娘年歲大了，有些禁不住，後來娘說由他們帶著大妞；可是昨兒個，我聽見娘也咳起來，我慌得不行，就想著今天過來縣城一趟，沒想到爹會出事。」

「娘和大妞過來沒？大嫂妳該早點帶大妞來縣城的。」季歌聽著，心提到了嗓子眼。

一朵搖著頭。「沒來，娘在家裡帶著大妞和二妞，還有二弟妹呢。」

「這不行！」季歌騰地一下站了起來。「得讓大郎把娘和大妞接來縣城，看看到底是怎麼回事，讓二嫂先回娘家住幾天；至於三弟和四弟，把他們一併帶來縣城，不管怎麼說，先緊著娘和大妞，還有爹的傷。」季有糧管他是死是活。

「我帶亮亮先回天青巷，然後我再去趟倉橋直街，讓大郎回家一趟。」一旁花瑩突然出聲。

這時季歌也沒多客氣。「好，麻煩瑩姊了，我這邊還真騰不出手來。」

「咱一家人不說兩家話，有什麼麻不麻煩的，我先過去了。」花瑩抱起亮亮風風火火地出了花廳。

三朵見安安和康康不大開心，忙湊到竹榻旁逗著他倆玩。

很快大郎關了店鋪回來了，季歌簡短地把事說了說，大郎二話不說，稍稍拾掇番就租了輛馬車出城。

大郎前腳剛走，後腳洪婆子就回來了，邊喘著粗氣邊說話。「夫人，老太爺那邊情況還算好，出不了什麼大問題，就是得好生養著，年紀大了比不得小夥子。」頓了頓，又說：「我買了筒子骨，這會兒就去燉著，多喝幾天湯湯水水的，會好點。」

季歌連連點頭，心想還好家裡雇了個婆子。「洪大娘妳燉好骨頭湯，讓三朵看著點火候，妳先去把廂房收拾出來，一會兒我娘他們會過來，還得讓妳帶著我娘和大妞去趟普濟堂。」

「欸，好。」洪婆子應了聲，和三朵去了廚房。

當天下午大郎把季母、大妞和二妞接到縣城後，立即送季母和大妞去了普濟堂，大夫仔細把了脈，檢查了番，各開了四包藥，每日兩次，三碗水熬成半碗趁熱喝下。四天後，季母和大妞都止了咳嗽，人也精神不少，尤其是大妞，小孩子恢復快，生龍活虎、勁頭十足，家裡的大人懸在嗓子眼的心可算有著落了。

四天的時間，季父那邊情況不是特別好，畢竟年歲大了，身子骨弱了些，暫時只能待在醫館裡，還不能挪動。大夫說，依這情況來看，須得在醫館精心養上十日方能挪移。

原先是有倉和一朵輪流守著，後來季母精神好些了，便是三人換著來。中間季歌去看過兩回，大郎早晚都會去看看，費用方面，季家暫時能撐住，只是真的將家底都給拿出來了，甚至連棺材本也都掏出來了。

在季母眼裡，錢財沒什麼，只要人好好的就行。大半輩子都過來了，別臨了到老，卻餘她一個人過，便是守著再多的錢財都是空的。她這回是嚇壞了，時不時地會罵二兒子，大抵意思就是，往後老二是死是活都不管他了，這是造的什麼孽，生了這麼個寒心窩的兒子，白費這麼多年的糧食。

整整十天，直到季父能挪動，見沒什麼大礙，季母收拾好準備歸家時，季有糧都沒有出現過。季母罵罵咧咧好幾日，後來她就沒有再罵，那是打心眼裡對這二兒子死了心，這回真的是傷透了心。

「娘再住個兩日吧，穩妥些。」一聽說娘準備回家，季歌讓阿桃和三朵看著孩子，連忙跑去廂房。「家裡有大哥、大嫂在，定會拾掇得妥當，用不著您操心。再說，大夫說了，爹這身子骨得細養著，在家裡不比在這裡方便，多住兩日穩妥些。」

家裡伙食確實沒有這邊好，季母聽著有點心動，錢都花光了，回家後，得勒緊褲腰帶過，就是想把伙食搞好點，也是心有餘而力不足。只是，在女婿家好吃好喝打擾了整整十天，她心裡著實有點不是滋味，特不自在，老臉有些臊得慌。唉，家醜都揚到女婿家來了。

「那我帶著兩個小的，就在這邊再叨擾兩日。」思來想去季母到底是沒有拒絕，都到這地步了，索性就不要這張老臉了，總得把老伴顧好，別落了病根。

有倉夫妻倆在縣城待了五天，眼看地裡積了一堆活，沒法子，他倆只好回家緊著農活。老三和老四也給帶回去了，季母放了狠話，這兩個要是再偷懶耍奸，就甭給他們吃飯，讓他們餓著，什麼時候懂事了什麼時候再給吃的。

老三和老四平日裡躲懶慣了，聽了這話千萬個不願意，可季母下決心要整頓兩個兒子，就怕他們越長越歪學了老二的壞。知道大兒木訥鎮不住兩個調皮的兒子，還特意跟一朵說，讓她別顧及自個兒，放手管教兩個小叔子，來狠點，她絕不說半句。

夜裡大郎回家時，發現丈母娘對自己越來越和藹，說話的時候，眼裡的笑跟春風拂面似地透著暖意。他稍稍一琢磨便知是怎麼回事，心裡有些暗暗欣喜，忙裡忙外地張羅，總算是換來了一份溫情，想來媳婦也會很開心。

「媳婦，妳發現沒，娘現在看我，比待有倉還要熱情兩分。」大郎躺在床上，摟著媳婦軟軟的身子，心裡滋生一股久違的滿足感。

這兩天不知怎麼回事，安安和康康忽地又願意睡嬰兒床，可把大郎高興壞了。

季歌眼角眉梢都透著笑，理所當然地答著。「那是自然的，出了事，是你這個當女婿的在撐著，比兒子頂事多了。」難免露出些得意神態。

大郎見媳婦歡喜了，他心裡美得有些找不著北。「我看娘對大妞和二妞也上心了些。」

「應該是看開了。」季歌想了想應著，又說：「大郎我心裡有個想法。」言語間帶著猶豫。

大郎親了親媳婦的下巴。「媳婦想說什麼便說，我都無妨的。」在他心裡，最最重要的便是媳婦了。

「經了這事，季家算是掏空了，爹往後也不能太勞累，二哥又是那般模樣，三弟和四弟能不能教好還是未知數，家裡算是要靠著大哥和大嫂撐著，那麼大一家子，他倆肯定吃不消。」季歌邊想邊說著。

「確實是這麼回事。」大郎接了話，認真道：「媳婦我跟妳說，這兩天我也在琢磨這事，妳有什麼好法子沒？」

季歌想來想去，也沒什麼更好的法子。「這樣吧，跟清岩洞那邊說一聲，做果醬的法子，我要教給娘家。」清岩洞那邊對劉家很上心，來往甚是密切，情分這東西越深越得注意點，通知一聲，好讓那邊心裡有個底。

「這法子不錯，就是成本可能要高點。」家裡沒有果樹，得買各種果實做果醬，利潤相對的就小了些。大郎想，有總比沒有好。

「還有呢，」季歌也想到這點。「村裡家家戶戶都會種兩棵杏樹、梨樹或柿子，到了季節，這幾樣水果會很便宜，勤快一些，也能掙些錢財。」說著，停了會兒，才繼續道：「第二呢，我想著，咱們先借點銀子給季家，佃田總歸不是長久之計，不如自己買些良田，加上果醬的收入，只要吃得了苦，慢慢的日子也就能好起來。」

大郎有點意外，媳婦竟然想到了這分上，心裡頭高興極了，抱住媳婦胡亂地親了兩口，喘著粗氣說：「行，就按媳婦說的，這法子特別好。」

一激動，興致就上來了，沒心情說這些瑣碎事，美滋滋地享受春宵一番。

又過了兩日，氣溫是越來越寒冷，才十月中旬，就有種隨時會飄雪的錯覺，今年的冬天好像來得格外早呢。

季歌思索著，明兒娘又該說起回家的事，趁著這會兒空閒，屋裡只有她們娘倆，便說起那夜和大郎說的話。

三朵和阿桃帶著大妞、二妞在廂房裡和安安、康康玩，多了兩個小夥伴，安安、康康可開心了，那笑聲，就算在花廳裡都聽得清清楚楚，聽著心情格外地舒坦愉悅。

見季母久久不語，季歌遲疑了下。「娘，這事我和大郎都商量好了，眼下家裡寬鬆，總不能看著你們過得緊巴艱難，擔子都壓在大哥和一朵身上，他們還年輕著呢，別早早地就給累垮了。」

「這事啊，我得跟妳爹說說。」季母眼睛發澀，喉嚨裡如同卡了根魚刺般。她是怎麼也沒有想到，在家裡最艱難的時候，竟然會是出嫁的大閨女伸手幫襯著。她是從來沒有想過嘴裡口口聲聲的賠錢貨，有一天會比兒子還要可靠，一時間，千百種滋味湧上心頭。

「欸，我就是跟娘說說我們兩口子的想法。」頓了頓，季歌把有些話又吞回肚中，要說出來的話，總有種說不出的彆扭感，還是別說了吧。

季母含含糊糊地嗯了聲，沒說別的話，匆匆忙忙跑出了花廳。

季歌卻是清清楚楚地看見，季母盈滿淚水的眼睛，那是哭了嗎？瞬間，鼻子有些酸酸的。唉！

最終，季父和季母接受了大郎和季歌的心意，向他們借了十五兩銀子，很是認真地讓三郎寫了張借據。關於果醬的法子，季母也承諾著，除了大兒一家，絕對不會讓旁人知曉，她還正兒八經地寫了份契書。

季父和季母帶著大妞、二妞離開的那天，是十月二十日，待到了晚間即將響更那會兒，這天吶，竟然飄起了鵝毛大雪，剎那間，安靜的胡同，一下就熱鬧起來，鬧哄哄的，透著股心慌。

尚未立冬，就飄起了鵝毛大雪！這個年，怕是要難過了。

隔日一早，洪婆子買完菜回來，邊搓著凍僵的手邊哆嗦著說：「夫人，菜都漲價了，那木炭漲得飛快，幸好家裡存了一季的炭。」她家託東家的福，也早早地就存好兩車炭，在清岩洞鋪子裡買的，也是比市面少了兩文一斤的實惠價。

「這雪不知什麼時候才停，估摸著菜價還得漲，洪大娘這會兒有點空閒，妳要不要回家一趟？」季歌善意地問了句。好在家裡的後花園栽種了些菜，便是菜價漲得再高，也影響不了多少。

洪大娘確實憂心著家裡，聽著這話，連連點頭，也沒多推託。「多謝夫人，我且回家看看，午時前定會趕過來。」

飄了一夜的大雪，這會兒是辰時末，那雪厚得，都有一指深了。

這樣的天氣，鋪子裡沒什麼生意，傍晚大郎早早地就關了店門，回家守著炭盆陪著媳婦、兒子嘻鬧。

「家裡的炭雖夠，柴木卻不足，看這情況，得再備些柴木。」季歌一整天都在想著這事，今年這天氣太反常，別成了雪災，該準備的還是早點準備著，就算是想多了，也好過真到了緊張的時候，再要準備就更難了。

這事啊，大郎心裡有底。「柴木的事，明天上午我出趟城，去旁邊的村裡買兩車回來。糧食的事，今天回來的時候，我已經去清岩洞的鋪子裡說了聲，他們會留些糧食給咱們，還有各種乾貨，等這雪停了，就拉過來。」

「下這麼大的雪，山裡都封了，等鋪子裡的存貨賣完，就讓他們來咱們家住一段時間，等山裡路通了再回家。」

「我都跟他們說了。」大郎笑著應。

自己想的丈夫都想到了，並且辦得妥妥當當，季歌心裡甚是歡喜，這樁心事解決，又想起另一事。「這樣的天，二郎他們還在外面呢，也不知是個什麼情形。」這才是最最令人擔心的。

第七十七章

大郎沈默了，怔怔地看著窗戶發呆，厚厚的窗紙朦朧了視線，只能依稀瞅見一片白色，可見那雪有多大。他腦海裡閃現一個模糊的想法，待二弟他們歸家後，便和他們商量一二，他心裡清楚，八成是說了等於白說，縱使這般，他還是要開口。

「說不定明天雪就停了，眼見今年冷得早，商隊應該會早早返程，他們走南闖北地成了習慣，面對意外，應也有相應的對策。」見丈夫久久不語，季歌心知他這會兒怕不大好受，柔聲說著寬心的話。

大郎把目光落到了竹榻上，竹榻裡墊了厚實的毯子，又擱了件暖和的褥子，安安和康康就睡在裡頭，兩個孩子睡得相當好，胖嘟嘟的小臉白裡透紅，更添幾分可愛。他癡癡地看著兒子，思緒有些飄忽，似是在喃喃自語地道：「大抵是有了兩個孩子，忽地就少了股闖勁，瞧著外面的大雪，就想著等二弟他們這趟回來，好好地商量，往後莫跟著商隊跑貨，把鋪子改了，做點別的營生，少掙點錢沒事，只要一家子都在，平安健康就好。」

「現在的日子挺好過，把鋪子改別的營生也行。」季歌打心眼裡就比較偏向大郎的想法，跟著商隊跑貨，一走就是半年，讓人心裡不踏實，眼下生活穩定，改做點別的營生也好。「其實我那糕點還是挺掙錢的。」只是，鋪子是合三人的力買下的，倘若做糕點生意，有點不大妥當。

大郎想的是另一樁。「『用心經營』咱們做得不錯，在縣城裡也積了點名聲，認真拾掇著，也可以整成一支隊伍，就跟佑哥那隊一樣。初期雖艱難些，等有了一定的規模，接的都是大活，相對來說還算輕鬆，就是人手要仔細挑選，各方面的工匠都得有，到時掙的錢財，雖沒有跑商多，也差不了多少。」

「也對，『用心經營』就這樣扔著怪可惜的，等二弟他們回來，你再和他們說說，從長遠來看，壯大『用心經營』要更靠譜些，跑商……到底是存了風險。」季歌點到即止，並沒有往深裡言說，現在一家子都在憂心二弟他們的安危，這節骨眼上再說某些話，就有些太白目了。

屋裡的其餘三個，雖說沒有插話，可一個個都豎著耳朵在聽。季歌發現了，沒有出聲阻止，阿桃來年就是十歲的姑娘，雙胞胎眨眼也都八歲了，這年歲說小不算小，他們想知事，便讓他們聽著，早早地樹立起思維也是好的。

「等雪停了，我去趟柳兒屯吧。」大郎有些擔憂，坐馬車的話，一來一回耽擱不了多久，他過去看看，也好放心點。

季家那邊的情況不大好，又碰著大雪天，季歌點著頭。「去看看也好，這下子想買田，怕是有些難了，價格會再往上漲吧？」

她不大瞭解這些，只是覺得如此反常的氣溫，糧食都漲了，那田地的價格估摸也會有些變動。

「置辦田地的事，倒也不急在這一時。」大郎想著季父的傷，便問著媳婦。「天冷，多買兩根筒子骨擱著也無事吧？再去普濟堂問問，買些滋補的藥材，別落了病根。」

季歌想了想。「多了也不成的，就買三根吧，耐放的滋補藥材適當地多買點，他們那邊大約是不會備著面脂，到時你拿三盒過去，這麼冷的天，硬扛著，也怪受罪的。」

兩人輕聲細語地說著家常，三朵和阿桃看著是在認真地打絡子，卻特別地緩慢，注意力全擱這邊了；三郎也是，手裡拿著書，說是在溫書，也不知道他看進了幾個字。火盆裡的炭添得足，屋裡熱呼呼的，窗戶特意支了條細縫讓空氣流通，隱約能聞見，雪的清新冷意，帶著透骨的寒。

見時辰差不多，瑣碎事也說完了，飄雪的夜，大郎支了個燈籠，送著三個孩子回廂房，然後才回花廳裡，把睡著的安安緊攏在懷裡，右手提著燈籠，季歌則是雙手把康康護在懷裡，夫妻倆慢悠悠地回了東廂。

次日醒來時，放眼望去白茫茫的一片，昨夜又是一宿大雪，好在清晨這會兒停歇了，就盼著別再下雪，早點出太陽把雪給融了，這麼厚的雪，沒兩天太陽也融不乾淨呢。

大郎沒有急著去鋪子裡，拿了工具清掃著宅子裡的積雪，洪婆子年歲大了些，讓她一個人清積雪，難免有些不厚道。

餘氏難得的沒有擺攤，早早過來了劉家，緊皺著眉頭，看那眉頭都能夾死蚊子，眼底是掩飾不住的慌亂焦躁。

「下這麼大的雪，阿瑋他們在外頭，也不知是怎麼個情況。」

「商隊走南闖北多年經驗豐富著，遇著這種意外，定有妥當的對策，餘嬸您別想太多，二郎他們機靈著呢，手裡又有錢，總不會虧了自個兒。」季歌笑著安撫，聲音刻意放緩了些，沈沈穩穩的。

餘氏聽著這話，多多少少要踏實了點，可這顆心吶，還是七上八下的。「妳說，他們什麼時候會回來？」

「十一月應該會回吧。」季歌也不太確定，又道：「今年尚未立冬就飄了場大雪，想來商隊裡的管事也知道，年景不大妙，應該會早些返程。」

餘氏想想，可不就是這麼個理。「這雪總算是停了，院子裡除了走道，其餘的地方我都沒有清掃，那雪厚得，我比了比，都到小腿肚了。我活了半輩子，還是頭一回見著這樣的雪天，下得可真大，不知老天是怎麼想的，整得這麼怪異，鬧得人心慌慌。」

「這就得問老天了。」季歌笑著調侃了句，問道：「餘嬸您家裡存足了炭木、柴禾沒？糧食也得存些，也怕萬一。」

餘氏連連點頭，笑得有些合不攏嘴，滿臉的歡喜遮都遮不住。「存了！昨天傍晚長山就送了一車炭木、柴禾過來，還有兩袋糧食呢。」這女婿她是越瞅越滿意，多好的親家，秀秀算是落福窩裡了。

正說著話呢，就見大郎走了進來。「餘嬸。」先是喊了句，視線看著媳婦。「我出門一趟，長山在外頭等著我呢，說帶我去拉柴禾。」

「長山在外頭啊？」一聽自家女婿的名兒，餘氏就坐不住了。「咋不進來坐坐？喝口熱水再出去也不遲啊。」嗓門扯得大聲。

外頭的花長山聽見了，走了進來，大大方方地喊。「餘嬸，我剛敲了門，等了會兒沒人應，以為您擺攤去了。」

「沒呢，快進來坐著，喝杯熱茶再走啊，這是要去哪兒拉柴禾？可得當心些。」餘氏輕聲細語地叮囑。

花長山擺了擺手。「熱茶回來再喝也不遲。就是城外的農家，是給酒樓裡送蔬菜的，買他家的柴禾比市面上便宜些，這會兒雪停了，早點把柴禾拉回來妥當。」

「欸，說得也對，趕車慢著點兒，路滑呢。」餘氏樂呵呵地上下打量著女婿，見他穿得厚實，也就放心了。「快去吧，趁著這會兒雪停了。」

大郎和長山出了桂花巷，又去了趟大康胡同把白文和喊上。花長山昨兒特意問了那農家，說家裡柴禾不夠，可親戚家裡還有，滿打滿算還能賣出兩車。

上午把瑣碎事理清了，下午大郎準備去趟鋪子裡，沒想到，剛吃過午飯，又飄起了雪，密密麻麻的小雪，那景觀好看歸好看，卻是愁死人了。

臨近傍晚雪勢變小，輕盈地飄著，挾了些微微的寒風，刺骨的冷，仔細瞅瞅，就能發現挾了些細雨在飄。

雪停停歇歇，時大時小又時不時的挾些雨，屋裡很是潮濕，衣服拿在手裡，像是能擰出水來似的，換洗時，只能先烘一會兒，等熱呼了才能上身。炭盆不僅一刻都熄不得，炭還得添足了，稍放得少點，屋裡不夠暖和，也能把人冷得夠嗆，往年的寒冬臘月都沒這般難熬。

時間緩緩進了十一月，眼看要立冬了，陰霾了大半個月的天氣，總算是放晴了！壓在胸膛的一口氣，可算是呼出來了。

就在短短的二十多天裡，縣城的物價漲了不少，尤其是蔬菜、炭木、柴禾、衣物等，這些冬日裡的必需品，猛地漲價到一個不可思議的程度，好在劉家都備著了，家裡的菜園，就算是雪天也被照料得很好，管著一家子蔬菜用度還是夠的。

晴了足有三日，立冬那天也是個晴天，積雪全部融化，都說下雪不冷融雪冷，就算是晴天，有著太陽，外頭也是格外的寒冷。積雪融化後，在劉家住了十來天的幾個鄉親們，耐不住了，紛紛告辭，準備置辦些年貨，急急地往清岩洞趕，就怕晚了，又下雪把山封住怎麼辦？

原本村長和里正他們也想過，清岩洞在山溝裡，出入不大方便，到了冬天山被封住後，鋪子裡的生意怎麼辦？有過這層思慮，他們早早地就開始往鋪子裡存貨，只是沒想到會遇著大雪天，還是連著數日地下，存的貨很快就賣光了，還狠掙了筆，這下子，今年冬天鋪子就是想開也沒貨可賣，倒不如回家過個喜慶年。

晴朗的好天氣有整整一旬，進了中旬，開始飄起小雨，淅淅瀝瀝的小雨，沒日沒夜地下著，叮叮咚咚的自然奏樂，其實要季歌來說，還是挺好聽的，她個人挺喜歡雨聲，聽著聽著，一顆心就會特別的沈靜，格外的舒服。

餘氏卻是相當地煩躁，覺得這雨聲著實惱人，眼看就要到月底，兒子怎麼還沒有回來？碰到這麼個雨天，路上不知道得吃多少苦。她也沒心思擺攤了，整天窩在劉家宅子裡，要不是有季歌聲聲安撫著，早就要崩潰了。在煎熬的等待裡，餘氏暗暗下著決心，待兒子回來後，定不讓他再跟著商隊出遠門！

屋裡擺著一個炭盆，離床有些距離，用了個木架罩住，上面鋪了些衣裳烘乾。季歌坐在床尾，安安和康康坐在床頭，被子摺疊成豆腐塊擱在角落裡，床上散落著各種布偶，有老虎、小雞、鴨子、狗狗等，還有好幾個湯婆子，就怕凍著這兩兄弟，在床墊上又鋪了層厚厚的褥子。

五個多月的時候，兩個小傢伙就學會坐著，就是坐得不大穩當，如今六個多月，已能穩穩當當地坐著，也不知怎地，就愛玩扔東西的遊戲，若不陪著玩就哭哭鬧鬧，反正不得安靜。

近幾日，屋外下著雨，也不好外出，季歌拿兩個兒子沒辦法，只得帶著他們在床上折騰著，陪他們玩扔布偶的遊戲。因離炭盆遠了點，怕凍著他們，這才特意訂製了幾個湯婆子，又怕燙著他倆，還特意縫製了幾個布袋子裝著。玩了會兒，就抱著他們顛一會兒，活動活動讓身上暖和些。

如此這般，兩兄弟倒是越發地喜歡窩在床上，實在是太好玩了！就連晚上睡覺時，到床上又立即精神了，總得玩上一會兒，才打著哈欠乖乖睡覺。晚上大郎在家，他們爺仨玩，大郎手勁大，會把他們舉高高，別看兄弟倆年紀小，膽子可不小，被高高地舉起，他們就格格地直笑，很是興奮，小臉樂得紅撲撲，真想咬上一口。

這兩日可能是勁兒越來越大，安安這個不省心的，已經慢慢學會爬了，在軟軟的褥子上爬得歡快，累了就趴著，格格格地傻笑，好像尋著了新的遊戲般，特別地熱衷這事。

季歌是頭一回養孩子，很多事都不大懂，卻聽說過不少俗語，比如三翻六坐七滾八爬，一般的孩子八個月才能學會爬，安安才六個多月，就開始爬著，會不會太快了些？她有些著急，連忙把花大娘喊過來，仔細詢問了番。

花大娘試了試安安的小胳膊、小腿，樂呵呵地笑。說兩個孩子吃得好、長得結實，這是好事，勁兒大著呢，學會爬了也沒事，動得多了，吃得也多，能越長越結實，不用刻意拘著；再說，就安安這性子，想拘也拘不住，不如他的意，他準得一哭二鬧，不達目的不甘休。

聽了花大娘的話，季歌心裡踏實多了，同時也很高興，證明她把兩個兒子養得很好呢！可沒多久，緊接著愁事就來了，爬得多了，小腿勁兒也漸漸大了，越發地索利，連扔布偶的遊戲都不玩了，只要她一個沒注意，就一骨碌地爬到床邊，烏溜溜的大眼睛盯著不遠處的炭盆，像是看見了金山、銀山似的，那叫一個閃閃發光啊。

有一回，季歌就是一個打哈欠的工夫，安安的腦袋都懸在床外面了，可把她嚇得夠嗆，立即把孩子拎回床內，虎著臉教訓他一頓，舉著手還想打他幾下來著；卻見安安把眼睛瞪得溜圓，直愣愣地盯著她看，抿著小嘴、鼓著臉，握緊了拳頭，像是不服氣似的。

季歌一肚子的火頓時洩得一乾二淨，把安安摟在懷裡，真是不知道拿他怎麼辦才好。望著旁邊安靜乖巧的康康，頭疼地想，要是安安能有康康一半乖她就省事省心多了，唉！真是前輩子欠的債吧。

自這回的心驚肉跳後，帶著這兩個孩子，季歌是打起了十二分的精神，半點都不敢分神，眼瞅著孩子漸大，好奇心又重，看到什麼都想探索一番，她有了足夠的心理準備，往後的日子怕是有得捱了。

進了十二月，安安和康康滿七個月，眼看就要到臘八，才晴了沒兩日，天氣忽地又陰霾了，估摸著是下半夜飄起了小雪，早上起來時，地上已覆了薄薄的一層雪，一下子就冷了許多。這天冷得有點突然，就算穿了厚襖子燒著旺火，阿桃和三朵還是染了風寒，洪婆子帶著她倆去普濟堂，回來告訴季歌，普濟堂擠滿了人，好多人都染上風寒呢。

季歌聽了這話，把安安和康康看顧得更加仔細嚴格，心裡暗暗地想，今年這天氣可真怪異，別鬧了天災才好呢，生活才剛剛安穩，別又起了動盪，希望是她想多了。

臘八這天，應該要煮臘八粥，清早花大娘過來時，說今年年景有點怪，心裡有些不踏實，想去廟裡拜拜，問她去不去。

季歌想都沒有想就應了這事，反正飄著雪呢，開了鋪子也沒生意，就讓大郎在家裡看著兩個孩子。

劉、餘、花三家一起出門後，又去了大康胡同，邀了白家婆媳倆，五個人拎著籃子踏著風雪去了城外的北山寺，那是當地有名的寺廟，直到去了寺廟，她們才發現，廟裡是人山人海地擁擠呀，看來不少人跟她們有著相同的心思呢！

折騰了整整一個上午，才一身狼狽地從寺廟裡出來，回到家時，五人都快凍僵了，不知是身子骨好呢，還是預防做得好，意外地沒有染上風寒，都挺精神抖擻的。

花大娘和餘氏以及白氏她們三個卻唸唸有詞地說，這是菩薩保佑，菩薩定是聽到她們的心聲了。餘氏想著自己的心願被菩薩聽到了，惶惶不安的心瞬間就踏實了，她的兒子一定會平安歸來。

第七十八章

初九的傍晚，冬日裡天黑得特別快，晚飯剛過就一片漆黑，洪婆子現在都不在這邊吃晚飯，麻利地做好飯菜，收拾好便匆匆忙忙地回家。

季歌正在廚房裡洗碗，聽見拍門聲，有種莫名的熟悉感，她心裡一緊，來不及細想，人就奔出了屋，走進風雪裡，快步打開大門，一看，果然是二弟，當即就鬆了口氣，露出歡喜的笑。「你可算回來了，快回屋裡。」說著，側頭朝屋裡喊。「二郎回來了，二郎回來了！」

「大嫂。」二郎的手撐著冰冷的牆壁，模糊的視線裡，看見了她的笑容，比掛在門口的燈籠還要溫暖，他狠狠地鬆了口氣，輕輕地喚了聲，然後，眼前一黑，倒在了雪地裡，他終於回家了。

一聲悶響，把季歌給驚著了，她看著倒地的二郎，有那麼一瞬間腦子是空白的。「二弟？二弟?!大郎快出來，你快出來啊！」可別出什麼事啊！她聲音不知不覺中帶了些哽咽。

大郎一陣風似地衝了過來，一把將二弟抱起。經過短暫的緩衝，季歌很快冷靜下來，她沒有跟著回屋，而是對著大郎喊。「我去天青巷找花大哥，讓他帶著我去普濟堂找大夫過來。」

「我去。」大郎大聲喊著，腳步沒停，跑得更快了。「我把人放屋裡，我去喊，我腳程比妳快，妳在家裡看著。」聲音還沒散盡呢，大郎就迅速地衝了出來。「妳去屋裡看著，先看看二弟是怎麼回事，我去找大夫。」

「也對、也對。」季歌隨手關緊大門，匆匆跑回廂房。

三郎和三朵站在床邊，聽見動靜兩人齊齊回頭看，眼裡有著緊張惶恐。

季歌安撫了句。「沒事的，沒事的，這屋裡冷著，你們先去燒個炭盆過來，三朵啊，妳去屋裡陪著阿桃幫我看著安安和康康。」

「好的，大嫂。」三朵點著頭，擦了把眼淚，跑回花廳裡。

三郎很快端來了一個炭盆，裡頭放足了木炭，不消一會兒便燃得旺盛，屋裡一下就暖和起來。

季歌這會兒也沒了顧忌，先緊著這條命要緊，和三郎一塊兒幫著二郎把一身的濕衣裳給換了，這才發現，二郎的腳早已經潰爛得不成模樣，身上也有多處凍傷，她腦子成了一團亂麻，理都理不清了，這都是怎麼回事，到底是怎麼回事？

也就是這會兒，她才想起，阿河兄弟倆呢？阿瑋呢？他們都去哪裡了？怎麼就二郎一個人回來，還是這麼個模樣，路上是不是出什麼事了？她不敢深想，更不敢想像，等餘嬸知道這事後，會崩潰到什麼地步。今天上午餘嬸還樂呵呵地跟她說，有菩薩的保佑，阿瑋他們定能平安歸家，這一天還沒過完呢，就出事了。

等著季歌和三郎把二弟捯飭妥當，大郎就帶著大夫過來，好在他們和普濟堂也算是熟悉，之前和「用心經營」做過幾回生意，後來柳家出事、季父出事，平日裡有點小風寒什麼的，都是去普濟堂，多少有了點交情，才能這麼快把人喊過來。

大夫在裡頭就診，季歌顫抖著雙手，緊緊地握住丈夫的手，紅著眼眶，哆哆嗦嗦地說著。「大郎，這裡頭怕是出大事了，你沒看見，二弟那腿都爛得不成樣子。你說，要是餘嬸知道二郎回來了，阿瑋卻沒有回來，可如何是好？咱們是不是暫時瞞住餘嬸？等二郎醒了，再問問他具體情況？」

「只能這樣了。」大郎想了想，點著頭贊同媳婦的想法，把媳婦抱在懷裡，親了親她的額頭。「莫慌，莫慌，二郎能回來，事情應該不算太糟，還是有餘地的；再說，還有菩薩呢，菩薩會保佑他們的，妳看，肯定是菩薩保佑著，才讓二郎歸了家。」這話他是不大信，卻是眼下能安撫住媳婦最妥當的話了。

十二月十一日清晨，沈睡了一天兩夜的劉二郎總算是醒過來了，高燒雖退了，仍尚餘了些低熱，他的臉色相當憔悴蒼白，眉宇間蘊含的意氣風發全然消失，整個人顯得格外陰沈，如籠了層厚厚的陰霾。

季歌端著早餐進廂房，見二郎怔怔發呆，心裡不大好受，輕手輕腳地走了過去，輕聲細語地說道：「大夫說你現在只能吃點易消化的食物，便做了點青菜肉粥，很是軟糯香濃，吃的時候慢點兒，小心燙了嘴。」

粥碗擱在木桌上，發出細微的聲響，二郎的眼珠子動了下，目光落在了熱騰騰的粥碗上。

「雖說有點燙，慢慢來，趁熱吃，會舒坦些。」季歌見他精神不濟，說話就越發地溫柔和氣。

「嗯。」二郎輕輕地應了聲，聲音低得幾乎聽不見。

季歌知道這是元氣大傷還沒緩過來呢。「能坐起來嗎？不能的話，我讓你大哥過來。」

二郎沒有出聲，輕點了點頭，緩慢地挪動著，季歌在旁邊看著忙伸手幫了把，待二郎靠坐在床頭，她就端起擱在木桌上的粥碗遞過去，二郎伸手接著，吃得很慢很慢，像一個垂暮的老人般，季歌看著有點難受，不知在外面遭了多大的罪呢。

「粥的味道怎麼樣？合口味嗎？有沒有哪裡不舒服，有點兒不對勁你就說出來，你這回傷得太重，得精心細養著，是半點都不能疏忽的。」要是落了病根可怎麼辦？季歌心裡有點發堵，二郎正是最好的年歲，都還沒有成親呢！想著便越發地念叨起來。

二郎聽著大嫂細細碎碎的絮叨，字裡行間全是關懷，他心裡倍感溫暖，一口一口慢慢地喝著粥，耳邊是大嫂的輕聲細語，忽地生出一種說不出的滿足感，通身的疲累和疼痛也就不覺得那麼難捱了。

等著二郎喝完粥，季歌想起大夫的叮囑，拿了碗起身道：「你現在需要的就是多吃多睡，好好養兩天，等恢復了元氣，就能下地走動了，到時候我帶著安安和康康過來看你，他倆現在可鬧騰了，肯定會張著雙手要你抱抱、要你舉高高。」

「好。」也不知是應哪句話，二郎輕輕應了聲，慢吞吞地躺回了被窩裡。

季歌見他睡下了，關好門窗離開屋子，倒也沒急著問發生了什麼事，已經瞞住了餘嬸，緩了三日是緩，再緩個一天半日的也沒什麼。

傍晚大郎回來了，晚飯過後，季歌和他又去看了趟二郎，他這會兒的臉色比上午那會兒要好了些，年輕就是好，恢復得快。說了些瑣碎的家長裡短，季歌藉口說得去看安安和康康，獨留了兄弟兩個在屋裡，心想二郎精神比較好了，應該會和大郎說說到底出了什麼事情。

哄著兩個孩子睡著後，季歌熄了盞油燈，餘下的一盞燈擱得有點遠，床內的光線十分暗淡，她靜靠在床頭，時不時地低頭看著兩個孩子的睡顏，偶爾朝著屋門口看看，心裡暗暗估摸著時辰，少說也有半個時辰了，大郎還未過來，也不知在外頭究竟是出了什麼事。

大郎自西廂出來後，遠遠地看見黑暗中自屋裡透出來的橘黃燈光，似是陽光灑進了心裡般，沈重壓抑的情緒一下就消散不少，整個人也輕鬆多了，腳步輕快地走進東廂，推門而入，恰巧對上媳婦的眼睛，清亮的目光裡，蘊含著絲絲縷縷的柔情溫暖。

「回來了。」季歌輕輕地說了聲。

大郎走到床邊，將睡著的兩個兒子小心翼翼地抱回嬰兒床裡，這才脫了衣服躺進被窩。心知媳婦一直惦記著二郎在路上遇著的事，便飛快地把事情說了遍，怕吵著兩個孩子，聲音刻意壓得很低。

「商隊過麥積山的時候，二弟忽然鬧起了肚子，因為實在是忍不住了，他便和阿瑋他們三個說了聲，悄悄離了商隊，找了個隱蔽的地蹲著，待解決完事，他急忙奔跑著追趕已經消失在拐彎處的商隊。

「眼看就要追上了，卻在這時，一隊人馬突然出現，個個殺氣沖天，擋在了商隊的前面，明顯地來者不善。二弟向來機靈，見勢頭不對，忙躲進草叢堆裡。就是隔得有點遠，他聽不清楚前頭說了些什麼，只看見一會兒的工夫，整個商隊被這隊人馬強行帶進了山裡。

「二弟當時想也沒想就迅速跟了過去，跟了很久很久，等到進了一個挺大的山谷，裡面竟然有個小村落。二弟守了整整一天，商隊和那隊伍進了村後，再也沒有出來過。二弟怕打草驚蛇不敢靠近，見村落裡沒什麼動靜，心裡估摸著這應該就是賊窩，便想著出山找官府求救。

「沒承想他在山裡窩了一整天，如今這般寒冷，就算是年輕小夥子也扛不住。二弟咬牙拖著麻木凍僵的身體，艱難地出了山，到底是沒有挺住倒在了路邊，被好心人救了，醒來後也沒顧及自己身體仍很虛弱，急急到衙門喊了人，等著他帶人進山谷時，村落還在，但是整個商隊和那隊伍卻不見了。」

季歌聽後，沈默了會兒，嘴唇抿得有些緊，蹙著秀氣的眉頭，思索了會兒。「咱們明天把餘嬸喊過來吧，阿瑋他們三個眼下只是情況不明，咱們好生安撫，餘嬸能挺過來的。」

「好。」大郎也是這麼想的，早晚得告訴餘嬸這事。

「明日上午我過去找餘嬸。」

大郎伸手把媳婦摟進懷裡，用力地抱了抱，低著聲音安慰她。「沒事的，餘嬸早年喪夫，多少有點承受能力，會挺住的。」說著想起一件事，又道：「咱們去廟裡給他們點光明燈，一百日的大圓滿，菩薩會保佑他們的，咱們明日下午就去。」光明燈一般是大富大貴的人家才會點，相當地耗錢，只要他們三個能平安歸來，散盡家財又有何妨？

「好。」季歌認真地點頭應了。

夜已深，說了會兒，等事情都有了眉目，倦意頓起，夫妻倆也沒再多說其餘話，熄了燈，相擁著沈沈睡去。

次日清晨，季歌特意起了大早，讓大郎看著兩個孩子，她匆匆去了隔壁的餘家宅子。天氣不好，餘嬸憂心著出遠門的兒子，近來都沒有擺攤做小買賣，見季歌大清早地過來，她還挺納悶的，問了句。「可是有什麼急事？」

「是有些事，想著讓您過去吃早飯，待吃了早飯，再跟您細說。」季歌笑了笑，心裡有點忐忑不安。

「那成啊，正好省了我的事。」餘氏瞧著季歌臉色不大好，默默地嘀咕著，莫不是劉家出什麼事了？仔細想了想，應該出不了什麼事，她這邊可是半點頭緒都沒。「咱們過去吧，我都聞著香味了，洪婆子的手藝好得沒話說。」

季歌笑著欸了聲，和餘氏手挽著手親暱地出了角門。等著餘氏逗著安安和康康哥兒倆時，忽地想起也得把秀秀和二朵喊回來，還有花伯一家。平日裡感情處得極好，這會兒出了事，最是需要溫暖的時候，餘嬸說不定就不會那麼難受絕望。

聽著媳婦的話，大郎一下就明白了她的想法，點著頭應了好。「我現在就去。」知這事緊急，連早飯都沒有吃，餓著肚子就這麼匆匆忙忙地走了。

「大郎這麼著急幹什麼去？」難不成劉家真的出事了？餘氏在心裡想著，臉上也顯露出來，她是個藏不住事的，顧不得逗乾孫孫，拉住了季歌的手。「家裡有個甚事，妳可不能把我當外人，得讓我頭一個知道，別啥事都自個兒擔著啊。」

「沒，沒、沒事呢。」季歌頓時覺得心酸得不行，好端端的家裡怎麼就遭了這磨難呢？仔細說來，他們都是樸實厚道的好人家，也沒做什麼傷天害理的事情，怎麼偏偏就碰到這麼個坎？

餘氏虎著臉。「還說沒事，瞧妳眼眶都紅了，咱們什麼交情，有事妳也別藏著掖著，兩個人知道總好過一個人。」

聽著這話季歌一下沒忍住，握住了餘氏的手。「餘嬸您、您要做好心理準備，我要說的是跟您有關的事。」

「我？我能有什麼……」話說一半，餘氏的聲音突然就卡住了，瞪圓了眼睛，一臉不可置信地道：「莫不是阿瑋出什麼事了？」

大郎路過天青巷的時候，就去了花宅，簡潔說了個大概，花伯老倆口以及花長山聽了這話，早飯都擺桌上了還是急急地趕過來。

花大娘一進屋裡就發覺氣氛不對，連忙道：「怎麼了？」她雖已知情，卻不知道大郎媳婦都說了些什麼，她也不好盲目地開口。

沒有聽到具體的事，餘氏很快就冷靜下來，抹了把臉，聲音顫顫地道：「大郎媳婦啊，妳說，有什麼事妳儘管說，我都撐得住。」說是這麼說，可她的眼淚卻嘩啦啦地流著，也不知怎地，就是使勁地流，這一刻，她腦子裡是空白的，心裡一片茫然。

「讓我來說吧。」二郎突然出現在花廳門口，聲音嘶啞透著暗沈，聽在耳裡總有種格外心酸的感覺。

餘氏看到二郎的瞬間，呼吸都停頓了！眼睛驀然睜到最大，臉上的表情沒法形容，像是青天白日裡見著鬼般。

「餘嬸。」二郎的視線鎖定餘氏，緩緩地走到她的跟前，堪堪只隔了兩步的距離。他看著餘氏，深深鞠了個躬，彎著腰沒有直起，就那麼垂著頭，緩緩說道：「對不住，我把阿瑋他們跟丟了。」

「餘嬸。」季歌瞧著餘嬸情況不大對，輕輕地喊了聲，雙手輕輕地推了推她的肩膀。「餘嬸。」緊接著又喚了聲，略顯驚慌地看向花大娘，眼裡有著求助。怎麼辦？餘嬸可不能出事！

花大娘對著季歌無聲地搖了搖頭，招了招手示意兩下。季歌放開握住餘氏胳膊的雙手，走到了花大娘的身旁，一把握緊花大娘乾枯的雙手，聲音都有些打顫。「大娘。」

「妳別慌，別自個兒嚇自個兒。」花大娘掏出帕子。「先擦擦妳手心裡的汗，兩個孩子在這裡不合適，讓三朵和阿桃帶著他們到廂房裡玩。餘家妹子經歷得多，比妳想像中要堅強多了，她這是一時沒有緩過神來，給她點時間，讓她自個兒先緩緩，妳別著急，事情已經發生了，越急越不得法。」

見大娘說得有條有理，季歌像是找著了主心骨般，心裡狠狠鬆了口氣。她是太在乎餘嬸了，就怕餘嬸出什麼事，倒是少了平日裡的冷靜和理智，這人吶，再強大的存在也會有脆弱的時候，何況她只是一個普通的人。季歌帶著三朵和阿桃，抱著兩個孩子進了東廂的屋裡，匆匆忙忙安撫兩聲，讓三朵和阿桃好生帶著安安和康康，千萬不能出這屋。花廳離東廂有段距離，就算一會兒餘嬸緩過神來，鬧出什麼動靜，也不會嚇著他們。

「說吧，到底是怎麼回事。」餘氏失魂落魄地坐在椅子裡，臉上沒有表情，呆呆愣愣地問著，雙眼空洞無神，怔怔地盯著地面，聲音有些空，像是從極遙遠的地方傳來。

二郎沒有半點隱瞞，把事情原原本本地說了，說得相當地詳細，比起昨晚跟大哥講的還要更具體三分。

他說的時候，明明有好幾個人，廳裡卻安靜極了，只有他的聲音在響，顯得相當空洞，襯著他嘶啞暗沈的嗓子，更顯幾分幽森，眾人身上穿得厚實，屋裡還有炭盆，卻驀地有種後背發寒的錯覺。

大郎趕時間，直接雇了轎子去錦繡閣，很快秀秀和二朵就請假出來了，焦急間連衣物都沒有收拾，大郎就帶著兩人匆匆地回了桂花巷。等著他們趕回宅子時，恰巧是二郎把話說完時，回家的路上大郎用著最簡短明瞭的話說明了一下，就是想讓兩個姑娘有心理準備。

秀秀進了宅子後，瘋了般往花廳裡衝去，二朵擔心她，緊跟著衝了過去，大郎付了錢和轎伕道謝後也迅速進了屋。

「餘嬸對不住，我把阿瑋他們跟丟了。」前因後果全部說完，二郎又深深鞠了個躬，說了句一樣的話，滿心的愧疚不知道要怎麼來補償。是他太沒用了！自鬼門關走一回，他清楚地知道生與死的差別，倘若阿瑋他們三個真出了什麼事，他這輩子都不能安心。

餘氏木木地看著近在眼前的二郎，看著他的眼睛，一眼就能看出他內心的種種情緒，她的眼淚無聲滾落，她沒有伸手擦，就那麼看著二郎，看了好一會兒，她搖了搖頭，動作很輕很輕，彷彿一個行將就木的老人般，歲月抽空了她所有的生機，等著時間腐朽身體，兩眼一閉、黃土一抔。「不怪你，這是命。」

「命吶！」餘氏仰著頭，忽地嚎啕大哭起來，哭聲裡是沒有情緒的，似乎只是在哭，只是在哭而已。「這是我的命，剋夫剋子，我的命吶！」

「娘！」秀秀衝進來，一把抱住餘氏，眼淚直流。「娘，不是這樣的，不是這樣的、您別這樣娘，哥哥會回來的，我相信，哥哥會回來的，他不會丟下咱們娘倆的，娘您別哭，您別這樣，哥哥回來會不高興的。」

花大娘拉住了想要上前勸說的季歌。「去打盆熱水過來，先讓她哭著，能哭是好事，哭出來心裡就不會鬱結。」

「好、好。」季歌連連點頭，一步一回頭地看著餘氏出了花廳。

「大郎。」花大娘扯了扯大郎的衣袖。「你去看看二郎，養病情緒也是個關鍵，心情不好，吃不香、睡不著，那病怎麼能好？再說這事也不能怪他，誰都沒有想到會發生這樣的事情，只能說是命。」

花大娘亂糟糟地想了會兒，走到兒子的身邊，小聲地說著。「你和秀秀已經訂了親，一個女婿半個兒，這節骨眼上，你多顧著那邊，現在這情況，有些事呀，就別多顧及了，你過去吧，這時候你去要表現得好點。」

「娘我知道了。」花長山正猶豫著要不要有所行動呢，看著秀秀哭成那樣，他心疼得不得了，聽見娘的話，彷彿得了聖旨般，快步走了過去。

花長山站在秀秀的身旁，將她攬在懷裡，右手輕輕搭在餘氏的肩膀上，小聲地道：「娘，阿瑋他們只是下落不明，您可得挺住了，哪天阿瑋他回來了，您有個萬一，讓阿瑋怎麼辦？再說，您還有秀秀呢，總得顧著秀秀。」想了想，遲疑了下，繼續說：「來年我和秀秀成親了，還得讓您幫著帶孩子呢，我娘到底年歲大了些，禁不得折騰，我們兩口子少不得要多麻煩您。」

「對啊，娘，您還有我呢，您可不能丟下我。」秀秀邊說邊哭，眼睛腫成了核桃。

餘氏看著女兒又看了看女婿，那一瞬間，時間倒流，她好像又回到丈夫剛剛去世的那會兒，兩個孩子還小，那時候阿瑋和秀秀一邊一個拉著她的手，一直哭、一直哭地讓她別丟下他們兄妹倆。

沒想到，十幾年後，歷史又一次重演，這次走的卻是她的兒子。突然的，餘氏整個人就平靜了，不知自哪兒湧出一股勁來，她深深吸口氣，抱著女兒堅定地說：「不會丟下妳的，娘不會丟下妳的。」十幾年前她能挺過來，十幾年後也一樣可以。而且，她相信，阿瑋還活著，他會回來的，他說過，要掙大錢娶個好媳婦，要好好孝敬她，給她抱大胖孫子。

「餘嬸我們要相信，阿瑋、阿河、阿水他們會回來的！只要我們相信，老天會保佑他們的。」季歌緊緊地抱著餘氏，說話都帶著哽咽。

餘氏看著滿當當的一屋子人，一股溫暖一直暖到心坎裡，突然覺得，自己的命一點也不苦，比起十幾年前，現在的她，擁有了更多，她不再是一個人苦苦堅持著，有這些人陪著她，她是幸福的，儘管她命裡那麼多坎坷。

「二郎，你好好地養著身子骨，我相信阿瑋他們三人會平安歸來，咱們一起等著他們。」餘氏走到二郎跟前，看著他的眼睛，目光裡流瀉出如春陽般的溫柔慈祥。她知道被遷怒的滋味有多痛苦，她不會讓這個少年承受她當年曾遭遇過的痛苦。

瀰漫在劉家宅子裡的厚重陰霾，在這一刻消失得一乾二淨，屋外仍是大雪紛飛，可屋裡卻有著陽光明媚般的美好。

這日過後，劉、餘、花三家的感情更勝從前，秀秀和花長山之間的感情也有了質的飛躍改變。所有人看著這對，都知道，將來的他們，定會過得幸福。

第七十九章

十二月十三日，連續飄雪飄雨的天氣忽然放晴，中午的陽光特別地明亮，雖然沒什麼溫度，卻很好看，瑩瑩亮亮的。康康很喜歡冬日裡的陽光，他一直望著院子裡的盆栽，在陽光的照耀下，熠熠生輝，他的眼睛明亮得亦如陽光下的盆栽，他咧著嘴笑，嘴角上揚，淺淺的，顯得含蓄而內向，看著他的笑，心裡會覺得格外柔軟。

雖說出了陽光，可屋外還是很冷，又是融雪的天，季歌不敢把康康抱出去，只得開著半扇屋門，屋裡炭盆燒得暖和，也就不懼這點寒意了。

如今餘氏沒有擺攤做買賣，主要是天氣不好，停了攤子後，她成天地窩在劉家，吃睡都在這邊，如同從前般。就在跟前看著，見她狀態確實好，季歌他們暗地裡鬆了口氣，連二郎在她的影響下都釋懷了不少，相信再過些時日，他就能看開了。經了這事，二郎有驚無險地從男孩成長為一個足以頂天立地的男兒。

融雪的日子裡，好像在下著淅淅瀝瀝的雨般，屋簷下一天到晚叮叮咚咚的落著雪水，季歌發現，康康這兩天著實高興，都不大跟安安一塊兒玩耍，不是看著外面，就是豎起耳朵聽叮咚響，嘴角總是掛著淺淺的笑，眼睛亮晶晶的，像是落了滿天星辰在裡面。

這孩子，和她一樣也喜歡這自然奏樂嗎？季歌將安靜的康康摟在懷裡，只覺得對他怎麼愛都愛不夠，她的小寶貝啊！正在爬前爬後的安安，見娘親把哥哥抱懷裡了，他立即換了方向，鼓著張紅撲撲的小臉，爬到哥哥跟前，伸手拉著哥哥的褲子，咿咿啞啞的也不知道在說什麼。

康康在娘親的懷裡扭了兩下，表示不想要娘親抱著。季歌就把他放到安安的旁邊，不想，康康剛剛坐到床上，安安這壞傢伙就猛地把康康給撲倒了，還趴在他的身上，樂哈哈地笑啊笑，別提有多高興，嘴角有口水緩緩流著。康康也笑，嘴角咧得有些大，發出了稚嫩的笑聲，伸手戳了戳弟弟白嫩的小臉，笑得更歡喜了。

季歌站在床邊，看著這兩兄弟的互動，眼角眉梢都帶著濃濃的笑意。

「大郎媳婦，妳娘家大哥過來了，剛剛到的。」餘氏自門口走了進來，看著床上玩鬧的兩兄弟，頓時就喜笑顏開。「不是說要帶他們睡午覺嗎？這就玩上了？不得越來越精神。」

「一時半刻的怕是睡不著。」季歌也有些無奈。「我大哥來了，那正好，抱著他倆出門看看舅舅。」

餘氏樂呵呵地直點頭，輕輕鬆鬆地抱起安安，邊逗著他邊往屋外走。身後是季歌抱著康康，看了眼亂成一團的被褥，想著回頭再來收拾吧。

「大哥。」前腳剛進花廳，季歌就笑著出聲，溫和親暱地問：「一路過來挺冷的吧，這太陽看著亮，就是沒什麼熱氣。」

那廂，洪婆子早就手腳麻利地端上熱騰騰的茶，還拿了凍梨、凍柿子，以及兩個攢盒的零碎吃食。

季有倉憨厚地笑著。「還好、還好。」眼睛看著安安和康康，明顯地亮了兩分。「都長這麼大了啊，長得越來越好了。」他說得真心實意。

「大哥要抱抱嗎？我手裡的是康康。」季歌走到季有倉的身旁，逗著懷裡的康康。「康康這是你大舅舅，笑一個。」

大人們經常會逗著兩個孩子，說笑一個、抱一個等等，這種常見的詞類，說得多了，兩個孩子也就知道是什麼意思。康康聽著這話，立即露出一個笑，那笑淺淺的，像極了在害羞般。

季有倉看在眼裡，心坎軟得一塌糊塗，他緊張地搓了搓手，過了會兒，才伸出布滿厚厚繭子的粗糙大手。

季歌小心翼翼地把康康放到大哥的懷裡，大哥抱孩子的姿勢，倒也不顯僵硬，明顯透露出兩分熟練，看來，他在家裡沒少抱大妞或二妞，季歌瞧著，眼裡的笑意就更深了些，心想晚間把這事跟大郎說說，讓他踏實心安。

逗著兩個孩子玩，有一搭、沒一搭的說了些家常，後來兩個孩子捱不住睡著了，季歌就把他們放在厚實暖和的搖籃裡，還細心地蓋上小被子，掖實了被角。

這邊季有倉沈著聲，說出來意。「這回來縣城，是爹娘看著天氣好，家裡頭也沒什麼事，讓我過來趟，跟妳說件事。說手裡寬鬆的話，就多存點糧食，別在縣城裡買，這裡死貴得緊，要是你們沒門路，家裡可以想想法子四處走動，有不少人家還是存了糧食的。」

頓了頓，他臉上的神色忽變得沈重起來，顯得十分陰鬱。「地裡的麥子凍壞了九成，餘下的一成不知能挺到什麼時候。今年的冬天又是雪、又是雨，實在是太冷了，爹說有生之年裡，還未遇到過這樣的年景，明年春上糧食該緊張了。

「本來想著拿錢買點地，眼下是不成的，得先攢點糧食在手裡，大妹也知家裡的情況，是佃了附近地主家的田，交了租金和稅收後，餘的僅夠溫飽，壓根兒存不了多少。」季有倉的聲音顯得很是無力。年景一壞，又碰著爹傷了身子骨，二弟又是那模樣，三弟和四弟不頂用，這一家子的重擔算是落他肩上了。

季歌愣了好一會兒才反應過來，她完全沒有想到情況會壞到這分上。「大哥在這兒住一宿吧？家裡也沒什麼事，應該沒問題，晚上大郎和二郎會回來，正好和他們說說話。」

「二郎回來了？」季有倉聽著鬆了口氣，眼裡透了歡喜。「二郎他們回來了就好。爹說，小時候他聽曾祖父說過一些年景不好的事，年景一壞，世道就亂了，二郎他們回來了就好，宅子裡多幾個男人安全些。」一屋子婦孺，僅靠著大郎也難支撐。

季歌心裡驀地一酸，她側頭用手帕按了按眼角，過了會兒，才說：「阿瑋和阿河、阿水他們三個沒回，路上出了事，就二郎回來。」

「怎麼會這樣？」季有倉眼裡的歡喜還未褪盡，臉色忽地泛了白，心裡緊成一團。吶吶地想，這世道已經開始亂了嗎？

季歌不想多說，只簡短地道：「路上出了意外，就二郎回來了，阿瑋他們三個現在下落不明。」

季有倉聽著，更加認真地叮囑著。「大妹妳得跟大郎好生說說，定要多多存糧，不怕一萬，就怕萬一，這事輕慢不得。」他這模樣，看著才有點兄長的氣勢。

傍晚，大郎和二郎回來，在飯桌上，季歌把事起了個頭，季有倉就接著說了，說得還要更仔細些。隔日一早，季有倉走時，大郎和季歌拿了十兩銀子給他，說是今年的年禮就直接給錢算了，讓家裡張羅著買點吃物，其實也就是變相的接濟。

晴朗了四天，氣溫再度下降，厚厚的陰霾重新籠住整個大地，陰沈沈的天，沒有飄雪也沒有下雨，就是寒風颳得有些猛烈，呼呼作響，想起季有倉說的話，眾人心裡彷彿壓了塊千斤重石。

劉家、餘家還有花家以及大康胡同的白家，幾個婦道人家，尋了個沒飄雪、沒下雨的天氣，由著白伯、花伯和大郎等三人，護著一路去了郊外的寺裡上香，廟裡仍是人山人海的場景，少了平日裡的熱鬧繁華，莫名地多了幾分壓抑，好像在無端地預兆著什麼般。

回來後的次日中午，有倉和一朵夫妻倆趕著一輛牛車，冒著風雪來到縣城，牛車裡裝了四袋糧食，還有些耐燒的柴木和老南瓜、老冬瓜、土豆、地瓜等吃食。送完東西，他倆也沒多耽擱，說不放心家裡，還道家裡現在很好，爹的身子骨恢復得好，聽了爹的話，壘起了高高的土院子，還存了不少糧食、柴禾，讓他們放心莫擔憂。

小年夜那晚，寒風和大雪都下得相當厲害，聽著屋外那凜冽的風聲，幾乎沒幾戶人家屋裡是歡喜熱鬧的場面，眉宇間或多或少都添了擔憂。隔日一早醒來，擔憂成了真——昨夜的大雪造成縣城裡眾多房屋倒塌，一時間街道上哀聲一片。

粗粗算來，三郎跟著元小夫子一同習武，也有一年多光景，大抵是跟習武有關，三郎吃得好、睡得好，個頭長得飛快，眼下竟比三朵高了大半個頭，可見日後也必定會比兩個哥哥要高一點。

葫蘆巷那邊收館後，三郎待在家裡也沒閒著，每日很有規律地，不管颳風下雨，便是大雪紛紛，清早都會到花園裡習武；早餐過後會歇半個時辰，在花廳裡逗著兩個姪子玩耍，或是和家人說話交談，然後，便是回屋裡溫書習字，每半個時辰會歇一刻。

商隊那邊出了意外，沒有貨物運回，倉橋直街的鋪子裡早就沒什麼存貨，想著以後也不會跟著商隊跑貨，大郎和二郎索性如開業那天，做了清倉的優惠活動，又放出風聲，來年店裡會改成糕點鋪子，還望大夥兒能多多賞光。

這件事是和餘氏商量過的，等著來年店裡改成糕點鋪後，餘氏就別擺攤做買賣，由她看著鋪子，季歌帶著三朵和阿桃做糕點，有些步驟也可以讓洪婆子幫著做，生意紅火後，還可以請人，把竅門捂嚴實了，也就不用擔心法子洩漏。

倉橋直街的鋪子有了解決的法子，大郎和二郎兩人也決定要把「用心經營」好好拾掇，定了方向。鋪子關門後，兩人正好閒著沒事，就到處走動尋找各種工匠，一個隊伍想要有名聲、想要壯大起來，工匠是必不可少的，這是最關鍵的一點。

忙歸忙，再怎麼忙大郎和二郎也堅持著一件事，那就是大清早地起來和三郎習武，別看三郎小、是弟弟，可當起師傅來，一板一眼地還挺較真。大郎和二郎不止一次感嘆道：「三弟呀，往後準有出息！」

秀秀和二朵隔三日才歸家一趟，餘氏覺得宅子裡怪冷清，主要還是得知了那個消息，到底是有著深深的影響，她越發地喜歡窩在劉家，只覺得劉家時時刻刻都透著溫馨和安定，讓她覺得心裡很是舒服，彷彿連呼吸都暢快了。

因著餘氏是住在劉家，花長山身為準女婿，隔三差五的就會過來劉家坐坐，看看丈母娘，尤其是秀秀歸家時，他總會拎些新鮮食材過來，魚呀、羊肉呀、麅子肉、野豬肉，連蛇肉都讓他給整來了。

花長山拎著食材上門，總得留他吃飯吧，又想著讓花伯老倆口留在天青巷也怪冷清的，索性就一併叫過來吃飯，一回、兩回，次數多了，花大娘覺得這樣不是個辦法呀，有時就會在家裡做飯，讓劉、餘兩家過來吃飯，一來二去的，三家的感情倒是越來越緊密。

第八十章

外面天寒地凍，氛圍也有些壓抑緊張，一般人家還好，貧民區那邊更是人心惶惶，大風大雪沒日沒夜地颳著，房屋搖搖欲墜，睡個覺都不踏實。再者，物價上漲得飛快，本來日子就過得緊張，眼下一時間竟是有些顧不上溫飽了。

也不知這天何時才是個頭啊！

季歌他們待在家裡，難得出門一趟，家裡糧食和柴禾存得足，花園裡又種了蔬菜，生活質量並沒有下降多少，也就沒什麼大太的感覺，只是覺得這天氣著實寒了點，把安安和康康顧得更嚴實了，就怕凍著了這兩個孩子。

轉眼到了大年夜，今年的大年夜，縣城裡不算熱鬧，主要是物價上漲，好多吃食小攤都做不成買賣；再者，大年三十這日，大雪紛紛，穿得再厚實，往屋外一站，都覺得冷到骨子裡。

不說縣城是怎麼個場景，劉家宅子裡倒是難得的熱鬧，劉、花、餘、柳四家在一塊兒過年，特意架了口大鍋做火鍋，挺大的一個花廳，窩了四家人，也有些顯擁擠，人一多，又有炭盆，屋裡就格外地熱呼，個個都紅光滿面，甚至都出了細細的汗。

安安頭一回見著這麼多人，這麼大的熱鬧場面，可把他樂壞了，勁頭相當地好，一晚上咿咿啞啞，就他聲音最響亮。康康就在旁邊格格地笑，笑得小臉紅撲撲的，格外地可愛好看。

午夜時分，連大人都有些睏倦，安安和康康這兩個小傢伙依舊精神得很，託他倆的福，鬧哄哄的，還真守了一個徹夜呢。劉家宅子大，凌晨那會兒，等兩個孩子終於睡著，大人們也沒各回各家，就在劉家的廂房裡睡著。

正月初一按理是要挨家挨戶串門子的，關係好的四戶人家都在一個屋簷下呢，倒是省了事，又湊一塊兒說說笑笑，度過了愉快的一天，臨近傍晚才各回各家。

正月初二回娘家，柳兒屯那邊不能回，下著雪呢，路不好走。大郎和季歌琢磨了一下，就帶著孩子回天青巷的花家，順道把年禮送過去。二郎他們平日裡也是把花伯兩老口當長輩對待，便一塊兒跟著去了花家。

花瑩夫妻倆領著孩子也回天青巷，有了瑩姊在，一個能頂三，亮亮和安安、康康處得來，頓時，花家宅子熱鬧得有種要掀翻屋頂的錯覺。柳氏那邊因和大兒夫妻倆鬧翻，早就斷了往來，大女兒一家子因著天氣的問題也不好出門，餘氏就邀了他們母子倆一同吃飯。

正月初五，大郎夫妻倆覺得元家那邊應該不忙了，買了些禮品，兩口子帶著三郎去葫蘆巷給元家拜年。

這日難得沒有飄雪，是個陰天，也沒有颳風。在家裡貓了大半個月的人們，總算能出門透口氣，街道上顯得有些繁華擁擠。

自元家出來後，因時辰還早，難得出門一趟，到處逛逛也好，就去了東市。自從搬到桂花巷後，他們就很少過來這裡，路太遠有些繞。

東市人山人海，嘈雜聲自四面八方湧進耳朵裡，初初聽著，讓季歌略略蹙眉，還真有點不習慣呢！

「要不去大街上逛？」大郎見媳婦不大舒服，低頭詢問了句。

三郎也望了過來，抿著嘴，黑漆漆的眼眸裡透著擔憂。

季歌頓時就笑了，心裡熱呼呼的，搖著頭。「沒事，一會兒就好了，好久沒有逛東市，逛逛也好，這裡能淘出好寶貝，大街上可沒有便宜撿。」

見媳婦這般說，大郎也就沒有再說什麼，牽緊了媳婦在人群裡走著。本來他還想牽三弟，可三郎那孩子老氣橫秋地拒絕了，還一馬當先地走在前邊開路。

「你們聽說了沒，今年的天氣這麼古怪，是因為老天發怒了。」

「好端端的老天為什麼發怒？」

「還不是因為當今天子，都快老掉牙了，還沒有立太子呢，他要是哪天眼睛一閉蹬腿去了，這天下不得大亂？所以呀，老天發怒了。」

「可不就是，聖上可真厲害，老當益壯呀，聽說最小的皇子才堪堪不過七歲的稚齡呢，聽說大皇子的兒子都成年了，眼看要娶媳婦了。」

「難怪老天要發怒，前朝那會兒日子過得多好呀，就因為上面人人都想當皇帝，這不，就亂套了，他們爭得頭破血流，咱們老百姓也跟著受苦受難。」

「呸！照你這麼說，難不成，咱們又要經歷前朝那樣的禍亂了？狗嘴吐不出象牙來，別在這裡胡咧咧的。」

「欸欸欸，這位壯漢可別動怒，聽你這話說得，說不定呀，還真會應了呢。」

「喲喲，這表情，難不成你還有什麼小道消息不成？快說來聽聽。」

「就是就是，快說說，快說說，上面到底是怎麼個情形呀？老皇上也真是的，都快死的人了，就別占著茅坑不拉屎，趕緊立個太子多好，省得出么蛾子。」

「真要聽呀，那就把耳朵湊過來。」那人說得神秘兮兮。「你們可別不信，我呀，是跟著付家商隊走南闖北的，都快四年了。」

三郎在大哥和大嫂的示意下，仗著身板小，靈活地擠進了那角落的人群裡。

「西北那邊的蠻子正想著搶咱們國家的地盤呢，咱們這裡鬧雪災，那邊更嚴重。還有呀，自十月起，就有一隊人馬在到處徵收青年壯丁，有些甚至是強制性的，知道咱們縣城裡的秦家商隊吧，整個商隊都沒了，一個都沒逃出來，就是因為秦家商隊裡頭全是青年壯漢。」

那人停了會兒，舔了舔嘴唇，聲音壓得更低了。「都說是某個皇子在暗地裡準備著，就等著上面的老皇帝翹了，如果不是他當皇帝，就要奪位了。」

這話一出，聽八卦的眾人頓時都呆了。

「真的假的？」

「莫不是亂說的吧，這可不能胡說啊。」

「我什麼都沒聽見。」

嘩地一下，人群散了個乾乾淨淨。

雖說如此，可是在劉家兄弟的有心注意下，還是發現了，沒幾日大街小巷裡，到處都在說這事，出了正月後，滿城的流言壓都壓不住。

與此同時，還有一個聲音，在激烈地、充滿怨憤地嚷嚷，要當今聖上趕緊立太子！

正月底連續飄了四天大雪，眼看要開春了，卻還在飄大雪。年前還心存希望的百姓們，一個個都快崩潰了，難道災年真的要來臨了嗎？

經過一段日子的尋找，「用心經營」裡已經談妥的工匠共找到八人，沒接活的時候，工匠可自個兒接活做，隊裡有活時，工匠須得先緊著隊裡的活；並非給固定工錢，而是看那單生意能掙多少純潤，然後，再進行合理的分配，定不會讓大夥兒吃虧。

正月底那場連續四天的大雪，不僅讓縣城裡倒塌了不少房屋，連周邊的村落也是多有遭難，大郎和二郎忙進忙出地張羅，好在「用心經營」小有名氣，到底是搶著兩樁大活。

進了二月，氣候還是如冬日裡寒冷，斷斷續續地下著雨，都說春雨貴如油，可這雨多了就成愁，壓根兒沒法播種莊稼，不過這會兒時間尚有餘裕，推遲了半個月、十來天的也無妨。想是這麼想，可看著這天氣啊，百姓們心裡是沈甸甸的，他們有些茫然地想，半個月後這氣溫能回升嗎？能出太陽嗎？倘若不能，日子可真過不下去了，老天這是要逼死人了。

知曉今年世道不大穩，花伯就琢磨著，得把宅子裡整頓整頓，多種些蔬菜瓜果，天氣不好沒關係，他先和兒子去城外運些泥土回來，再去農戶家裡收些種子。他是個老莊稼漢，眼睛毒辣，收來的種子都是飽滿生機足，種子一分為五，自家留一份，白家送一份，餘家送一份，劉家送一份，這事也不能落了柳家，索性一併送了一份。

劉家這邊大郎和二郎忙著掙錢呢，三朵和阿桃這兩個姑娘，倒是有能耐的，整天地窩後花園搗鼓著，三郎回家後，趁著天色好，也跟著窩後花園去了，紛紛拾掇著那幾塊菜地。種菜這些事餘氏懂點兒，常常在旁邊搭把手，不懂的就去問花伯，洪婆子也會幫一把，別說搞得還挺有模有樣。安安和康康都九個月了，季歌顧著這兩個孩子，旁的事是半點都顧不上。

等著大郎他們忙完接的第一樁活計，馬不停蹄地趕到縣城忙活時，連續飄雨的天氣總算是放晴了，那是二月十二日。太陽出現的那一瞬間，亮晶晶的光芒籠住世間，所有人彷彿看到了希望般，有些情緒容易激動的，都喜極而泣了，當天的寺廟異常地擁擠，人人都去祈求菩薩保佑，風調雨順，今年能有個好光景。

晴朗的好天氣，幹活起來速度就快多了，僅花三天時間，縣城裡的活就忙完了，暫時沒有活接，大郎和二郎也不著急，眼看要二月底了，得先把後花園的菜園子拾掇好，不管今年光景如何，自家有菜心裡也安穩點。

一直到進三月，這段日子的氣候像是恢復了正常，隔三差五的出太陽，偶爾下一場綿綿春雨，倒是讓眾百姓都鬆了口氣，還好還好，算是有驚無險。拍拍胸膛，該做甚就做甚，生活慢慢地也回到常態。隨著氣候正常，一直瀰漫在城裡的流言，不知不覺中也沒了蹤跡，一切歸於平靜。

季歌和餘氏商量著，眼看世道穩定了，是不是該把糕點鋪子開起來，那鋪子總擱著也不是個辦法。餘氏正想著這事呢，聽季歌一說，立即就應了。待她們風風火火地張羅著鋪子裡的事宜時，季母帶著一朵來到了縣城。

名字就這麼定了。

招弟在二月初一生了個閨女，取名叫開花，照她的意思是，先開花後結果。季母本來不大樂意，聽了這解釋也就沒說什麼，季父向來是順著季母的，見老伴沒意見，他也沒吭聲，

季母心裡落了病，兩個兒媳生的都是丫頭片子，這到底是出了什麼事？是不是季家運道不大好？想得多了，她心裡就有些慌，琢磨著過來和大女兒說兩句。唉！老了老了，真是事事都有了另一番模樣，以前何曾想到會有這般光景。

季母和一朵在劉家留宿，夜裡躺在床上，季歌窩在丈夫的懷裡，有些感嘆地說：「娘今年倒是大不同，今天和我說了好多家裡的事。」往常可沒見她給自己倒苦水，聽著聽著，倒有點不是滋味了。

「都說了什麼？」大郎有些好奇地問了句，又笑著說：「娘這是越來越看重妳了。」

「愁著大胖孫子的事，我看吶，娘都有些魔怔了，情況有點不大好呢。還有呀，也說到二哥和三弟、四弟，二哥年歲大了，沒了辦法，可三弟和四弟卻還是有扳正的機會，就是怎麼說都說不聽，怎麼管都管不著，她問我有沒有法子。」這些事，季歌還真沒有其他妥當的法子，這下說給大郎聽，也是想著看他有沒有辦法。

大郎有點明白媳婦的心思，他沒有急著說話，擰緊著眉頭，有一下、沒一下的摸著媳婦柔順的頭髮，過了會兒，他心裡一亮，頓時有了主意。「媳婦妳看這樣成不成，明兒個咱們和娘說說，讓她把三弟和四弟叫來『用心經營』裡工作，有我和二郎在呢，讓他們吃吃苦頭，經了事，應該就能好些了。」

「這樣會不會太麻煩了?」季歌遲疑地問了句。「萬一耽擱了『用心經營』的活計怎麼辦?這可不是鬧著玩的,咱們好不容易有了點名聲。」

大郎一臉的自信,搖了搖頭。「沒事,有我和二郎看著,我們來點強硬的手段,一天、兩天學不乖,一個月、兩個月總得有點效果。」

「既然你這樣說,那咱們明兒個就跟娘說說,把三弟和四弟帶到『用心經營』裡試試。」季歌想,如果能把三弟和四弟教好,落在大哥和一朵身上的擔子就能減輕大半。

「嗯,明天吃早餐的時候說吧,大夥兒都在。」但凡跟家裡有關的事,都是當著家人的面說,說來也是媳婦最先這麼做,久而久之,倒成了劉家的習慣,大郎覺得這習慣挺好。

接著兩口子又說了些家常,沒別的瑣碎事,夜已深,便相擁著沈沈睡去。

次日一早,在花廳裡吃早餐時,季歌先跟季母簡短地說了這事,然後,便是大郎接話,把事具體地再說一說。

季母頓時就愣住了,她沒有想到,大女兒還真給她想到好法子來,一下子眼眶就有些發熱。一朵也是,看著大哥眼裡充滿了感激,只要三弟和四弟能懂事些,她和有倉就能輕鬆點了。

在早飯時眾人細細地討論了好一會兒,等有了較為清晰具體的方案,又得了季母的準話,大郎和二郎心裡有數,便說今兒個送她們回柳兒屯,順道把季三和季四接到縣城來。

能做到這分上,自然是千好萬好,季母心裡歡喜得不行,回到家中,看到三個丫頭片子,忽地覺得,這三個丫頭片子也挺順眼的。

第八十一章

季三今年虛十二歲，身量不算壯實，個頭偏矮，看面相是個挺憨實的小夥子。季四今年虛九歲，胖胖圓圓的身材，白白淨淨的臉蛋，瞧著是一團和氣，卻是一開口就露餡了。一個愛吃、一個愛錢，跟二哥的性子還挺像，只是二哥兩口子是明著算計，那嘴臉著實難看。他們可能是年歲尚輕，猶帶了些稚嫩感，說話的神態挾了些天真，雖說話不大好聽，卻也讓人生不出什麼火氣來，只覺得這兩個孩子真會胡鬧。

經過短暫的幾句交談，她對兩個弟弟的性情多少有些底，仔細說來，還是有很大的機會能扳正過來的；現在這模樣，只是以前娘管得少，家裡有點好的，都會緊著這哥倆，慢慢地沒人教導也就越長越歪了。

晚間季歌哄著安安和康康睡覺的時候，跟丈夫說起這事，頗有些哭笑不得的意味。「說來，根子上還是好的。」

「嗯，妳這麼一說，我倒是更加知道要怎麼來管著這兩兄弟了。」大郎想，倘若他們真的聽話幹活，他還是可以偶爾當個好姊夫，給他們點甜頭嚐嚐。

季歌點著頭，笑著說道：「你管著他們的時候，不管他們做得好還是不好，都記得細細說與他倆聽，讓他們能有個清晰的是非觀念。」

「我知道。」大郎見兩個兒子睡著了，彎腰小心翼翼地抱起安安，看著熟睡的兒子，忽地問道：「眼看就要滿十個月，他倆是不是能開口喊人了？」他日想夜盼著兒子能喊他一聲爹呢，想著那軟糯糯的聲音，心都能掐出水來。

「這事一時半刻的急不得。」季歌有心想給大郎一個驚喜，故意含含糊糊地說話。其實自二月底，她就開始教著兩個孩子喊爹娘，現在已經十來天了，頗有成效，只是初初聽著有些過於模糊，還得繼續加把勁，估摸著三月中旬，就能聽見他們清晰地喊爹娘了。

大郎把安安放進小床裡，伸手虛虛地做了幾個動作，笑著側頭看媳婦。「安安又長了點，這兩個孩子長得快，可真好。」要說他前陣子最擔心的是什麼，就是怕世道艱難，兩個孩子還這麼小，可怎麼是好？

「像大娘說的，一天一個樣，見風就長呢。」季歌把康康也放到了小床裡，細心地給這兄弟倆蓋好被子，牽緊丈夫的手往床邊走。「再過兩個月他們就滿一歲了，得先去木匠那裡訂做一張床，這小床有點窄了。」

「差點把這事忘了，我明兒就去木匠家一趟。」大郎又在心裡默唸了遍，這樣能記得更牢些。躺到床裡，他把媳婦摟在懷裡，甜甜蜜蜜地說道：「小床妥當地收著，說不定，再過兩年又要用了。」說話的時候，他把手伸進了媳婦的衣裳裡。

「你想得美。」季歌瞋了他一眼。

大郎頓時就酥了半邊身子，剛剛還挺溫柔的呢，一下就急起來，跟個剛剛聞肉腥的小青年似的，一時間，屋裡春色關不住。

人心安定，縣城才剛剛恢復往日的繁華熱鬧，不料，三月中旬一場大雨突然而至，整整下了一日兩夜，天空中瀰漫著濃厚的霧氣，到了伸手的距離就看不見對面人長什麼模樣的程度。這場大雨來得猛烈，種下去的莊稼才剛剛發芽不久呢，有好多就連著泥土一塊兒被沖刷走了。

幸好下大雨的那天，「用心經營」剛剛忙完一個活計，恰巧在家裡歇著，大雨初來時，大郎和二郎見雨勢不對，連忙扛起鋤頭去後花園，緊趕慢趕地總算整出三條排水溝，為了不被大雨沖刷影響，均鋪墊石頭打基底，這些石子是平日裡沒事時撿了扔角落裡的，當時怕可能會有用，沒想到真的給用著了。

雨勢太大，學館裡給了話，什麼時候雨停了再過來讀書，暫時先歇館。這兩天三郎也一直在家，跟著忙進忙出。季三和季四在「用心經營」待了十來天，倒是稍稍乖覺了點，他倆挺怕三郎的，別看這傢伙年歲小，可他二話不說就朝他們哥倆動起手來，這不是重點，重點是他們兩個對一個，還敗得相當慘烈。於是有三郎在的時候，他們就顯得格外蔫，季歌見狀，把三郎一頓好誇。

大雨過後，緊接著就是晴朗的天，三月半的天，那氣溫高得如同快要進夏天一般，這一冷一熱，連個緩衝時間都沒有，沒兩天，縣城的氛圍又開始緊張起來，原來有不少人都開始臉色潮紅發熱、上吐下瀉。

季歌知道這情況後，忙跟大郎商量著，眼下不宜出門幹活，讓大家都待在家裡，倉橋直街的糕點鋪也暫時關上幾天，看看形勢怎麼樣，就連洪婆子也都讓她先回家裡張羅著。

迅速去了趟普濟堂，買了些藥回來，以及一些野艾葉，分早中晚三回在宅子裡熏煙。這般內服外用，一直到三月底，縣城裡有不少人染上時下風寒，宅子裡倒是安安穩穩的。

時而大雨、時而天晴，如幼童般反常的天氣，一直持續到四月初，地裡的莊稼沒剩多少，差不多都被這天氣給折騰沒了。四月初沒下大雨，就是氣溫頗高，而且城裡得風寒的人越來越多，恰在此時，正是人心惶惶之際，之前沈寂的流言不知從哪個角落裡又開始冒出來，幾乎是一夜間，滿城都在怨憤地說著，要當今天子趕緊立太子。

甚至有那麼幾戶死了人的，直接到衙門前去鬧事，有人帶頭，一些容易被煽動的百姓便不管不顧地湊了過去，紛紛發洩著內心壓抑的情緒。

或許是真的世道要艱難了，好不容易平平順順過了百來年，天下又要遭罪。快要進四月中旬的時候，有百姓驚呼，有土匪下山搶劫周邊的村落。

季歌窩在家裡，聽著一個又一個的消息，心提到了嗓子眼，她好歹也是從現代穿過來的，到底懂的要多點，怕是有人利用天災來鬧人禍了。唉！有時候人心吶，比什麼都可怕。

外面鬧得人心惶惶，除了每天出門探消息，一般大郎他們都窩在家裡，或是練習武術，或是看看花園裡的菜地和餘家後院的苞米，或是坐在花廳裡和家裡人說話，逗著安安和康康玩耍。

今兒個天氣不錯，風和日麗，陽光暖融，不帶半分燥意。季歌牽著安安，三朵牽著康康，餘氏和阿桃合力搬了張竹榻出來，幾人坐在中庭裡曬太陽。這地不大，鋪著青石板，顯得格外乾淨，後花園近來種著蔬菜，泥濘比較多，就怕兩個小傢伙好奇地摳玩，因此，只得在中庭待著。

中庭的周邊放了幾盆盆栽，長勢不錯，鬱鬱蔥蔥，康康乖乖地坐在竹榻裡，安安坐不住，拉著小姑姑，蹣跚地走到盆栽前，毫不猶豫地伸手扯了把綠葉子，回頭舉著綠葉子衝著娘親笑，一副好歡喜的模樣，奶聲奶氣地喊著。「娘，娘，娘。」

仔細一算安安和康康都滿十一個月了，下月初就是周歲，早兩個月就會模模糊糊地喊爹娘，如今是越發地清晰，還會喊姑姑和姨姨、奶奶等疊字。自這兩個孩子開始說話後，家裡就越發地熱鬧。

大郎回家時兩個孩子正好睡著了，他用寬厚的胸膛幫他們擋著日頭，小聲地說道：「五月五日是端午，給他們辦周歲酒，就在咱們自家宅子裡吧，外頭這麼亂，也別去長山的酒樓裡了，咱們收斂點辦，等過了這坎，回頭補個熱鬧些的。」

「依我看這樣最好，就請和咱們關係好的幾戶人家，旁的就別邀了。」餘氏早就有這想頭，她早年喪夫，最是懂事情須藏著掖著的道理，別看事情不一樣，可道理是同樣的，誰知道這世道會亂到什麼時候，別太惹眼，沒得給人惦記上。

二郎和季三、季四回來時，愣了下。「安安和康康怎麼睡著了？」他手裡還拎了些水果。「在東市買了點水果，嚐了下味，清清甜甜，摻了點微酸，想著給他們哥倆吃。」

「二郎哥，安安和康康睡著了，給我吃唄。」季四就是個好吃的，被教訓了好幾回，還是不長記性，總是時不時地犯饞。

季三懶洋洋地歪坐在椅子裡。「就吃了一個，啥味都沒嚐出來，還走了半個縣城，可累死我了。」

「坐沒坐樣。」大郎虎著臉喝斥了句，對季三、季四嚴厲，不光是顧著媳婦這層，更是要顧著大妹那邊；如今世道不同，這兩兄弟再不懂事，往後季家的重擔都得壓大妹夫妻倆肩上，想想就愁。

季三不滿地瞟了眼姊夫，到底是端正了坐姿。「那，能再讓我吃幾個果子不？沒功勞好歹也有苦勞啊。」

「留點兒給安安、康康，旁的都洗了吧，這時候正好吃點果子。」離晚餐還要近一個時辰呢，季歌覺得三弟和四弟近來懂事些了，她就大方點。

幾人圍坐在中庭裡邊曬著太陽邊話家常，吃著清甜爽口的果子，空氣裡很快飄起了陣陣果香。

說到日常瑣碎時，氣氛甚是溫馨輕鬆，當二郎說起在東市打探到的消息，就連呼吸都彷彿變沈重，嘴裡的果子也失了它的香甜。

「前幾天突然竄出的流言，說有土匪搶劫附近村子。這是確有其事，那山頭叫三寨溝，前朝也曾出過土匪，今上登位後，沒兩年就把那地掃得一乾二淨，這麼些年倒是消停了，沒承想這世道剛亂，那裡又聚了群禍害。」二郎神色裡帶著怒火。「聽說共兩個村，相鄰不遠，總共有兩百多戶人家，逃出來的沒多少。」

三寨溝？大郎皺了眉。「從清岩洞出山後，山腳下有著不少村落，那一片過去，都是炊煙裊裊的人家，再拐一道，翻兩座山頭就是三寨溝，清岩洞裡的村民近年來出山頻繁，不會有什麼問題吧？」

季歌聽著三寨溝離得這麼近，心裡有些慌。「上頭應該會派人剿匪吧，趁著這會兒土匪還沒成氣候。」她知道的，受難的人家越多，有些人就會因此淪為土匪。

「聽說縣太爺正在加緊點兵，準備近幾日給土匪來個措手不及。」二郎拿了個果子在手裡把玩著，也沒心情吃，暗暗思索。「據傳那群土匪就是當年逃脫還活著的人，下手才這般凶殘狠戾。」

「依我看，說不定縣太爺的兵早就出發了。」大郎想了想說道：「你們都能打聽到的消息，那群土匪定也清清楚楚，到時再去，別說偷襲，說不定得被反將一軍。」

二郎覺得這話挺對。「不管怎麼說，希望縣太爺能一舉消滅那群禍害。」

「現在物價是個什麼情況？」餘氏也有兩、三天沒出門，憂心忡忡地問了句。

季四嗷嗷嗷叫著應。「又漲了！糧食一石漲了二十文，那些個小吃美食，通通都漲價了。」他還真沒有想過，有錢也買不到幾口吃的，這日子過得可真是糟心透了。

一石糧估摸著是一百二十斤，加上前面漲的價，合著一數，差不多每三斤漲了一文，也不是特別離譜。

「怎麼又漲？上頭沒人出面阻止這事？就眼看著黑心商人撈災難錢？」餘氏緊緊皺眉，十分生氣。

這事大郎也知道些許。「這啊，不怪上面，還真不好控制，周邊的農戶就趁著這時候，把手裡攢的糧食賣了換錢，對他們來說，這算是難得的掙錢機會，有點存糧的，都不想放過。」如此一來，就更不好管了。

「唉，都是一個窮字鬧的。」餘氏嘆息著。「但願別被錢財迷了眼，現在還真看不出後面會是怎麼個世道呢，不留點底，回頭有錢也難買糧了。」

「想來他們心裡都有數。」季歌卻是不大擔心。「除了個別太過貪心的，那也只能說是自找的，一般的人家，都會攢些糧，手裡有糧心裡才不慌。」

季四眼巴巴地看著季歌。「大姊，咱們家的糧食夠嗎？」說著他下意識地摸了摸肚子，他可不想餓肚子。

「不大夠，所以，三弟和四弟你們得努力種田，種了田才能收穫糧食，才不會餓肚子。」季歌認真地應著。

季三撇了撇嘴。「也就你這傻帽相信這話。」

「回頭你試試，看不幹活的話有沒有飯吃。」季歌笑盈盈地看著三弟。

季三轉過頭，把後腦勺對著她，抿著嘴不說話，也不知道他上輩子造了什麼孽，才得了這麼個大姊。

眼看太陽要下山，眾人搬著竹榻和椅子往花廳裡走，大郎和二郎分別抱著仍在睡覺的安安、康康，季歌和餘氏去廚房張羅晚飯。

第八十二章

次日上午，街道裡突然沸騰起來，他們待在宅子裡，只依稀聽到些熱鬧聲響，卻聽不仔細，大郎和二郎快步出了宅子往街道跑，季三和季四緊跟著跑了出去。

「聽著像是有好事。」餘氏洗著抹布，擰乾水，繼續擦拭著灶臺。她是個愛乾淨的，屋裡屋外收拾得索利，季歌也是個愛乾淨的，兩人越處越好。

季歌在拾掇著碗櫥，今天的日頭也好，她把碗櫥裡外擦洗一遍，在外面曝曬一天，也就乾得差不多了；碗筷鍋瓢勺等物，也用滾燙的水浸一浸，再仔細地洗一遍。「難得這麼熱鬧，也不知道是什麼好事。」

正說著呢，大郎氣喘吁吁地跑了進來。「縣太爺帶著兵把三寨溝的土匪都給清了，還綁了好幾十個回來正在遊街。」

「縣太爺親自帶的兵？」季歌有點意外。

大郎點著頭。「就是縣太爺親自帶的兵。我再去外面看看，回頭再跟妳們細說。」言罷，他又匆匆地走了。

季歌和餘氏對視一眼後狠狠地鬆了口氣，這可真是個天大的好消息！

大抵是近來天氣好，都是大晴天，繼成功剿匪後，沒多久，縣城裡得風寒的人都漸漸治癒，一個個都恢復生龍活虎。田地裡，四月初趕種的莊稼都發了芽，長勢很不錯，綠綠嫩嫩的小苗迎風搖曳，在所有人的眼裡，這就是最美好的風景。

城內的氛圍忽地就輕鬆了，街道上恢復人來人往，天剛剛亮就能聽見各種吆喝聲，淨是一派繁華景象。大郎和季歌商量了下，既然風寒都過去了，「用心經營」也該重新找活幹，別剛剛攢的一點名聲，又給搞沒了。

白天大郎和二郎領著季三、季四，帶著「用心經營」的工匠們到處找活幹，眼見世道慢慢恢復穩定，由上頭出面，各種飛漲的物價也在慢慢恢復原價。四月下旬洪婆子重新回來做事，季歌和餘氏也重新把倉橋直街的鋪子開起來了。

持續了二十多天的大晴天，四月底開始淅淅瀝瀝地飄起小雨，雨勢小，雨絲極細，顯得相當溫柔。這場雨下得好，地裡的莊稼需要的就是這微風細雨滋潤，不過，今年雨水多，去年又大雪紛紛，地裡積了不少水，這會兒又飄雨，倒是顯得有點多餘。

自去年到今年，餘氏都被老天給整得有點膽戰心驚，她捏緊著手裡的小鞋子，慌慌地看著季歌。「大郎媳婦，妳說這雨會下多久？不會又是整月地下吧，這會兒莊稼正長時，需要的是陽光呀。」

「不會的，餘嬸您別自個兒嚇自個兒。這是春雨，您看細綿綿的，下個一、兩天就會停了，現在這時節，總會飄些春雨。」季歌笑著安撫，實則心裡也有點七上八下，這反覆無常的天氣，捉弄老百姓可不是一回、兩回了。

餘氏緊蹙著眉頭，心不在焉地點著頭。

其實不光是餘氏，心思比較重的人，經歷過之前反覆無常的天氣，這會兒飄場雨，同樣都有些擔驚受怕，廟裡的香火再一次旺盛起來，縣城裡也透著絲絲縷縷的壓抑氣息，只是不大明顯罷了。

也不知老天到底是怎麼想的，抑或這天下真是要經歷這遭磨難，季歌冷不丁地想起一句古言——「月滿則虧，盛極則衰」，會不會是當朝氣數盡了？她看著仍在飄著細雨的天空，格外地好看，如同水洗一樣，像嬰兒的眼睛般清澈。

五月裡細雨仍飄著，淅淅瀝瀝、沒日沒夜地下，可能是有了心理準備，接二連三的折騰，心累、身也累，下了十來天的小雨，城裡也沒什麼變化，就是顯冷清了點。不知誰在唱著曲兒，淒淒婉婉的調子，襯著冷幽幽的雨天，更顯幾分潮濕，那份潮濕能直接濕透每個人的心。

沒有日照，莊稼長不好，細嫩的根有些直接爛在了土裡。自飄起細雨，大郎他們再一次收工，專心在家裡伺候著花園裡的蔬菜，以及餘家宅子裡的苞米，那真是比伺候祖宗還要來得細心妥當；但是再細心妥當，少了陽光日照，莊稼都蔫巴巴的，天再不放晴，只怕也挺不了多久。

上半年的收成是徹底地不景氣了，再怎麼搶救也救不回多少，好不容易回歸正常的物價，在一夜間又漲了回去。

前段時間物價好不容易恢復正常，大郎領著二郎他們，又購買了一批糧食，是分次買的，數量都不是很多，合在一塊兒就挺可觀的。原先本來就存了批糧，加上這回存的，整整吃上一年還能餘一些。

本來大郎並不會這麼謹慎，可看著睡著的兩個孩子，胖嘟嘟的小臉，紅撲撲的，他們還那麼小，倘若真有個萬一，存的糧不夠，餓著了怎麼辦？這是他的孩子，劉家的根。災年裡，大人苦，可最苦的還是孩子。思來想去，他決定冒回險，不管怎麼說，攢點糧在手裡，就算不鬧災年，慢慢吃也不打緊；再者，還有倉橋直街的鋪子，糕點也是需要用糧作做的。

現在看著這沒日沒夜飄著的細雨，大郎深深地呼了口氣，緊握的拳頭都有些微微的顫抖，還好他賭對了。

五月初五安安和康康滿周歲，頭一天，大郎租了輛牛車去了趟柳兒屯，如今飄著雨，地裡的活也不能拾掇，村裡比較清閒，雖清閒卻沒有歡笑聲，一個個都擰著眉頭看著細雨裡的莊稼，莊稼漢一個個抽著旱煙，一桿又一桿。

大郎去接人的時候，把季家那邊大大小小都帶過來了，季父想留著看家，可外孫滿周歲是大事，缺席不得；想讓老二一家子待在家裡，但是老二夫妻倆都不願意，無法，只得一併擠在牛車裡去了縣城。

周歲酒辦得很低調，柳氏母子倆來了，白家那邊不僅花瑩夫妻倆帶著亮亮過來，連白父和白母也拎著禮品一道來了；花家雖沒名分，這麼多年過來，早已是默認的劉家長輩；再加上餘家，以及在錦繡閣裡做事的二朵和秀秀，人挺多，也都相熟，就分了兩桌，男一桌、女一桌。

城裡近來著實有些顯冷清，大郎他們不想太惹眼，就意思意思地放了串鞭炮，飯菜卻是費了心思做的，這裡頭長山也出了力，尋了兩樣稀罕物回來，香噴噴的飯菜擺滿一桌子，宅院深深，裡頭的歡聲笑語，外頭也聽不大清楚。

難得聚得這麼齊，一屋子人坐在花廳裡，說起眼下的世道，你一言、他一語，就怕親友忘記了，都把自個兒記著的說了遍，提醒著要注意，屋裡的氣氛還算溫馨，雖然也還是有些沈重，大約是被這天氣折騰得沒了心思，全都在琢磨著怎麼度過這個坎，但是還沒到唉聲嘆氣的地步。

嚴格來說，國家隔三差五地就會鬧回天災，就是地方不同，也都不大嚴重，皇帝把國家治理得好，哪邊收成不好就減稅，軍裡的用糧拿收成好的地方來養著，日子過得自然也就風調雨順。松柏縣這塊區域，大抵是福澤深，還真沒鬧過什麼災難，這一回，可把百姓們嚇得夠嗆。等緩過神來，日子還得繼續過，該怎麼著還是怎麼著，出乎意料地，百姓們的情緒平靜了許多。

夜裡躺在床上，大郎有些睡不著，抓著媳婦的手握在手心裡。「媳婦。」

「嗯。」季歌側了側身，偎進丈夫溫暖寬厚的胸膛裡，聲音懶洋洋的。「安安和康康滿一歲了，可真好。」古代條件不好，小孩子一個沒留神就容易夭折，尤其是前段日子城裡大多數人都染了風寒，看著不顯，可夜裡卻睡不踏實，心整日都提在嗓子眼。

「是啊，慢慢地他們就能跑能跳、能上房揭瓦了。」大郎的話裡透著濃濃的笑意，他把媳婦往懷裡摟緊了些，有媳婦、有孩子、有家，再大的風雨他都有力量扛住。

季歌在丈夫的懷裡抿著嘴笑，笑得眉眼彎彎，她想像著安安和康康長大時的模樣，想著他們成親時的場景，忽然覺得，就算年華不復，垂垂老矣，也是種幸福。這輩子，倘若真能依著她的心願活到老，她什麼都滿足了。

「媳婦。」過了會兒，大郎試探著喊了句，他有事沒說出來，睡不著。

「你是不是有事？」季歌這才反應過來，黑暗中，她抬頭看了眼丈夫，伸手親暱地摸了摸他的下巴。「有點兒扎手，又長鬍渣了。」

大郎握著媳婦的手塞進被窩裡，在她額頭上親了口。「明天妳來給我刮。」每回媳婦認真專注地給他刮鬍子時，他整顆心軟得都能化水，別提有多歡快。

「再留一天也不遲。對了，你剛剛想說什麼？」季歌隨口問了句。

「喔，我想著世道有點難，讓季三和季四回季家待著吧，老二夫妻倆不頂事，爹畢竟年歲大了，又摔了一跤狠的，到底要不同些，這兩個孩子看著懂事了點，讓他們回家分擔工作，有了些經歷，才能迅速成長。」大郎說著自己的想法。

季歌思索了下，有些遲疑。「時日有點短，會不會一回家就現形了？那咱們前面的努力不都白費了？」

「不會，以前是爹娘沒有管教，眼下這情況，他們會管著的。」大郎倒是有些信心。爹娘若真繼續放任季三、季四，說不定這個家就得散了，情況這麼緊急，他們分得清楚。

「也好。」季歌點了點頭。「那明日得租兩輛馬車吧？」

「沒事，也費不了幾個錢，我就不去送了，讓他們自個兒回去。」

「就這麼著吧。」

絮絮叨叨地說了會兒，夫妻倆便沈沈睡去。

次日一早送走了季家眾人，大郎和二郎照樣去看院子裡的蔬菜，連續多日下雨，就算照顧得再仔細，蔬菜也漸漸泛黃枯萎，再不出日頭，不久就要萎死了。

季歌也曾想過種植大棚菜，但一則她不懂其原理，沒碰過這一塊，再者什麼都不懂就魯莽地做，這樣的事她做不來，也就不了了之了。

趁著三朵和阿桃帶著孩子的空檔，季歌去了後花園，站在棚子裡看了會兒。「都開始泛黃了。」

「上個月日頭足，蔬菜長得壯實，還能堅持些日子，就是不知什麼時候能放晴。」大郎細細地清掃著棚子。「再看一、兩日，真不成，就把一些還能食用的，摘了做醃菜，也別浪費了。」

「我看行。這個啊，我不大在行，餘嬸懂得多，一會兒跟她說說。」季歌待了會兒，就被大郎催著回了屋裡。

還在走廊時，就見洪婆子急急忙忙地跑過來，臉色煞白，看見季歌就跑得更快了，衝過來一把揪住她的胳膊。「夫人，外面有好多災民，城裡湧來了好多災民，聽說有村子遭了泥石流，整個村子轉眼就沒了，附近的村子也都遭了災，有些離咱們縣城近的，收拾家當後都奔了過來。」

季歌沒有說出口，自己之前隱隱擔憂的事情，真的發生了！她的心猛地一緊，只覺得那一瞬連呼吸都停頓了。

洪婆子的聲音很大，濃濃的恐慌，透著股尖銳。大郎他們在後花園都聽到了些，忙擱了手裡的活一陣風似地跑過來，踩得廊道一路的泥濘腳印。

「慌什麼？」見媳婦像是被嚇著了，大郎說話聲音就有些凶。

這一嗓子，倒是把兩個慌神的婦女給震回了神。

「老爺，外面有好多災民，好多災民！」洪婆子哆嗦著說道。

季歌拿出帕子擦了擦額頭的虛汗，輕聲細語地說道：「洪大娘妳先暫時回家吧。」

「欸，好，那夫人我就先回家了。」洪婆子顧不得客套，去了廚房把自個兒的物件收拾好，匆匆地走了。

二郎繃著臉說了句。「我去外面看看情況，大哥你待在家裡。」

「行，你自個兒當心些，有了消息就回。」大郎這會兒也並不想走開，他得在家裡鎮著，穩住家人的心神。

「咱們先進屋。」大郎握緊媳婦的手。

他的手溫暖厚實，便是那粗粗的厚繭有些微微的刺手，此時也覺得甚是安心踏實。季歌衝著他露出個淺笑。「好，咱們先回屋。」

「可是出什麼事了？」自天氣又開始不好後，倉橋直街的鋪子自然也關了。餘氏時常會去天青巷走動，或是去跟柳氏說說話，一般都是在劉家，帶著兩個小乾孫玩耍，給他們做小衣裳和小鞋子。

大郎把洪婆子的話說了遍，餘氏立即就怔住了，失神地看著手裡的小衣裳，想起生死不明的兒子，鼻子一酸，眼淚就落了下來。嘴裡不說，其實她一直覺得兒子還活著，可外面那麼亂，她的兒子不知道在哪裡遭著罪。

「餘嬸別哭，沒事的，沒事的。」季歌聽著她低低的哀泣，心裡難過得不行，知道她大約是想起阿瑋，不知怎麼安慰，只得含含糊糊地來。「會挺過去的，餘嬸，一切都會過去的。」她也覺得阿瑋和阿河、阿水他們還活著，總是不願意相信他們真的就死了，那麼年輕的三條生命，不可能說沒就沒了，一定還活在某個地方。

三朵和阿桃各抱著一個孩子，摟著他們軟軟香香的身子，才覺得撲通撲通亂跳的心有了些許安慰。安安和康康見屋裡氣氛不大好，他們很乖巧，沒有哭鬧，就讓姑姑和姨姨抱著，一雙烏溜溜的大眼睛泛著天真無邪，骨碌碌地轉啊轉，帶著好奇。

二郎很快就回來了，和他一起的還有花長山。

本來是打算在五月裡讓花長山和餘秀秀成親，卻沒有想到，這天說變就變，一直不見放晴，眼下這麼個光景，花長山不願意委屈秀秀，死活想著要等這坎過去了，再風風火火地迎娶秀秀。他說得情真意切，一輩子就成一回親，定是得熱熱鬧鬧、歡歡喜喜地來，不能委屈了秀秀。如此這般，兩家長輩也不好再說什麼，隨著他去了。

「情況尚在控制中，縣太爺第一時間做了安排，把進城的災民都安置妥當，眼下街上有點亂，估摸明兒就好了。」二郎說著打探來的消息。

花長山接了話。「我從一個災民的嘴裡打探到，這次的泥石流來勢洶洶，甚為猛烈，只說災情比較嚴重的，就殃及周邊共五個村子，其中有兩個是大村，投奔到縣城來的有好幾百人，這兩天陸陸續續應該還會再過來一些。」

倉促間只是做了個初步打探，幾句話就說完了，花長山在劉家說了會兒話，主要是陪著丈母娘說說話，約小半會兒的時辰，他就急急地走了。

沒兩日縣城裡重新恢復秩序，縣太爺還是挺給力的。五月中旬雨停了，卻是個陰天，雖這樣，可也著實讓百姓們歡喜了一通。

自五月中旬起，總會看見結伴進城的災民，他們形象都有些狼狽，上面也收到了消息，南方發大水，俞江一帶的災情百年難得一遇，存活下來的百姓拚著命地往北方逃離。

縣太爺知道事情的嚴重性，立即發布出一道又一道命令，自這日起，出入縣城得經過嚴格檢查。

俞江離松柏縣有些距離，乘馬車得三、四天的工夫，靠走路的話，少說也得要十來天。眼看即將進入六月，在最炎熱的夏季，似是一夜間，城外出現大批災民，縣太爺早就猜測到這個情況，硬著心腸下令關閉城門。

五月裡的泥石流就發生在松柏縣的隔壁縣，那邊山體崩塌了不少，也毀掉許多的道路，那縣的地理位置有點特殊，原本只有三個山口，經過嚴重的災情後，只剩下一個山口可通往外面，想要進入縣城須得繞很多路，不如直接來松柏縣。

跋涉千山萬水好不容易到達目的地，卻不能進入城內，很多災民在城外鬧了起來，陣勢特別大，城內的百姓們聽著那動靜，紛紛縮著肩膀躲進家裡，一時間，街道上冷清得猶如過年般，都沒什麼行人。

城外鬧得凶狠，縣太爺沒有出聲，只是讓士兵們加強守備，但凡誰出現了差池，立斬不赦。

過了兩日，城外的聲音漸漸小了，有些百姓見松柏縣沒指望，經過短暫的休整後，就收拾行當重新上路，往北方前進。也就是這時，縣太爺出現在了城外，他沒有說多餘的話，只講了兩點，大致意思是，城裡安置不了這麼多災民，不過，可以配送乾糧給他們，另外會再抽出部分士兵護送他們去北方。

這麼一說，眾災民都心生感激，也有少數老弱病殘實在是走不動了，縣太爺查核了完整的資料，便讓他們搬進了城內。

一場大危機，就這樣被縣太爺輕描淡寫地給度過了，不管是城裡的百姓還是城外的災民都對縣太爺心懷感激，儘管災難當頭，城內的氣氛卻突然輕鬆不少，他們相信即使再苦再難，有縣太爺在，這天也塌不下來。

第八十三章

不知是不是老皇帝聽到了民聲，真心覺得今年災難重重是沒有立太子的原故，在六月十二日突然下了詔書，立六皇子為太子。

百姓離朝堂遠，不知詳情，可身在朝堂裡的眾官員們卻是明顯地感覺到，原本的暗潮洶湧一下就擺到了明面上。老皇帝真的老了，又因災情重重，他憂思過甚，衰老得更加快速，誰都能看出他已經不適合再坐在皇位上，他老了，力不從心，連眾皇子的爭奪都沒有發現，一心一意只想著怎麼解決災情。

於百姓來說，他是個好皇帝，心心念念地想著要解救了天下眾生再退位；對江山社稷而言，他卻不算個好皇帝，若他堅持不退位，只會引來更多動盪和人禍。

六月底，立太子不足一月，便有兩地揭竿而起，依舊是拿著天災當藉口，話說得漂漂亮亮，端的是正人君子，為了國家，不想讓眾百姓陷於水深火熱裡，他們要解救天下蒼生，創造一個全新的國度，再造盛世繁華。

一時間，江山染血，內部動盪，外族聞腥而動，國家搖搖欲墜。更艱難的是，六月裡天氣放晴，氣溫升高，水災變瘟疫，人心惶惶，那麼熱烈、那麼明亮的太陽照耀著大地，可人們看到的，只有黑暗。

這是真要到了改朝換代的時候。季歌抱著安安，重重地嘆氣，只希望這場動盪能早點結束。

戰情在北方，松柏縣還未被波及，七月裡莊稼顆粒無收，又因戰亂起，需要大量糧食，天災人禍湊一塊兒，短短一個多月，糧食漲到一個作夢都想不到的價格，連最便宜的糙米也漲到九百文一石的地步，這還是上面出手控制的結果。

買不到糧食，又想活下去，除了參軍，只剩下當土匪一條路，松柏縣周邊突然就出現了四個土匪窩，好在他們只搶糧不傷人命，有些心性不好的，會搶好看的小姑娘，雖如此，可這不是比丟了性命還要讓人絕望痛苦的事情嗎?!

外面亂得不成模樣，餘氏和劉家眾人商量著，要不，就讓柳家母子搬到餘家宅子裡，離得近也好幫襯些。就這樣，柳家母子退了房子，搬進餘家宅子裡。物價上漲，房租也跟著漲，以前能租半年的房，現在只能租兩個月，得知這事時，柳氏哭得都沒法出聲了。她這輩子最幸運的事，就是遇著了劉、餘兩家。

外面一亂，城內也不安全，大郎和季歌親自去了趟錦繡閣把秀秀和二朵接回了家裡，葫蘆巷那邊，元夫子見情況不對，早早地就閉了館。一大家子人難得聚這麼齊，然而阿瑋和阿河、阿水他們不在，便算不得齊聚。

柳家母子雖住在餘家裡，吃喝卻是在劉家，反正關係都這麼好，眼下這光景，也用不著太客套，隨意點就好。因為這般，柳家和餘家存的糧食是一併交給劉家管著的，分三個地方藏著，費了老大的勁挖的地窖，藏得極為隱蔽嚴實。

這世道太亂了，前兩天聽說了有入室搶劫的事件，季歌就不放心，立即和大郎商量著，去鐵匠鋪裡訂製些五角星鐵片鑲在圍牆上，只露出個鋒利的小尖尖，想要翻牆入室的賊子定會著了道。

大郎覺得這法子挺好，當天就和柳安商量著，由二郎看著家裡，他們倆去了柳安師傅的鐵匠鋪裡。鐵匠鋪裡的生意很冷清，李師傅花了兩天時間就把訂製的東西給做出來了，成品相當不錯，除了五角鐵片，大郎還訂製了好幾把鋒利的刀，也是為了以防萬一。

五角星鐵片鑲好後，宅子裡的人都安心了些。七月裡的天氣更加酷熱，連糧食都沒有，哪來的西瓜可吃？大夥兒就窩在花廳裡，喝著用井水冰鎮的綠豆湯，有時候是醃梅子糖水，酸酸甜甜的，味道還不錯，安安和康康愛吃這個。

兩個小傢伙都一歲多了，走路穩妥許多，說話也索利了不少，這些日子，每每聽著外面的消息，所有人的心口彷彿壓了塊巨石，連呼吸都有些困難，好在有這兩個小傢伙，他們的天真無邪，那甜甜的笑、清澈的眼睛，總能讓大夥兒稍感欣慰。

慢慢的，從最開始的慌亂驚恐，到現在的平靜鎮定，再怎麼艱難，也算是讓他們熬過來了。往後的日子，就好好地守著家，等待天明的到來。

外面突然響起大力的敲門聲時，坐花廳裡說著閒話、做著針線活的眾婦孺們，還真嚇了跳，要說這敲門聲，也有好久不曾響過了，眼下這世道，都在自個兒家裡窩著，就算是花家人過來走動，也不是這麼個敲法。

伴隨著敲門聲響起的，是一道低沈的聲音。「大郎開門，大郎開門，我是平安！」

「是平安。」季歌鬆了口氣。「我去開門，二朵妳去後花園說一聲。」言罷快步出了花廳。

阿桃不放心地緊跟在姊姊的身後，柳氏和餘氏也擱了手裡的活，讓三朵和秀秀看好安安、康康，隨著一併去了門口。

才要走到門口，就見大郎飛快地跑了過來。「媳婦，我來開門。」他連汗都來不及擦，順著臉頰落進了衣襟裡。

季歌笑著點頭，微笑著站在大郎的後面。

大郎小心翼翼地開了門，看到真是平安，他麻利地就開了門，一把搭住平安往屋裡走。「怎麼過來了？真是沒有想到。」

季歌迅速關緊了宅門，沒有進花廳，拐了個彎去了廚房那邊，自井裡取出冰鎮的綠豆湯。

平安確實累極，端起綠豆湯，三兩下喝光，抹了把嘴。「大郎我就長話短說了，村裡人出來買些日常用品，走時村長和里正特意叮囑我們，一定要過來一趟，問你們要不要隨著回清岩洞。現在這世道，不知道要亂到什麼時候，咱村位置隱蔽，只要不隨意進出，旁人也發現不了。」

「平安你替我謝謝村長和里正的好意，我們待在縣城挺好的，就不回村裡了。」這時候若帶著大量的糧食出城，簡直就是不想活了！因此大郎這才毫不猶豫地拒絕。

平安覺得很可惜，沈默了會兒才說：「那行，還有一件事，村長說，倘若哪天缺了糧，等情況緩和些了，記得回清岩洞，咱們村裡還存了些糧。」頓了頓，又掏出一個包。「這是精選出來的種子。」

「好，平安，替我好好謝謝村長和里正。」大郎緊握著種子，伸手拍了拍平安的肩膀，眼眶有些微微泛紅，心裡是激動的。

平安狠狠地點頭，又喝了碗綠豆湯。「我還得去趟花家呢，我先走了。」

大郎他們送著平安出了門，心裡頭暖洋洋的，老天無情人有情啊！

各方土匪頻頻打劫村落，影響的範圍越來越廣，被搶劫的村落手裡沒糧，就算有糧僥幸逃過一劫，也怕遇上第二次，誰知道下回有沒有這麼好的運氣，走投無路的他們，只得奔向最近的鎮裡或縣城。

縣太爺已是焦頭爛額，皇帝下了聖旨要上交糧食，湊齊了糧食是第一步，怎麼運送才是最艱難的，戰事吃緊，根本就沒派什麼兵過來。這麼大批糧食，也不知消息是怎麼走漏的，好多勢力都在虎視眈眈地盯著，無法，他只能抽調手裡的兵去運送糧食。

可是這樣一來，縣城這邊的守衛就薄弱了，不僅如此，原本他還想分派些兵馬，幫襯各村抵抗土匪的搶劫，這下也抽不出人手來，兵到用時方恨少啊，縣太爺只好在城內進行招募。

現在這世道，男人們都想待在家裡守著親人，很少有人願意應徵，就算是吃不飽的人家都沒人站出來，有的也只是身邊沒有牽掛的孤家寡人。

上面催得緊，縣太爺無法再拖，只好先緊著聖上的任務；招募來的漢子，加緊時間做基礎訓練；至於城外的百姓，人太多，他也不能開放城門，只得設粥棚，保證他們一日兩餐，吃不飽卻也餓不死。

八月氣溫還是很高，沒什麼雨水，可也比下雨強，有太陽就好，地裡缺水，多出點力，往河裡挑水澆著，總能收穫些。

忽傳來消息，七皇子安王帶領一隊人馬悄然南下。松柏縣的位置位於北方和南方的中間，稍稍的偏南一些，一旦崇陽郡失守，緊接其後的就是松柏縣。最最無奈的是，縣太爺派出去護送糧食的兵馬被鎮北將軍緊急徵用，松柏縣防守薄弱，只要安王一來就能輕易攻破！

縣太爺在一夜間愁白了頭。

月光如水的夜，餘瑋仰頭看著皎潔柔和的月光，突然好想娘，娘每回看著他時，目光就如這柔和的月光般。不知二郎有沒有歸家，他這麼久沒有歸家，娘不知道得有多擔驚受怕，只怕夜裡都沒有睡過一個踏實覺，如果可以，他真想以最快的速度奔回家裡，可是他不能。想著，餘瑋蔫蔫地垂了頭。

商隊過麥積山的時候，二郎忽地鬧起肚子，和他們說了一聲，就悄悄地離隊尋了個隱蔽的地蹲著，雖說商隊走得慢，阿河還是怕二郎耽擱久了會掉隊，就沿路暗暗扔了些記號。走沒多久，也不知從哪兒冒出一隊人馬，個個煞氣沖天，強勢地攔住了商隊，離得遠沒有聽清他們和管事的說了些什麼，緊接著商隊立即就改道進了旁邊的山裡，最後來到一個山谷裡，裡頭竟然有個小村落，整個商隊在山窩裡過了一晚。

餘瑋他們三個搞不懂這到底是要幹什麼，有大膽的出聲嚷嚷著，其他人都有些恐慌，這事看著不對勁啊，卻被那隊人馬給狠狠地教訓了頓，只說讓他們乖乖聽話就沒有性命之憂，等時候到了自然會放他們回家。這沒頭沒尾的話，好歹讓整個商隊都稍稍安心了些。

從山窩裡出來後又進了另一個深山老林，半夜都能聽見狼嚎虎吼，一待就是好幾個月，餘瑋他們完全懵了，這是要幹什麼？也有仗著自己身手好的想偷偷逃走，結果前腳剛逃出去，後腳就被抓住了，自然又是一頓苦頭吃，例子看多了，所有人都老實了，乖乖地窩著，就盼著他們說的話是真的，等到了時候就放他們回家。

這一等就等到了來年開春，被關在深山老林裡的青壯年有不少，是陸陸續續被一隊又一隊的人馬送進來的，開春後又陸陸續續被一隊一隊的人馬送出去，然後再也沒有回來過。這情況讓留在深山老林裡的人都嚇壞了，一時間大夥兒的情緒都很激動，場面便有些控制不住了。

這一鬧稍稍有點用，至少他們清楚了一件事，他們之所以被關在這裡，是為了戰爭做準備，倘若戰爭失利，那麼他們都必須投軍！難怪這段日子跟馴狗似地天天訓練著他們，原來是為了投軍打基礎？若是局勢好，能和平解決就儘量不染鮮血。

就在餘瑋和阿河、阿水三人暗暗犯嘀咕時，這天早上他們商隊的人一個不落地都被帶出了深山。畢竟跟著商隊跑了這麼久，對相關的地理位置還是熟悉的，餘瑋他們發現這是往回家的路呢！可把他們欣喜壞了，可是想到那些人說的話，難不成仗已經打到了家門口？是要他們去投軍呢還是送他們回家？

餘瑋急於想知道答案是什麼，他忍不住走上前去，硬著頭皮問：「長官，我們這是要去打仗還是回家？」要是打仗的話，他想先回家看看娘。對上長官冷冷的目光，餘瑋的小腿肚有些打顫，嚥了嚥口水道：「今晚的月光很美，像極我娘看我時的眼神，我想我娘了。」

那人移開了目光，沈默了會兒，才說：「要是那些當官的願意投降，你們就可以回家。」

「喔。」得到了答案餘瑋趕緊回了原地。心想，這是在造反嗎？整個人嚇得虛汗直冒。阿水和阿河立即圍過來小聲問著怎麼了，餘瑋便三兩下把事說了。

九月初崇陽郡郡守歸降於安王殿下，九月初七一封信一聲不響地落到了縣太爺的案桌上。

初秋時節，氣溫稍有了些涼意，傍晚便在中庭裡吃晚飯，涼風徐徐甚是舒坦。飯桌上不適合說的話，在飯後收拾好家務活，大夥兒忍不住都說了起來。

「崇陽郡已經失守了。」二郎說著今日打探來的消息。「梧桐縣過來，就是咱們松柏縣，也不知是個什麼情況。」他緊皺著眉頭，有些惴惴不安。

柳安說著自己探來的消息。「說七皇子性情極好，有大智慧。」

「性情真好，他會起兵造反？」季歌壓低著聲音嘀咕了句。

「這倒也是。」柳安摸了摸鼻子。「要是沒有這事，就算是天災來了，苦是苦了點，也能安安穩穩地過去。」

餘氏點著頭。「可不就是這麼個理，全是人鬧出來的，好端端的日子不過，非得爭這爭那，好處是他們得，罪全得咱們受著，真是神仙打架、凡人遭殃。」

馬上就是九月九日重陽節，餘瑋啃著饅頭心不在焉地想，也不知道什麼時候能回家，頭一回離家這麼久，偏偏世道又不穩，天災人禍都出現了，不知娘那裡是個什麼情況。

「今天梧桐縣也投降了，梧桐縣過去就是咱們松柏縣。」阿河把打聽到的消息悄聲說著，在外面待了段日子，雖說被看管得緊，也能見縫插針地探到點情況，不至於兩眼一摸黑。

餘瑋一聽立即就來精神了。「難怪今天少了些人，是被放回家了吧？」

「應該是的。」阿河總覺得，這些人留著他們應該還有別的用處，聽說梧桐縣縣太爺原本不想投降的，也不知道這些人領著梧桐縣的那些青壯年做了什麼，今天縣太爺就宣佈歸降。

正說著話，就見有人走了過來，吩咐道：「松柏縣的跟我過來。」

餘瑋和阿河、阿水對視一眼，起了身隨著人群走過去。

「松柏縣縣令已歸降我主，你們可自行歸家。三日後，我等會經過松柏縣，誰人若想參軍可到縣衙登記清楚，即可隨軍出發。」

一關就是大半年，聽到可以回家了，誰還顧得上後面說了什麼，個個都跟匹脫了韁的野馬似的，恨不得生出雙翅膀來。

餘瑋他們三個剛進桂花巷，離家還有段距離呢，餘瑋就已經忍不住激動地吼了起來，一聲一聲地大聲喊著。「娘我回來啦！」

阿水和阿河受了他的影響，也大聲地喊了起來。

正在院子裡做繡活的眾人，聽見這隱約的聲響，初時愣了會兒，還是餘氏反應快，紅著眼眶一陣風似地往外面跑。她的兒子！她的兒子可算回來了！她就知道她的兒子會平安歸家的！

元和四十九年，七皇子安王成功登位，改年號為始初，國號為慶，一個新的朝代如東方的太陽冉冉升起。

始初元年，聖上下旨開恩科。年僅十二歲的劉三郎得童生，他的師兄元小夫子，被聖上欽點為探花郎。

同年，花長山和餘秀秀，二朵和餘瑋，阿桃和柳安，三對新人同日成親，辦了場熱熱鬧鬧的喜慶婚禮。

次年，在親朋好友的叨唸下，二郎和吳婉柔成親。

這情形，把大夥兒給驚著了，俱都瞪大了眼睛看著他們，不知這兩人是怎麼湊一起的。季歌也是好奇得很，完全不知道這兩人是怎麼回事。後來還是大郎悄悄地告訴她，吳婉柔經營著一家花店，二郎時常路過，兩人一來二去就熟悉了，交流多了自然也就有了感情。

鮮有人知曉，吳婉柔和劉二郎多年前便有了牽扯。只是那時候，年歲尚輕的二郎眷戀的是大嫂給予的溫暖，錯把這情感當成了愛戀，滿心滿眼全是大嫂，壓根兒看不見其他女子。

韶光荏苒，昔日青澀的姑娘成長為一位從容大方的女子，眼眸淡然，卻帶著柔和，眉宇溫婉，透著祥和寧靜。平日裡無事，她多有感悟佛理，已能看破生死，不懼世俗眼光。或許是年少時的那束春光過於妖嬈，她想念的那個少年郎呀，已然如魔入心，到底是執念根生，怎麼都放不下，幸好她的等待沒有被辜負。她念念不忘的少年郎呀，在歲月的淘洗下，成為了頂天立地的好男兒，說要娶她，她便欣然地嫁了，這輩子，再無遺憾。

——全書完

人生如潮，平淡是福／容箏

2016年8月出版

爺兒休不掉

一梳梳到尾，二梳梳到白髮齊眉，三梳梳到兒孫滿地……
女兒家都期盼著熱鬧的迎娶儀式，嫁個好郎君，幸福一生，
她自然也有這般夢想，可身為童養媳的她卻沒資格擁有，
因此，她拚了命地想擺脫這個身分，飛離這座牢籠……

文創風 435 1

她不過是去登個山罷了，竟也能招來這種莫名其妙的意外？
一個陌生的時空、一戶貧窮到她都忍不住嘆息的人家，
寡母、三個女兒再加一個幼子，便是這個家的所有成員了。
是的，這個家裡沒有壯勞力，也難怪會窮得連狗都嫌啊！
根據她打聽到的結果，她是這個家裡的次女，名叫夏青竹，
目前因傷暫回娘家休養……等等，娘家？她才八歲就嫁人了?!
何況被打得都逃回娘家來了，可見她那夫家有多不待見她啊！
得知這驚人的事實後，她徹底傻眼了，這還讓不讓人活呀？

文創風 436 2

由於夏家的頂樑柱夏老爹去得早，走時連塊棺材板都買不起，
因此，在得了爹爹生前老友項老爹幫襯的二十兩銀子後，
她夏青竹就包袱款款地前去項家當童養媳了，
偏偏這世上沒有最糟，只有更糟，她那夫家簡直就是個火坑，
上有難伺候的婆婆，下有兩個不講理又愛欺負人的小姑，
還有一個心比天高、橫看豎看都看她不順眼的小丈夫項二爺，
唉，雖說吃苦耐勞是中國傳統婦女的美德，但很抱歉，她來自現代，
所以，她決定努力掙錢還債，休掉她的二爺，投奔自由去啦！

文創風 437 3

沒親身經歷過還真不知，原來古代賺錢這麼難呀，
這麼算下來，二十兩的賣身錢她夏青竹得存到何年何月才存得到啊？
屆時她都人老珠黃了，恐怕也很難再尋個如意郎君，把自己銷出去吧？
正好這時項老爹因為工作時摔斷了腿，再不能做粗重的活兒，
偏生家裡的田地又被有權有勢的人給惦記上了，
因此她便出了幾個主意，讓項家賣了田，買地開墾池塘，養起魚藕雞鴨來，
大夥兒的努力總算是有了回報，幾年來生意愈做愈大，順利賺了錢，
然而問題來了──她這麼會出賺錢的主意，項家還肯放她離去嗎？

文創風 438 4 完

項二爺是項家人的希望，項家上下皆盼著他能一舉高中、光宗耀祖，
夏青竹自然也是祝福他能功成名就的，不過他的未來不會有她。
她從沒瞞過二爺，自己想要還債離去的想法，而他也不反對，
可幾年過去後，離家返鄉的他突然一臉溫柔地問她願不願跟他過一輩子，
還說他在外頭一直想著她、念著她，所以決定不放她走了，
嘖，還真是個怪人呢，小時候他明明親口說過討厭她的呀，
怎麼沒幾年她這株小雜草竟莫名地入了他項二爺的眼啦？
面對如此改變的他，老實說，她茫然了，一時竟不知該如何是好……

青春甜美的兒女情長　妙手救世的女醫天下／芳菲

2016年7月出版

巧手回春

莫名穿到大雍朝，劉七巧一身婦科好功夫卻受限於環境不同，
只能幫人接生，倒也在牛家莊裡有了點名號；
但她就只能這樣嗎？是否有機會改造古代產科文化？

文創風 429 1

前世婦產科醫師穿越來到這大雍朝的牛家莊，劉七巧根本是無用武之地！
但她職業病一發，看到古代婦女有難，怎能不出手幫忙，
也因此讓她一個農村小姑娘成了有名的接生婆，走路也有風～～
但這身為太醫卻一副破身體的杜家少爺是怎麼回事，
她說東，他非要質疑是西；她好心幫產婦剖腹產子，卻被他潑冷水，
究竟西方婦科女醫遇上東方傳統神醫，誰能勝出……

文創風 430 2

杜若出生醫藥世家，是京城赫赫有名的寶善堂少主，叔叔又是當朝太醫院院判，
難得來一回家裡的莊院出診，就撞上了小接生婆劉七巧，
看來還是個小丫頭，卻敢切開人體、剖腹取子，還知道把肚子縫好止血？!
偏偏要與她多講些話，她又牙尖嘴利的，完全不像個農村姑娘；
到底該怎麼將這樣耀眼的姑娘留在身邊，陪他一輩子呢……

文創風 431 3

劉七巧在王府混得風生水起，老王妃和有孕的王妃都視她為心腹丫鬟，
惱人的王府少奶奶秦氏又已解決，看起來王府裡的風波已過，
該是安安穩穩地等著王府小少爺出生就好……才怪！
王府沒事，但她和杜若的婚事還是八字沒一撇，
可是杜若的婚事關鍵掌握在杜老太太的嘴裡，
只要老太太沒發話、不接受，她還是嫁不了杜若啊～～

文創風 432 4

費了一番工夫，大長公主終於出手幫助劉七巧和杜若，
加上恭王妃趁著新生的六少爺辦滿月宴時，認了七巧為王府義女，
杜若終於順利抱得美人歸，但劉七巧這個新婦上任，
家裡的杜太太有孕在身，宮裡的小梁妃懷了雙生子也要她接生，
一個是自己婆婆，一個是皇帝的寵妃，都是棘手難題啊……

文創風 433 5

懷著夢想，劉七巧獲得了大長公主的賞賜，讓她將公主府做為將來的醫舍；
眼看朝著創立專為產婦服務的寶育堂又靠近了一點，
這時的寶善堂卻捲入賣假藥之事，
一查之下，連杜家二太太的娘家也牽涉其中，
七巧雖然得了關鍵證據，卻不知該怎麼處理這燙手山芋？

文創風 434 6 完

雖然有了身孕，讓成立寶育堂一事只得暫緩下來，
但劉七巧依然弄了個「不孕不育」門診，找了大夫就這麼開張，
沒想到大受歡迎，也讓杜家找到了另一商機，更認同七巧的想法；
只是她自己好不容易生下孩子，更了解懷孕婦女的狀況，
想著可以發揮長才了，杜家二太太卻又暗中生事，
加速了杜家大老爺與二老爺要分家之事……

2016年7月出版

丫鬟不好追

文創風 427～428

身為爺的丫鬟，煩心事一堆，好在好事也不少，
不僅能跟著遊山玩水，結識了位吃葷的美和尚，
還和分離多年的弟弟重逢，但……這其中不包括陪主子調情吧?!

大宅裡藏心計，風雨中現情深／青梅煮雪

顧媛媛怨嘆啊，上輩子是個小學老師，穿越後竟被賣到大戶人家當丫鬟，
說起這江南謝家，富貴無人比，連謝家大少也霸道得很徹底，
使喚她當他的專屬廚娘，把吃貨本色發揮得淋漓盡致。
不過她沒料到這只會吃的圓潤小子，長大後竟成了個英姿挺拔的美少年！
他身邊桃花不斷，他皆不屑一顧，只對她情有獨鍾，
她這模樣看在其他人眼中，無疑成了欲除之而後快的眼中釘，
大夫人和二小姐對她不喜，丫鬟使計爭寵，各家貴女虎視眈眈。
她努力置身事外，誰知卻換來他一句——以為忍氣吞聲就可以享一世安然？
身在異世，無枝可依，她一路戰戰兢兢，不就是為了保自己無虞？
但她其實也明白，早在不知何時，她便已交心於他，
以往都是他擋在她前頭，許是這回該換她賭一把……

風 文創 451

換得好賢妻 3 完

國家圖書館出版品預行編目資料

換得好賢妻 / 暖和著. --
初版. -- 臺北市 : 狗屋, 2016.09
冊 ; 公分. --（文創風）
ISBN 978-986-328-640-0（第3冊 : 平裝）. --

857.7　　105012850

著作者　暖和
編輯　王佳薇
校對　沈毓萍　黃亭蓁
發行所　狗屋出版社有限公司
地址　台北市104中山區龍江路71巷15號1樓
電話　02-2776-5889～0
發行字號　局版台業字845號
法律顧問　蕭雄淋律師
總經銷　知遠文化事業有限公司
電話　02-2664-8800
初版　2016年9月
國際書碼　ISBN-13　978-986-328-640-0
原著書名　**《穿越之长嫂如母》**，由北京晉江原創網絡科技有限公司授權出版

定價250元
狗屋劃撥帳號：19001626
網址：love.doghouse.com.tw　E-mail：love@doghouse.com.tw